숙맥

10

헐리지 않는 것이 없는데

헐리지 않는 것이 없는데

초판 인쇄 · 2016년 12월 15일
초판 발행 · 2016년 12월 20일

지은이 · 이익섭, 김명렬, 김상태, 김학주, 김용직, 김창진,
　　　　이상옥, 정진홍, 곽광수, 이상일, 주종연, 정재서
펴낸이 · 한봉숙
펴낸곳 · 푸른사상사

주간 · 맹문재 | 편집 · 지순이, 홍은표 | 교정 · 김수란
등록 · 1999년 7월 8일 제2-2876호
주소 · 경기도 파주시 회동길 337-16 푸른사상사
대표전화 · 031) 955-9111~2 | 팩시밀리 · 031) 955-9114
이메일 · prun21c@hanmail.net　　홈페이지 · http://www.prun21c.com

ISBN 979-11-308-1064-5　　03810
값 20,000원

이 도서의 국립중앙도서관 출판예정도서목록(CIP)은 서지정보유통지원시스템
홈페이지(http://seoji.nl.go.kr)와 국가자료공동목록시스템(http://www.nl.go.kr/kolisnet)에서
이용하실 수 있습니다. (CIP제어번호 : CIP2016029785)

간지 사진 : 이익섭, 이상옥 / 간지 시 : 김창진

헐리지 않는 것이 없는데

이익섭, 김명렬, 김상태, 김학주, 김용직, 김창진, 이상옥
정진홍, 곽광수, 이상일, 주종연, 정재서

푸른사상
PRUNSASANG

南風會 萩麥同人

郭光秀(茱丁)　　金璟東(浩山)　　金明烈(白初)　　金相泰(東野)

金容稷(向川)　　金在恩(丹湖)　故金昌珍(南汀)　金學主(二不)

李相沃(友溪)　　李相日(海史)　　李翊燮(茅山)　　鄭在書(沃民)

鄭鎭弘(素田)　　朱鐘演(北村)

＊ 가나다 순, (　　) 속은 자호(自號)

열 해, 참 짧지 않은 세월입니다

우리 '숙맥'들이 낸 첫 번째 책은『아홉 사람 열 가지 빛깔』이었습니다. 그 다음 해에는『무명옷 세대의 뒤안길』이 나왔고, 이어서 해마다『저녁놀 느린 걸음』『마로니에 그늘자리』『긴 그림자 그 아득함』『열흘에 한 줄기 강물을』『커튼을 제끼면서』『길 위에서의 기다림』이 나왔습니다. 그리고 지난해『지난지난 세기의 표정으로』에 이어 올해에는『헐리지 않는 것이 없는데』를 이렇게 펴내고 있습니다.

첫 번째 책이 잡은 '빛깔' 탓이었을까요. 해마다 낸 열 책을 모아 놓으니 하나같이 그 드러나는 색깔이 예사롭지 않습니다. 눈이 부시지는 않습니다. 마냥 아름답지도 않습니다. 하지만 원색을 다 섞어 사뭇 지어낸 없던 색깔의 드러남이 뜻밖에도 은근한 기품과 따뜻한 체취, 터득과 닦음의 고요한 고임, 조용하고 편한 흐름의 색깔이 되어 우리의 회상에 적시듯 스밉니다.

열 해, 참 짧지 않은 세월입니다. 더구나 '늙으막 10년'이면 더 말할 나위가 없습니다. 그런데 그 급한 흐름을 좇아 서둘지 않으면서 꾸준히 이렇게 세월을 쌓아 왔습니다. 쉽지 않은 일입니다. 스스로 애썼다 내 어깨를 토닥거려도 욕될 것이 하나도 없다고 해도 좋을 듯싶습니다.

그런데 열 해는 아무래도 뚜렷한 마디임에 틀림없습니다. 어렸을 때 달걀 한 꾸러미가 왜 하필이면 열 개냐고 어른께 여쭤 본 적이 있습니다. 그때 어른이 하신 말씀이 아직 생생합니다. "꾸러미를 만드는 밀짚 길이가 꼭 그만하거든……. 혹 길이가 좀 긴 밀짚으로 꾸러미를 만든다 해도 이번에는 달걀의 무게를 견디지 못하지……. 그래서 딱 열 개가 맞는 거야."

그래 그런 걸까요. 우리 모임 열 해 만에 남정이 훌쩍 떠났습니다. 우리 책을 첫 권부터 만들었던 분입니다. 겨우 한 꾸러미 채우고 이제 막 또 다른 꾸러미를 마련해야 하는데 이렇게 떠났습니다. 모산이 쓰신 대로 '헐리지 않는 것이 없는데' 사람인들, 우린들, 헐리지 않을 까닭은 없습니다. 하지만 아프고 휑한 저린 마음을 다스리기가 어렵습니다.

그런데 허는 일은 세우기 위함이지요. 요즘은 달걀 한 판도 서른 개입니다. 그렇다고 하면서 허옇게 웃으면 좀 따듯해질지도 모르겠습니다.

헐리지 않는 것이 없는데

이번 책에는 남정을 그리는 글들이 가득합니다. 남정이 남긴 글도 세 편을 살아 있듯 그렇게 실었습니다. 또 우계와 모산의 사진에 곁들여 남정이 쓴 시를 다듬어 우리 글의 사이사이에 삽화로 엮어 넣었습니다. 두루 감사드립니다.

이번 책도 푸른사상사에서 내 주셨습니다. 염치가 없습니다. 한봉숙 사장님과 편집부 여러 선생님들께 감사를 드립니다.

2016. 11.

엮은이

이익섭

김명렬

김상태

헐리지 않는 것이 없는데

이상옥

정진홍

곽광수

이상일

헐리지 않는 것이 없는데

바람

바람을
보았느냐
저 세월의 갈피
나뭇잎들의 물결
오
이 세상에
바람 온다네

이
익
섭

■ 고맙다는 말의 고마움

■ 헐리다

■ 그대, 풀빛 언더라인

고맙다는 말의 고마움

"아이, 이러 건강하시니 고맙소."

그날은 고향 시골에서 '지재의 날'이라는 현수막까지 내걸고 온 동네가 특별한 모임을 하던 날이다. '지재'는 그 마을의 이름이다. 한자로는 지현 (芝峴)이라 쓰는데 현(峴)이 '재'로 읽힌다. 한창 많았을 때에도 50여 호밖에 안 되던 조그만 산골 마을인데, '지재의 날'은 그 고향 마을을 떠나 사는, 자칭 출향인(出鄕人)들이 1년에 한 번씩 고향에 모여 고향을 지키는 사람들과 함께 옛 정을 되살리는 날로 만들었다 한다. 그때가 2회째라 하였다. 1회 때는 알지도 못했고 이번에 처음으로 나도 참예했다.

고향 마을은 다른 곳에서는 보기 드물게 옛 모습이 제법 잘 보존되어 있는 편이다. 내 생가도 개조는 되었으나 그 자리에 그대로 있고, 그 뒷산의 노송과 상수리나무도 한층 우람하게 자란 모습으로 그 자리를 지키고 있다. 어렸을 적에 올라가 놀던 집 앞의 백일홍나무도 더 큰 거목이 되어 해마다 한여름, 그야말로 백 일 동안이나 그 밝은 꽃으로 온 동네를 밝힌다. 마을 가운데로 흐르는 개울이며 그 양편의 논밭도 크게 달라지지 않았다. 무엇보다 고향을 지키고 있는 이들이 의외로 많아, 지금도 가면 얼굴 가득 웃음을 머금고 반기는 얼굴들이 있다. 그날 내게 건강해서 고맙다고 했던 이도, 나는 얼른 누군지 잘 떠오르지 않았으나 그렇게 나를 반겨 주었다.

그때 그 건강해서 고맙다던 말이, 그 말을 하던 장면이 오늘날까지도 종종 머리에 떠오르곤 한다. 이 말이 왜 이토록 오래 기억에 남아 있을까? 그것이 비록 6년 전이었으나, "건강하시지요?"니 "건강하시네요"와 같은 인사에는 이미 익숙해질 대로 익숙해진 때였으니 건강을 주제로 삼은 일이 유난스럽게 들리지는 않았을 것이다. 결국은 '고맙다'는 말이 어떤 울림을 주었던 것이 아닐까 싶다.

물론 우리는 남의 건강이 고마울 때가 있다. 아이들이 아프면 얼마나 노심초사하는가. 아이들이 건강하게 자라 주면 그처럼 고마운 일이 없다. 옛날 붓글씨로 주고받은 한글 편지 언간(諺簡)을 보면 그때는 무슨 병이 그리도 많았는지 가족 중 누가 아파 그것을 걱정하는 내용이 그렇게 많다. 우리 고향에서는 안택(安宅)을 대개 동짓날이나 정월에 지냈는데(동짓달에 못 지냈으면 정월로 넘어가고, 섣달에는 지내지 않았다. 또 2월도 '남의 달'이라고 하면서 지내지 못하게 되어 있었다), 그때 으레 소지(燒紙)를 올리면서 비는 내용은 다른 것이 없었다. 부엌이며 외양간까지 다 돌고, 맨 나중 방에 들어와서는 가족 한 사람마다 따로 소지를 올렸는데 그때 비는 내용이란 그저 자동차에 다치는 일 없고 병 없이 무탈하게 해 달라는 것이 그 전부였다. 요사이 에미들처럼 자기 아들 반장 되게 해 달라는 것까지 기도랍시고 하는 방정을 떠는 일이란 상상키도 어려웠다. 건강만이 소중하였다. 평화는, 또 행복은 자기 혼자만의 것으로 이룩될 수 없다. 가족이며 주변 사람들이 함께 건강하지 않고서는 이루어질 수 없다.

헐리지 않는 것이 없는데

같이 늙어 가는 친구들의 건강도 그렇다. 같은 시대를 살아왔다는 그것만으로도 그들은 귀한 동지들이다. 6·25 때 탄피를 주워 장난을 하던 얘기를 하면 너도 나도 그때 생긴 상처까지 내보이며 달려들어 자기 얘기를 하려고 다툰다. 대형 강의실에서 했던 영문학 교수의 수업이 어떠했다고 하면 "맞다, 맞다"라고 하며 맞장구를 친다. 그러는 동지들이 하나둘씩 줄어들기 시작하자 친구들의 건강이 갑자기 더 소중하게 여겨진다. 가볍게는 점심 같이 먹자면 으레 달려오던 친구가 요즘은 여기가 아프다 저기가 아프다 하면서 못 오는 경우가 잦아지자, 그가 건강할 때가 얼마나 그리운지.

  그러면서도 우리는 대개 나이 든 분들의 건강은 대수롭지 않게 여긴다. 어차피 이제 건강이 나빠지는 것이 당연한 나이라는 생각도 있고, 또 함께 어울릴 사이도 아니니까 자연히 관심에서 멀어지기 때문일 것이다. 그런데 생각해 보면 이들의 건강이 오히려 더 절실한 면이 있다. 요즈음 나는 방언 조사를 하면서는 특히 장수(長壽)를 하는 분들에 대한 고마움이 크다. 내 시대에 이미 들어 보기 어려웠던 말들을 그들에서 캘 때는 깊은 지하에 파묻힌 선사(先史) 시대의 유물이라도 발견한 듯 흥분을 느낀다. 아니 유물은 땅속에 오래 남아 나중이라도 캘 수 있지만 이 말들은 이분들이 떠나면 흔적도 없이 사라질 것들이다. 100세가 넘은 분은 '녹두벼'니 '일출'이니 하는 벼 품종을 일러 주었는데 곁에 있던 10년 연하의 노인들만 하여도 그 다음에 유행했던 '삼종'이니 '은방도'의 품종은 알아도 이것들은 몰랐다. 내가 알기에도 통일벼를 비롯하여 우리나라에서 재배하는 벼 품종이 계속 바뀌어 왔는데, 이상하게도 이를 정리한 문헌이 보이지 않는다. 그 100세 넘은 분은 우리가 볏단을 언제부터 거꾸로 매달아 말리기 시작했는지도 소상히 일러 주었다. 고향에서는 내가 어릴 적만 해도 볏단을 크게 묶어 논둑에 한 줄로 세워 말렸는데(고향에는 '광이다'라고 이 방식을 부르는 단어가 따로 있다), 내 기억으로는 자유당 때 이 대신 단을 작게 하여 줄에 거꾸로 매달아 말리는 방식이 도입된 것 같은데 이분의 증언으로는 훨씬 일찍 해방되기 전 일정 때 그들의 지시로 그 일이 시작되었다는 것이다. 이런 것도 자세하게 기록으로 남아 있는 것 같지 않다. 노인 하나는 도서관 하나라는 말이 있듯이, 이들이 간직한 지식은 말하자면 그 도서관에 가야만 볼 수 있는 고서(古書)요 귀중본(貴重本)들이다. 값으로 따질 수 없는 보물이 아닐 수 없다. 그런데 겨우 5, 6년 사이에 몇 분은 유명을 달리하였고, 남은 분들도 대부분 귀가 점점 어두워져 간다. 이들의 건강은 그만큼 더 절실한 것이다.

이런 특별한 경우가 아니더라도 나이 든 선배들의 건강이 고마울 때가 많다. 정년퇴임을 해야 회원으로 받아 주는, 그래서 이름부터 이순회(耳順會)인 테니스 클럽에 들어가 어쩌다 기운이 없어하고 실수라도 하면 "젊은이가 왜 이래?"라고 한다며, 거기 가면 젊은이 소리를 들어 좋다고, 그분도 나보다 한참 선배이신 분이 하는 얘기를 들은 적이 있다. 우리로 하여금 아직 젊었다는 소리를 듣게 해 주는 혜택을 그들은 준다. 물론 나도 저 나이까지 꽤 긴 앞날이 있겠다는 희망도 준다. 또 그들은 어떤 방패가 되어 주기도 한다. 부모를 여의었을 때 우리는 스스로 물가에 나가 선 듯한 느낌을 받는다. 그것은 자기가 최후의 방파제가 된다는 무거움이요 불안이다. 어디 가 좌중에서 최연장자가 되는 기분도 묘하다. 주위에 선배가 있어 앞을 맡아 주면 그 고마움이 결코 작은 고마움이 아니다.

이렇게 보면 누구에게 당신이 건강하니 고맙다는 말은 우리가 버릇처럼 해야 할 말이다. 그 말을 듣고 그것을 따로 오래 기억에 담아 둘 특별함이 있을 것이 없다. 그럼에도 그날 그 말이 내 기억에 오래 남는 것은

헐리지 않는 것이 없는데

또 무엇 때문일까. 사람들이 누구의 건강이 실제로 고마운 일이어도 그것을 고맙다고 말로 표현하는 것은 의외로 드문 일이 아닌가 싶다. 아니, 그것이 고마운 일이라는 걸 아예 의식하지 못하는지도 모른다. 그날의 "건강해서 고맙소"는 그래서 순간 내게 큰 울림으로 다가왔을 것이다.

물론 그 말 속에는 단순히 건강 문제만 담고 있지는 않았을 것이다. 건강한 덕분에 그 모임에 참석해 주어 고맙다는 뜻을 함께 담고 있었을 것이다. 사실 도시에서 바삐 살면서 그런 모임에 시간 맞추어 가는 것은 쉬운 일이 아니다. 나의 출현은 좀 뜻밖이기도 하였을 것이다. 선산도 있고, 얼마 안 되지만 농토도 있으니 1년에 몇 번씩 가기는 하지만 마을 사람들과 어울리는 일은 없었기 때문이다. 그야말로 자리를 빛내 주는 분이 왔다고 각별히 고마움을 나타냈을 것이다.

법정 스님이 번역한 『불타 석가모니』(동쪽나라, 2002)에, 부처님이 말년에 한 설법 중, 행실이 바른 사람이 계율을 지킴으로써 받는 공덕 다섯 가지 중 하나로 "어떤 모임에 나가더라도 자신을 가지고 처신할 수 있다"는 것이 있다. 이것은 행실이 나쁜 사람이 입는 손실의 하나인 "어떤 사람들의 모임에 나가더라도 겁에 질려 떨어야 한다"와 대조를 이룬다. 그런데 기억력이라는 게 믿을 수 없어, 나는 이것을 지금껏 행실이 올바르면 사람들이 그 사람이 자기들 모임에 오는 걸 좋아하지만, 반대로 성질이 고약하면 누구도 자기들 모임에 끼워 주려 하지 않는다는 식으로 기억해 왔다. 그리고 기회가 있을 때마다 이 말을 인용하곤 하였다. 이번에 새로 책을 들추어 보니 꽤나 왜곡을 하였는데, 또 어떻게 생각하면 결국 같은 말이라는 생각도 든다.

어느 자리에 갔을 때 반겨 주면 실제로 내가 그리 반듯한 사람이 아닐지라도 평소 좋게 보아 주었다는 뜻이니 고마울 수밖에 없다. 그런데 거기에 '건강하시니'가 덧붙으면 그것은 또 따로 묘한 뉘앙스를 풍긴다. 그것은 우선 내가 노령이라는 걸 전제로 한다. 듣기에 따라서는 불쾌할 수도 있다. 그러나 지금은 전혀 그렇지가 않다. 이제 점차 건강에 자신이 없어지고, 상대방도 같은 생각이라 불안스레 "건강하시지요?"라고 묻기 일쑤인데, '건강하시니'는 일단 사람의 마음을 편하게 해 주는 것이다. 좀 엉뚱한 얘기지만, 내가 평소 도무지 마음에 안 들어하는 후배가, 동문은 아니나 역시 국어학을 전공하고 대학교수도 하는 후배가 모처럼 만난 자리에서 "그래도 건강하시네요"라고 해서 당황한 적이 있다. '그래도'라니. '애' 해 다르고, '에' 해 다르다고, 그것은 인사가 아니었다. 같은 말이어도 '건강하시니'는 듣기 좋은 말이다. 거기에 고맙다고까지 하면 그 얼마나 고마운 말인가.

얼마 전, 그러니까 지난여름 아주아주 아득한 옛날 제자들을 만난 적이 있다. 대학을 갓 졸업하고 처음으로 섰던 교단, 그때 담임을 맡았던 중학교 1학년이 졸업 50주년 모임을 가졌던 모양이다. 그 자리에서 누군가 내 이름을 말하니 몇몇이 와 와 하며 한번 만났으면 좋겠다고 해 마련된 자리였다. 그때 한 녀석이, 이미 손주들을 둔 할머니가 된 한 녀석이 그랬다. 선생님이 건강하셔서 이렇게 만날 수 있으니 얼마나 고맙냐고.

이때는 정말 내가 더 고마웠다. 그 이듬해 그 담임을 끝내고 얼마 안 되어 나는 거기를 떠났다. 우리의 만남은 그것으로 끝이었고 잊으려면 까마득히 잊을 그런 사이였다. 그런데 나도 이들은 늘 소중한 기억으로 간직하고 있지만, 이들 또한 어떤 마음에서였는지 내가 퇴임한 후에도 이런 자리를 몇 년간 마련한 일이 있다. 그래도 그렇지 그러고도 한참이나 지난 이 시기에 새삼스레 또 기억을 해 주고, 더욱이 시간들을 맞추어 자리까지 마련하다니. 그날 나온 제자 하나는 몇 년째 병석에 있으면서 거동

헐리지 않는 것이 없는데

도 불편한데, 억지로라도 나가고 싶으니 자기 집 근처로 자리를 정해 달라고 해서 나왔는가 하면, 외국에 거주하는 제자 하나는 마침 그맘때 한국에 가기로 되어 있는데 그 날짜에 맞추어 날을 잡아 달라고 해서 나오기도 하였다. 고맙다는 말은 내가 해야 할 말이었다. 그런데 그쪽에서 고맙다고 하였다.

그런 '고맙다'는 말을 근년에 다른 자리에서도 종종 듣는다. 어쩌다 학회라도 가면 젊은 제자들이 '고맙다'는 말로 인사를 하는 수가 많다. 드러내서 말하지 않아도 결국은 '건강해서' 노구를 이끌고 와 주어 고맙다는 얘기일 것이다. 고향에 가면 특히 누이동생들이 먼 길을 내려와 함께 시간을 보내 주어 고맙다는 말을 몇 번씩이나 하고, 돌아온 후에도 전화로 또 고마웠다는 말을 한다. 그러면서 건강해서 자주 내려오라고 한다. 그 어느 경우나 이 노년을 버티게 해 주는 큰 힘이 아닐 수 없다.

노인이 넘친다고, 그것이 사회의 큰 골칫덩이인 것처럼 난리들을 친다. 노인이 건강하다는 것은 그들에게 고맙기는커녕 걱정거리일 뿐일지 모른다. 이제 건강해서 고맙다는 말을 점점 듣기 어려운 세태가 될 것이 뻔하다. 그래서 '건강하시니 고맙다'는 말이 더욱 고맙게 느껴지는 것인지도 모른다. 건강하시니 고맙다는 말을 얼마간이라도 더 들을 수 있다면 얼마나 큰 복일까 싶다.

헐리다

　방언 조사 때였는데 가족 상황을 얘기하는 중에 "육남맨데 둘이 헐렸다구. 망넹이가 헐리구, 둘째가 인재 또"라고 하였다. 그곳에서 내 조사에 적극적으로 참여한 분은 그때 나이 80대 중반의 이분과 90세를 막 넘은 이분의 맏형이었다. 아마 내가 몇 형제분이냐고 물었을 것이다. 그때 나온 대답인데 육남매 중에 둘이 헐렸다는 것이다. 직감적으로 그 둘이 이 세상을 하직했다는 것은 알겠는데 '헐렸다'는 표현이 신기하고 놀라웠다.

　사실 '헐리다'는 하나도 새로울 것도 없고 신기할 것도 없는 평범하고 평범한 단어다. '헐다'의 피동형으로 "판잣집도 헐리고 초가집도 헐리고, 집이란 집은 다 헐렸다"와 같이 쓰이는, 누구에게나 익숙한 말이다. 그런데 그날 그 자리에서 '헐렸다'는 단어를 들었을 때는 무척이나 낯설게 들렸다. "헐렸다고? 아니, 사람이 죽은 게 헐렸다니 대체 이게 무슨 말인가?" 그렇게 좀 얼떨떨하였던 것이다.

　그런데 이내 이때의 '헐리다'가 참으로 오묘한 표현이라는 느낌이 들었

　헐리지 않는 것이 없는데

다. 육남매든 오남매든 형제자매는 그 자체로 하나의 우주다. 육각형이되든 오각형이 되든 하나의 몸처럼 움직이며 자라 왔고 살아왔다. 그중누가 하나 먼저 세상을 떠나면 그것은 어느 한 모서리가 허물어진 것이고, 이미 온전한 육각형, 온전한 오각형이 아니다. 완미(完美)한 모습일 수없다. 헐린 것이다.

방언 조사를 하다 보면 사람들의 반짝이는 감각에 놀랄 때가 많다. 어떻게 이런 데까지 단어를 만들어 쓸 생각을 했을까, 어찌 이리 멋지게 조어(造語)를 했을까 그런 놀라움을 겪는 것이다. 고향에는 '꽃얼금'이라는단어가 있다. 정확히는 '꼳얼금'이라 표기하는 것이 옳다. 고향 방언에는표준어에서 'ㅊ' 받침인 것을 'ㅌ'으로 발음하는 규칙이 있어 '끝은' '끝에서'라고 말하기 때문이다. '꼳얼금'은 꽃이 핀 다음에 추위가 와 꽃이 얼어 피해를 입는 현상을 말한다. '꽃추위'와 비슷한 말인데 얼마나 신통한말인가. '해뜯'이란 단어도 있다. '뜯'은 '뜻'인데 대개 '읎다(없다)'와 어울려, 해가 짧아진 것은 해가 우리들에게 오래 비추어 줄 뜻이 없어서 그런다는 것으로 인식하여 '해뜯이 읎다'고 말한다. 그래 "해뜯이 읎어 일도못 해. 하며 다섯 시면 어둡다니"라 하는 것이다. 해의 뜻이라니. 기발하지 않은가.

'헐리다'는 그처럼 새 단어를 만든 것은 아니나 그 뜻을 이렇게 확장한것은 역시 새 단어를 하나 탄생시킨 것이나 다름없다. 국어사전의 '헐리다'에 몇 가지 용법이 예문과 함께 실려 있지만 이런 용법은 없다. 새 개념을 하나 만들어 낸 것이다.

내가 특히 이 단어에, 이 단어의 이러한 용법에 마음이 쏠리는 것은 그단어에 담긴 애틋한 마음결이 느껴져서다. 말이 형제요 자매지 멀리 지내려면 얼마나 멀리 지내는가. 하찮은 재산으로 분란을 일으키고 소송도 마다하지 않는 일이 얼마나 많은가. 그들은 결코 누가 먼저 죽어도 '헐리다' 라는 말은 쓰지 않을 것이다. 도무지 그런 마음이 한 조각도 일어나지 않을 것이다. '헐리다'라는 단어를 쓸 때에는 육남매가 하나같이 소중하였기 때문일 것이다.

앞의 '헐리다'의 용례가 워낙 특수하여 그 한 개인의, 말하자면 개인어(個人語)일지도 모르겠다는 의심도 없지 않았다. 그런데 나중 다시 같은 사례를 만났다. 고향 시골집에서 자고 차를 몰고 나오는데 아는 분이 길가에 서 있었다. 시내버스를 기다린다는 것이다. 하루에 겨우 두 번 오는 시내버스를 기다리는 것인데 그러지 말고, 수시로 버스가 다니는 큰길까지라도 내 차로 가자고 모셨다. 나보다 다섯 살쯤 위인 분인데 시내로 동갑계를 하러 가는 길이란다. 그러면서 덧붙였다. 동갑계원이 애초 스무 명이었는데 다 헐리고 이제 반도 채 안 남았다고. 다시 '헐리다'를 만난 것이다. 그분은 그 말을 하며 한숨을 쉬었는데, 거기에서도 '헐리다'에는 애틋한 애정이 담겨 있었다.

나는 꽤 오래전에 누님을 잃었다. 그때는 '여의다'는 단어에서 맴돌며 내 슬픔을 더듬었다. '헐리다'를 알고 나서 보면 그것은 헐리는 것이었다. 우리는 위로 누님, 그리고 나, 아래로 누이동생이 셋, 오남매다. 누님이 떠난 것이 우리 오각형이 헐린 것이다. 나머지 넷이 다시 사각형이 되는 것이 아니라 지금 우리는 일그러진 오각형이다. 늘 그 빈자리가 허전하고 허전하다.

안타까운 것은, 이제 나이가 이만큼 되고 보니, 헐리지 않은 것이 거의 하나도 없다는 점이다. 국문과 동기는, 56학번이라고 5월 6일 문리대 언저리에서 정기적으로 만나는데, 요즈음은 최대한 동원해도 고작 열 명이 만난다. 스물다섯 명 중 아홉 명은 타계하고 나머지는 병석에 있거나 행

헐리지 않는 것이 없는데

방을 모른다. 한 해 후배들까지 섞어 9공탄이란 별명을 달고 한동안 학과 안팎으로 꽤나 기세가 높았던 모임도 있었는데, 하나가 정년도 되기 전에 세상을 떠나면서 헐리기 시작하더니, 그 후 이런저런 사정으로 지금은 4공탄이 되었다. 옛날 흑백 사진을 보다 보면 아득한 슬픔이 밀려 오곤 한다. 이리 헐리고 저리 헐리고 어찌 그리도 많이 헐렸는지. 셋이 찍은 사진에서 나 홀로 남은 사진은 또 왜 그리 많은지. 나는 초등학교 때나, 중학교 때나, 고등학교 때나 워낙 그릇이 작아서였는지 셋이 단짝이 되곤 했는데, 그 셋이 찍은 사진들이, 사진을 찍기 어려웠던 때였음에도 용케 한 장씩 남아 있는데, 공교롭게도 그 어느 사진에서나 나 혼자만 외롭게 남았다. 도무지 온전한 것이 없다.

어찌 가족뿐이며, 어찌 모임뿐이랴. 우리 몸은 더하면 더했지 덜하지 않지 않은가. 머리카락이 빠지고, 치아가 빠지기 시작한 것은 워낙 오래전이어서 '헐리다'의 축에도 들지 못한다. 눈이며 귀며 한쪽부터 어두워지는 것도, 한쪽 무릎쯤 못 쓰는 것도 앞뒤를 다투어 네 일이요 내 일이다. 허리에 무엇을 박고, 심장의 무엇을 갈고 하는 보수 공사 이야기도 쉽게 쉽게 듣게 되었다. 넘어지기는 왜들 그리 잘 넘어지는지, 그저 부러뜨리고 난리들이다.

생각하면 '헐리다'라는 단어 하나에 의미를 붙이고, 그 색다른 쓰임에 감탄을 하고 있는 일도 부질없는 일이다. 아직은 남아서 헐린 일을 가슴 아파하고 있지만, 그러나 그 또한 잠깐일 것을. 모두가 질서정연한 운행(運行)인 것을. 밤이 익으면서 밤송이가 열려 그 영근 알알이 하나씩 떨어지는 모습은 얼마나 아름다운 질서며 또 얼마나 장엄한 완성인가. 마침 숲이 단풍으로 한창 곱다. 가서 그 숲 속의 고요가 주는 안식에 안기고 싶다. 괴테의 시가 또 위안을 주겠지.

산봉우리란 산봉우리 모두 고요하고
어느 나뭇가지에서도 들리는 소리 하나 없네
숲속 새들 재잘거림도 멈추었나니.
기다리라
그대 또한
머지 않아
편히 쉬게 되리니.

헐리지 않는 것이 없는데

그대, 풀빛 언더라인

얼마 전, 그게 5월이었으니 님이 우리 곁을 떠나기 불과 석 달 전이었나 봅니다. 님에게 띄운 메일은 지금 읽어 보니 심상치가 않은 데가 있습니다.

— 언뜻언뜻 남정의 미소가 떠오를 때가 있답니다. 아직, 글쎄 면식은 있었으나 한 번도 제대로 얘기를 나누어 본 일이 없던, 그러니까 10년도 더 전에 남정이 저를 만나면 무척이나 반가워하는 미소를 띠곤 하였지요. 눈이 거의 다 감기는 아주 전폭적인 미소였는데, 모르겠어요, 그것이 누구에게나 보내는, 천성이 따뜻하여 그렇게밖에 할 줄 모르는 미소였는지, 아니면 저에게 어떤 호감이 있어 보내는 미소였는지. 시집의 표지 사진에선가 그 비슷한 미소를 볼 수는 있는데, 그 미소를 따로 찍어 두었더라면 하는 생각이 들 때가 있는데 그러지 못했어도 그 영상은 꽤 강하게 남아 있답니다. 지금 이 얘기를 왜 꺼냈는지 모르겠어요. 우리 젊었던 시절에 대한 그리움 때문이었을까.

근래 건강이 좋지 않아 모임에 못 나오기도 하고, 나온다 하여도 지팡이를 짚고 힘들어하는 모습에서 이제 다시는 좋은 시절을 나누기 어려울지 모른다는 어떤 초조함이 있었던 것이 아니었나 싶습니다. 님도 무엇을 감지하였는지 "모산, 어찌 그리 사람을 울게 만드오"라고 했지요. 결국 그 후 이별의 눈인사 한번 나누지 못하고, 아무리 염려는 하였지만 너무나 홀연히 님은 떠났습니다.

돌이켜 보면 극히 짧은 기간이었어요. 같은 국문학과의 고작 3년 차이의 선후배이면서도 이상하게도 그때까지 얘기 한 번 나눈 일이 없지 않았습니까. 국문학과가 전공이 국어학과 문학으로 갈리면 좀 그렇기는 하지만 둘은 긴 세월을 꽤나 동떨어진 세계에서 보냈어요. 그러다가 숙맥 모임에 제가 편입을 했지요. 창단 때는 모르고 있다가 2호 때 증원을 한다고 불러 주어 거의 문학도들로 구성된 그 호화 진용에 국어학도인 제가 끝자리에 끼이게 되면서, 거기에서 비로소 님을 가까이 대할 수 있었지요. 그게 제가 퇴임을 하고도 몇 년이 지난 때였으니 우리의 만남은 길어야 10년인가 싶습니다.

그런데 그 10년은 결코 짧지 않았다는 생각이 듭니다. 좀 과장하면 불꽃 튀는 10년이라고 해도 좋을 듯합니다. 늦바람이 났다고나 할까 둘은 서로에게 꽤나 빠져 있지 않았습니까. 이 무렵의 정경을 백초가 님의 한 꽃시집 발문에서 잘 그려 놓았더군요.

— 이런 특이하고 매력적인 인품에 끌려 우계와 나는 남정과 가까워졌지만, 우리의 교유가 갑자기 밀도를 더해가기 시작한 것은 모산 이익섭 선생이 우리와 합류하면서부터이다. 모산은 우계와 나와 함께 대학의 동료일 때부터 취미 활동도 같이하고 여행도 자주 같이하는 자별한 사이인데, 그는 우리보다 3~4년 뒤에 동인이 되었다. 그런데 그가 입회하여 남정을 만나자 둘 사이에는 곧 수어지교(水魚之交)가 이루어진 것이다. 모산은 남정의 섬세한 감각과 특이한 문체에 매혹되었고, 남정은 모산의 예민한 감수성과 표현력에 경탄했다. 그래서 둘은 서로 물을 만난 고기 같았던 것이다. 이리하여 늘그막에 우리의 친교(親交)가 시작된 것이다. 우리는 스스로 맥파(脈

헐리지 않는 것이 없는데

波)라 부르며 만나서 담소를 나누기도 하고 전람회나 음악회에 가기도 했지만, 그것으로는 미진한 듯이 거의 매일 전자메일을 주고받게 되었다.

이즈음 그 메일들을 훑어보면 장강(長江)도 이런 장강은 없다 싶습니다. 며칠만 조용하면 왜 이리 조용하나며 또 한바탕 Re Re가 끝도 없이 길게 달리는 메일을 주고받지 않았습니까. 무슨 책을 읽었는데 감동적이더라 그러면 그 책을 구해 읽고는 독후감을 보내고, 요즘 무슨 곡을 듣는데 2악장에 빠져 눈물까지 흘린다고 하면 나한테 누가 연주한 명반이 있으니 빌려 주겠다고 해 빌려서는 또 그 감상문을 보내고, 또 어디 옛날 제자한테서나 친구한테서 온 편지에 감동되어서는 혼자 보기 아깝다고 보내면 함께 감동을 나누고, 누가 외국 여행이라도 가면 현지에서부터 귀국해서까지 길게 길게 그 이야기에 파묻히고. 그 10년은 그야말로 불꽃이었던 게 분명합니다.

그런데 이들 메일에서 새삼 깨닫게 되는 것은, 님이 저에게 보인 관심이, 그것은 곧 애정이었는데 어찌나 컸는지 하는 것입니다. 꽃 사진에서 시작하여, 제 글이며, 제 시골집이며. 우리 누이동생이며, 며느리의 피아노 독주회며 어느것 하나 관심과 애정을 보내지 않은 것이 없지 않습니까. 고향에서 나오는 계간 잡지에 실린 인터뷰 기사도 일일이 찾아 읽고, KBS 라디오에서 인터뷰한 한 시간짜리 방송도 빠짐없이 챙겨 듣지 않았습니까. 〈몽테뉴와 함께 춤을〉이라는 독립 영화까지도 보신 것을 알고는 얼마나 놀랐는지요. 인연이 좀 닿는 것이라 가볍게 귀띔만 한 것을 놓치지 않고, 늦은 시간 아주 나쁜 시간대에 방영된 그것까지 본 정성은 충격적이기까지 했답니다.

더욱이 그 어느것 하나 건성건성 가벼이 넘기는 일이 없었지요. 지나가는 말로 "나 그거 읽었어요", "연주회가 참 좋았습니다"라고만 하여도 될 것을, 으레 정성 어린 글로 감상을 써 보냈지요. 단순한 감상도 아니었어요. 사색(思索)의 노트랄까 평문(評文)이랄까 때로는 「초우재통신」이라는 틀에 넣어 길고 긴 한 편의 글로, 비록 이메일이라 하더라도 그것으로 훌륭한 한 편의 글인, 그 특유의 감성 넘치는 문장으로 보내 주곤 하였지요. 한두 개만 추려 볼까요. 먼저 며느리의 피아노 독주회에 다녀가서 보낸 글들입니다. 님이 사물을 얼마나 세심히, 또 속속들이 깊이 보는가를 일깨워 주는 명문들이어서 전문(全文)을 함께 읽고 싶은데 워낙 긴 글이라 그 편린(片鱗)을 볼 수밖에 없네요.

— 나는 초겨울의 오늘 밤 금호아트홀에서 30, 31, 32번의 연주를 잇달아 들었다.

함인하가 32번 마지막 악장을 치듯
치는 도중 내 귀가 아득해졌나
곡이 끝나듯
세상에서 그렇게 멀어지고 싶다.

청중도 나와 같은 생각으로 다들 브라보를 외쳤지만 그 마지막 악장의 맨 나중에서 피아니스트의 가늘은 손가락이 건반 위에서 떨고 있을 때, 그 뒤 무엇을 덧붙일 수 있으랴. 세상에서 그렇게 사라지고 싶었다.

오늘 연주회에 초대해 준 모산에게 내 감탄사를 덧붙였다. '베토벤이 위대한지 함인아가 위대한지……' 그리고 나는 말을 잇지 않았지만 '내가 위대한지, 그리 함박 빠질 수 있었다니'였다. 내내 침묵하던 예창해 형은 연주회장의 빌딩을 빠져나오면서 '아 저리 자유로울 수 있다니', 외마디의 탄사를 나에게 던졌다.

무대에서 피아니스트가 그 대형 피아노의 건반을 그야말로 무수히 그리고 끊임없이 숨 쉴 틈 없이 난타해도 어째 저리 음악이 되지, 우리를 감동의 도가니로 몰아가지. 콩 볶듯 튀는 저 음의 물방울 사이에 내 손가락이 한 점 끼어들 수 없구나. 이 부자유여. 베토벤에게는 저 무수한 건반의 영역, 아니 피아니스트의 저 마음대로 터치, 저건 광활한 자유의 영역이겠다. '아 그리 자유로울 수 있다니'.

　　— 이번 베토벤의 여섯 바가텔과 서른셋의 디아벨리 변주곡 연주회도 내가 잊고 있었던 그 '영혼'이 반딧불처럼 빛나 왔어요. 어찌 저 영혼은 미처 몰랐던 우리의 내면에 저 많은 끝없는 파장을 파고도 높게 물결치게 할 수 있는지요. 난생처음 처음부터 끝까지 들어 본 한 변주곡에서 전 생애를 돌아보게 되네요.

　무명 피아니스트의 독주회라는 것이 그 조그만 홀도 채 못 채우는 것이어서 와 주시는 게 고맙기만 한 일인데, 그래서 연주자의 어머님도 님이 빠지지 않고 와 주시는 것을 따로 기억하고 그 고마움을 저에게 말하곤 하였는데, 님은 늘 글을 이런 식으로 끝맺었지요. "이 감동과 고마움, 가까이의 연주자에게 전해 주십시오. 그리고 초청해 주신 형에게 늘 고마운 마음입니다."

　다음은 고향 잡지가 저의 방언 조사에 대해 인터뷰한 글을 읽고 보내신 글입니다. 중간에 끼워 넣은 '바다 물결의 빛'은 님이 꽃시집에서 「빛깔」이라는 제목으로 절창을 읊으신 그 이야기이지요? 그 시에서도 제가 한껏 고양(高揚)되었습니다만, 어떻게 남을 이렇게 순수하게 칭찬할 수 있는지, 무엇이 남을 이렇게 좋게만 볼 수 있게 하는지 그게 늘 경탄스럽고, 또 그게 님을 존경하는 이유의 하나이기도 합니다만, 평생 이런 칭찬도 듣게 되는구나, 그래 이 글은 두고두고 저에게 힘을 줍니다. 딱딱하기 이를 데 없는 제 전공 저술까지 찾아 읽고 싶다니, 그것도 잠시의 충동에서가 아니고 평소부터라니, 이런 황홀경은 평생 어디서 다시 맛볼 것 같지 않습니다.

　　—『솔향강릉』지의 모산 인터뷰 글을 읽으면서 야 만년에 이렇게 삶의 테마가 원대하고 확실하다니 그리고 自信하고도 남음이 있다니, 어디 쓸쓸히

있고 비어 가는 마음이 머릿속이 있을라구.

늙음이다 가을이다 내내 푸념해 온 내 몰골에 연민했네요. 그러면서도 모산은 바다 물결의 빛 앞에서는 그 신비 앞에서는 무언히 서 있고 깊은 산 속의 그 쬐그마한 한 송이 꽃에 無名하지 않고 이름을 불러 주고 그러고 보니 국어학도 시의 세계에 속하네요.

『방언학』이며 모산의 그런 저술을 도서관에라도 가서 찾아 읽고 싶어집니다. (전에부터 그랬어요)

님은 저를 별명으로 부르기도 했지요. '나의 아이패드로부터 씨'라든가 '지재 양반'이라고 하면서 말입니다. '나의 아이패드로부터 씨'는 제가 시골 고향에 가면 아이패드로 메일을 보내게 되는데 그 메일 밑에 '나의 iPad로부터 보냄'이라는 꼬리가 뜨는 것을 신기해하면서 그걸 별명으로 지어 부른 것이고, '지재 양반'은 그 시골 마을의 지명을 따서 붙인 별명이지 않습니까. 저는 님이 저를 이렇게 별명으로 불러 주는 일이 참 좋았습니다. 애정의 표시로 느껴졌기 때문이지요.

특히 '지재 양반'은 얼마나 듣기 좋았는지요. 님은 고향에 대한 그리움 때문이었는지, 제가 고향 이야기만 꺼내면 마치 동향인한테서 님의 고향 이야기라도 듣는 듯 흥을 냈지요. 님은 '바다 냄새'라는 아호를 쓸 정도로 바다도 좋아하여 바다 사진이라도 보내면 유난히 반겼지만, 특히 제가 생가에 다니는 것을 무척이나 부러워하였지요. 언젠가 강릉에 함께 다녀온 후 보낸 글에서는 "그때 모산이 나에게 살짝 지나가는 말처럼 저 숲길을 넘으면 자기의 생가가 있다고, 차는 달리고 있었고 그래서 나는 차를 세우지 못했다", "나에게 생가나 고택이 남아 있으면 닭이 목청껏 우는 소리를 들을 때가 됐겠다" 그런 말도 하였지요. 그 생가에 가 메일을 보내게 되면 자연히 속진(俗塵)을 벗어난 들뜬 마음에 "여기 지재, 온돌 왕골자리, 밖은 영하 7도라는데 이 쩔쩔 끓는 따뜻함"이니 "때는 한낮, 혼자 빈집,

헐리지 않는 것이 없는데

들리노니 멀리 산비둘기, 때로 꿩, 그리고 뻐꾸기. 가까이는 꾀꼬리, 구별도 안 되는 팔중주곡, 지붕 밑에선 제비가 알을 품고. 이제 밤이 되면, 온 골짜기 개구리로 가득 넘치겠지" 그저 흥얼거리는 수가 있는데, 그러면 님은 특히 별명을 불러 댔지요.

　　— 지재 양반,
　시인이 따로 없네요. 핫옷 입고 쩔쩔 끓는 온돌방에 앉아보기—이 향수라니. 어째 모산은 '시'라면 쩔쩔맨다고 하실까. 우리들 누구보다 시적 생각에 사로잡히면서.

　　— 나의 아이패드로부터 씨에게,
　'나의 아이패드로부터'로 보내면 잔소리(?)는 어디 가 버리고 시가 나온다 말이에요. 그 이상하지요. 워드 치기가 서툴러서, 패널이 작아 조심스러워서 말을 아끼다 보니까 그런가요. 아이패드를 맥파들 다들 구입해야겠습니다. 브라우닝보다 더 좋은 시를 쓰려면. 지재 양반, 꽃 하나 찍으시고 그 좋은 화면에 띄우고 '들꽃시' 한 편 두드리시기를.

　그러고 보면 님은 저를 시(詩) 쪽으로 끌고 가려고 무진 애를 썼지요. 사실 저는 시를 모르고, 그쪽에서 무식을 드러낸 일이 한두 번이 아닌데, 워낙 세상을 따뜻하게 품는 품성이어서 그랬겠지만, 어쩌다 변죽만 울리는 저를 틈만 나면 님 가까이 세우지 못하였지요. 강릉을 함께 다녀온 후 보낸 글에서도 그러지 않았습니까.

　　— '파도야 어쩌란 말이야'
　모산과 나는 밀려 오는, 아니 저쯤에서 갑자기 떼지어 솟구치는 파도의 전선을 보자 아무 말도 못 하고 이 시행만 되풀이했지. 마치 주문을 외우는 것처럼. 이제 나는 모산에게 어찌 시인이 안 되었냐고 물을 수 없게 됐어요. 밤바다의 그 신비의 요동을 보고 난 뒤에는.
　'내 숨막힘을 어쩌란 말이야'

밀려 오는 물결이 발 앞에까지 와선 모래사장에 이리 말하고 끊임없이 되돌아서는 것 같았어요.

한마디로 님은 저를 좋게만 보려고 하였어요. 아니, 무슨 꼬투리만 있으면 저를 추켜올리지 못해 안달을 하였다는 게 더 맞는 표현일지 모르겠습니다. 겨우 강릉을 한 바퀴 도는 안내를 해 드렸는데, 그 하찮은 일을 두고도 "그것이 모산의 끊어지지 않는 문학적 예술성에서 온 것인지, 빈틈을 허락지 않으려는 그의 논문 저술의 짜임의 구도에서 연유한 것인지"라고 하지 않았습니까. 그리고 무슨 얘기가 오간 끝에 아주 오래전에 쓴 잡문을 하나 보냈더니 또 얼마나 화려한 찬탄을 보내 주었습니까.

— 너무 놀라고 감동받았습니다. 국어학자에게 이런 젊은 날이 있었던가 하고요. 꽃이 피는 날짜와 새가 찾아와 우는 순간까지 수첩에 적어놓는다니. 순수 '강원産'을 대하는 부러움이었습니다.
들꽃(사진)을 보고 '시랍시고' 쓰는 것이 갑자기 부끄러워졌습니다. 독자에겐 모산과 같은 밝은 눈을 가지신 분이 있을 거라고 생각하니. 그리고 모산이 얼마나 내 시작을 못마땅해했을까까지 생각하니. '무식해서 용감했다'니.

이 님의 칭찬에 대해 그때 제가 보낸 답글은 이랬지요. "몸도 불편하시다면서 이렇게 따뜻한 글을 보내 주셔 어찌나 고마운지요. 한참이나 묵은 글이면서도 좋은 호응을 들으면 기분이 좋지요. 더구나 남정의 칭찬을 들으면 얼마나 기운이 나는지요." 모두 저를 부끄럽게 하는 칭찬이지만, 저는 이것들이 모두 님이 저에게 준 사랑으로 받아들였지요. 이런 전폭적인 사랑이 어디 또 있겠어요.

그런데 님이 저에게 특별했던 것은 이렇게 베풀어 주었다고 해서만이 아니었을 것입니다. 북신거기소(北辰居其所)라고나 할까, 님은 그 자리에

헐리지 않는 것이 없는데

그렇게 있어 주는 것만으로 큰 몫을 하였지요. 우리는 왜 마음속으로 누군가에게 편지를 쓸 때가 있지 않습니까. 특히 어디 비경(祕境)이라도 찾아가면 누구에겐가 그 장면을 얘기하며 걷게 되는 자신을 발견하게 되지요. 저는 계절이 변할 때에도 그러곤 합니다. 온통 세상을 꽃대궐로 밝히던 벚꽃의 기억은 어느덧 멀리도 사라지고 그 자리에 열매가 예쁘게 반짝이네요 이런 식으로 말입니다. 근년에는 그런 마음의 편지를 님에게 가장 많이 보냈던 듯합니다. 님은 그 자리에 그렇게 있어 주었습니다.

님은 처음부터 제게 신비롭게 다가왔던 것 같아요. 묘한 매력이 무슨 마력과도 같은 힘으로 저를 이끌어들였지요. 그 매력의 정체가 무엇이었는지는 딱히 하나로 잡히지는 않습니다. 청순함이 그 첫자리에 올 수도 있을 듯합니다. '촌내기의 오랜오랜 떨림'이라 하였던가요. 그 나이에, 그 화려한 경력에 도무지 어울리지 않게 아직도 시골 소년 같은 청순함, 아니 천진함을 간직하고 있었으니까요.

저는 그것을 시인의 참모습으로 생각하기도 했던 것 같습니다. 작품으로 존경하던 작가를 실제로 만나보고 실망하는 수가 많지 않습니까. 잔뜩 문학적인 분위기를 기대하고 있었는데, 반들반들 닳은 또 하나의 속인(俗人)을 보게 되는 그런 경우 말입니다. 그런데 님은 몸짓 하나하나가 바로 문학도의 그것이었지요. 그저 보고 있으면 향기가 풍겨 왔습니다. 좀 딱할 정도로 약은 데라곤 없이 쩔쩔매고, 무안해하고, 그러면서 아주 작은 일에도 호기심에 차서는 신기해하고 경탄하며 행복해하였지요. 제가 언제 님 때문에 '행위 문학'이란 말을 만들어 쓴 적이 있지 않습니까. "해서, 줄을 긋고 싶어서, 풀잎을 따서 그 행간에 갖다 대었지, 그리고는 손톱으로 지익 그었지, 풀잎을 따라." 바로 그 풀빛 언더라인을 긋는 행위를 두고 말입니다. 님의 몸짓은 하나하나가, 그 멋스러운 옷차림이며, 내 카메라 앞에서 하늘을 우러르는 포즈며, 누구에게 저서를 주며 써 주는 서명의 글씨체며, 아 또 있네요, 꽃시집 끝에 사진으로도 실렸습니다만 시 한 편이 만들어져 가는 흔적을 보이는 그 시작(詩作) 노트며 저에겐 모두 행위 문학으로, 또 문학적 향기로 다가왔습니다. 향기이되 아주 맑은 향기로 말입니다.

'맑은 향기'라고 하니 또 생각나는 것이 있네요. 그 사진을 님도 가지고 있을 터인데, 예창해와 셋이서 앉아 찍은 사진, 며느리 음악회에서 한 지인이 우리 모습이 보기 좋다고 스마트폰으로 찍어 준 사진 말입니다. 그 사진을 찍는 날 미국에 사는 제 막내 누이동생이 왔었지요. 그때 그 친구가 오면서 그랬어요. 저런 분들이 있어 이 세상이 그래도 맑음을 유지한다고. 프랑스의 고명한 신부가 쓴 책에 그런 얘기가 있었어요. 세상과 두절하고 산속 깊이 들어가 기도만 하는 수도승이 우리에게 해 주는 것이 무엇이 있겠느냐는 질문에, 바닷속의 빙산은 아무것도 하는 일이 없어 보이지만 그것이 지구의 온도를 조절한다고. 세상을 맑게 하는 분, 나중 나머지 두 누이동생들도 팬이 되어서는 님에게 산나물이며 감자를 보내기도 하지 않았습니까. 그 사진을 들여다보면, 이제 예창해도 없고 홀로 남아서 맑고 맑은 둘과 가까이 지냈던 행복을 되돌아보곤 합니다.

그러고 보면 님은 예창해를 유난히 아꼈지요. 그날 음악회도 님이 부추겨서 함께 왔다면서요. 그런데 그날 예창해는 내가 초대권을 준다는데도, 초대권이 남아돈다는데도, 이것은 내가 그에게 전화를 했을 때부터의 고집이었는데, 기어이 자기 돈으로 입장권을 사지 않았습니까. 무척이나 오랜만에 음악회에 가는 기분을 좀 정식으로 맛보고 싶다고. 참 그의 그런 면을 우리 둘이 귀히 여긴 것이지만, 그날 그의 행동을 두고 님이 쓴 글이 저는 또 감동이었습니다.

― 그래, 그의 고향 청도의 寒驛에서 긴 서울 길의 완행열차의 표를 끊었을 때, 우리들의 가난에서 오는 그것의 무게, 그리고 졸다시피 기다리다 플랫폼으로 나가면서 듣게 되는 역원의 개찰 가위질의 찰각거림, 제법 도톰하던 기차표 한 허리의 ㄷ 짤림, 그 순간 손가락으로 타고 오던, 무어라고 해야 하나, 출항의 설렘이 함께한 그 감각은, 지금껏 그에게 그리움으로 남아 있겠지. 그 그리움의 그것.

글은 곧 사람이라 하지만 제가 님에게 빠졌다면 무엇보다 님의 글입니다. 이때의 글은 시가 아니고 산문입니다. 산문도 다분히 시적(詩的)인 산문이긴 하지만, 저는 단연코 산문입니다. 앞에서도 말했듯이 저는 시라면 쩔쩔매는 수준이기도 하여서이지만 님의 시에 경도되지는 않았습니다. 쉽게 손에 잡히지 않아 어려워했다는 것이 더 맞는 말일지 모르겠습니다. 그래서 한동안 우리 메일에 님의 꽃시만 계속 올라올 때 제가 짜증을 낸 적도 있지 않습니까. 저는 절대적으로 님의 산문을 더 좋아했고, 또 그 산문들을 누구의 글보다 좋아합니다.

님은 몇 번인가 의아하다는 듯이 물었지요. 모산은 그 엄격한 잣대로 남의 글을 날카롭게 비판하면서 왜 님의 글은 그저 좋다고만 하느냐고. 글쎄, 님의 글은 어떻게 보면 좀 몽환적이면서 허술해 보이기도 합니다. '그립는다' '생각습니다'와 같은 단어를 만들어 쓰며 문법을 깨기도 하지요. 행(行)을 엉뚱한 곳에서 바꾸는 것처럼 보일 때도 있고, 연결어미를 종결어미처럼 쓰기도 하고. 그런데 깊이 들여다보면 그것들이 모두 님이 우리 문장을 하나하나 세심하게, 실험 정신이라 할까 자신만의 문체로 힘들여 가꾼 결과라는 걸 깨닫게 됩니다. 우리 문장을 두고 님만큼 성실한 태도로 임한 작가가 또 있을까 싶습니다. 섬세하기는 또 얼마나 섬세한지, 그것은 치열하기까지 하여 님의 글을 읽다 보면 제 몸이 떨려오기도 하지요. 비판하다니요? 님의 글은 저의 잣대로는 잴 수 없는 저만큼 높은. 뭐랄까 선계(仙界)에 있는걸요. 지금 이 글도 그렇지만 근래 저의 글이 전보다 삽입절도 많아지고 좀 흥청거리는 게 아닌가 싶은데, 모르는 사이에 님의 문체를 서툰 대로 흉내를 내고 있는 것일 겁니다. 글쎄 모르겠어요. 저만큼 님의 글을 좋아하는 사람이 있는지. 님이 그랬다면서요? "모산이 내 글을 제일 좋아했는데." 빈소에서 사모님이 전해 주었어요.

우리 숙맥에도 실렸었지만 「풀빛 언더라인」이라는 제목으로 님의 글을 두고 따로 글도 쓰지 않았습니까. 거기서 그랬지요. "「풀빛 언더라인」을 읽고 나서의 제 소회(所懷)는 그랬습니다. 오래 살다 보니 이런 좋은 글을 만나는 기쁨까지 누리는구나! '기쁨'을 '은총'으로 바꾸고 감사 기도를 올리고도 싶었습니다"라고. 님도 그 점에서 저와 같았는데, 좋은 글을 만나면 얼마나 행복합니까. 님은 그 행복을 저에게 주었습니다.

제가 님의 다른 글에 다시 찬탄을 보낸 일도 있었지요. 「초우재통신」 53편을 묶어 『촌내기의 오랜오랜 떨림』이라는 제목을 붙여 수제본(手製本)이라 할까 손수 만들어 몇몇에게 돌렸을 때, 그 첫 글인 제1신을 읽고서였지요.

— 첫 장을 열었습니다. 이 제목은 그리 매력적이 아니나 그 긴 연재의 처음이 어떻게 시작되었는지 그게 늘 궁금했던 것이기도 해서 그것부터 읽기로 했지요. 정말 숨도 안 멈추고 끝까지 읽었어요. 꼼짝없이 그렇게 끌려갔어요. "수목들의 무성한 잎새들도 이제는 성기어져서 내 생각이 나무와 나무 사이를 갈 수 있게 되어 갑니다." 오늘은 더 나아가지 못합니다. 더 나가고 싶지 않습니다.
어떤 음악을 들으면 저 작곡자는 이 곡 하나만 짓고 말았어도 여전히 빛났을 것이라는 생각을 종종 합니다. 지금 그 기분인 것입니다. 참 거룩한 밤입니다.

헐리지 않는 것이 없는데

그런데 제가 자주 생각한 것은, 님의 산문은 우리 문단의 그 누구도 따라올 수 없는 높은 경지의 것인데, 특히 그 문체의 독보적 세계는 문학사의 한 페이지를 장식하고도 남을 보석인데, 도무지 세상이 너무나 조용하다는 것입니다. 묻힌 작가라고 해야 할까, 님은 도무지 세상에 알려지지 않았습니다. 왜 이리 조용한지 저는 그게 늘 의아하고 또 안타까웠습니다.

「풀빛 언더라인」은 님의 자서전 『나폴레온 크라식에 빠지다』(밝은세상, 1996)에 실린 글이 아닙니까. 그 책을 무엇에 홀리다시피 단숨에 읽고는, 이런 대단한 글이 왜 지금껏 묻혀 있었는지, 더욱이 그 후반부는 출판조차 하지 못하고 있는지 저라도 어떻게 해 보려고 어느 출판사에 의중을 떠본 일도 있었지요. 이번 수제본을 읽고도 제가 앞의 글 끝에 "이 옥구슬을 겨우 우리 몇이 누리는 것은 도무지 세상 이치에 맞지 않는다는 생각이 듭니다. 어떻게 하지 않으면 안 되겠다는 의무감도 생깁니다"라고 하지 않았습니까. 힘이 없는 것이 한이지만, 「초우재통신」도 그 후반까지 묶어 세상에 빛을 보게 해야 한다는 생각입니다.

드물지 않게 사후(死後)에 비로소 빛을 본 예술가들 얘기를 듣지 않습니까. 이제 어디서 좋은 눈을 가진 귀인이 나타나 님의 글이 세상을 떠들썩하게 될 날이 있을 것입니다. 아니, 세상이 좀 반듯해져서 님의 글이 다투어 읽히는 세상이 되었으면 좋겠습니다.

어떻게 생각하면 세상이 모르고 있는 님을, 그 아름다운 님의 세계를 제가 알뜰히 누릴 수 있었던 게 오히려 저에게 더 큰 복이었는지도 모르겠습니다. 다시금 지난 10년을 돌이켜보면 참으로 풍요로웠던 10년이었습니다. 이 노년에 그 무슨 은총이었는지요. 그대 풀빛 언더라인, 님이 떠난 자리가 이리 허허로울 수가 없습니다. 아아, 님은 떠났어도, 나는 님을 보내지 아니하였습니다.

은방울꽃

잎은 잎대로
꽃은
꽃대로
제 그림자에
빠져 있는 것을
은방울꽃
5월
한낮

김명렬

나건석 선생님

내가 처음으로 대학에 출강한 곳은 연세대학교 교양학부였다. 연세대는 당시 공간 사정이 좋았는지 교양학부 강사실이 상당히 널찍하고 번듯하였다. 그곳은 모든 강사들이 다 모이는 곳이어서 나는 영어 강사는 물론이고, 다른 과목의 젊은 강사들도 그곳에서 많이 알게 되었다.

그런데 각과의 교수들도 교양과목을 한 과목씩 담당하고 있었기 때문에 이분들도 강의하러 나와서는 이 방을 이용하였다. 그분들은 주로 안쪽 창가에 자리를 잡고 앉으셨고 우리 젊은 축은 문간 쪽에 몰려 앉았기 때문에 그분들과 직접 대화할 기회는 별로 없었다. 더구나 나는 타 대학 출신이라 선생님들을 잘 모르니까 나보다 연배가 위로 보이는 분들에게는 덮어놓고 누구에게나 인사를 꾸벅꾸벅 하였고 그러면서 차차 성함과 사람을 맞춰 나갔다.

나 선생님도 그런 식으로 알게 되었다. 선생님은 체구가 작은 편이었고 늘 캡을 쓰고 다니셨는데 벗으면 머리는 반백이었다. 정장을 하신 것을 본 기억이 없을 정도로 언제나 수수한 평상복에 빛바랜 낡은 바바리코트를 자주 입고 다니셨다. 사람을 대할 때면 다정하게 미소를 지으셨지만, 모가 진 눈매나 카랑카랑한 목소리는 범상치 않은 성깔의 소유자임을 짐작케 하였다. 선생님은 영어회화 강사로 라디오 방송에 오래 출연하셔서 누구나 다 아는 유명 인사였으나, 그런 사람들에 관해 우리가 흔히 상상하는 화려한 외모와는 전혀 다른, 너무나 평범한 동네 아저씨 같은 인상이었다.

시간강사 노릇을 시작한 지 2, 3년 만에 나는 중앙대에 전임이 되었는데, 그러고도 얼마간 연세대는 계속해 더 출강하였다. 그러던 어느 날 나 선생님이 나를 부르시더니 조용히 상의할 것이 있다고 하셨다. 내게는 무척 뜻밖이었다. 마주치면 목례만 했을 뿐, 선생님께 정식으로 인사를 드린 기억도 없는데, 내게 무슨 용건이 있으신지 짐작이 안 되었던 것이다.

약속한 시간에 조용한 곳에서 선생님과 마주 앉으니까, 대뜸, "김 선생, 나하고 고등학교 교과서 같이 하지 않으시려오? 일은 두 사람이 똑같이 하는 것이오. 따라서 세어(share)도 50 대 50이오" 하시는 것이었다. 나는 너무나 뜻밖의 제의라서 얼른 대답이 나오지 않았다. 그래서 우선 파트너로 택해 주신 데에 감사를 드린다고 인사를 하고는, 교과서 집필은 한 번도 생각해 본 적이 없으므로 며칠만 여유를 주시면 답을 드리겠노라 하고는 헤어졌다.

집에 와서 곰곰이 생각해 보니 여러 가지로 해 볼 만한 일이었다. 나는 미국 가기 전에 고등학교 영어 교사를 한 3년 했는데 미국 가서 생활해 보니까 우리 고교 영어 교육의 문제점들을 실증적으로 체험할 수 있었다. 그래서 영어 교과서에 내 뜻을 펼쳐 본다는 것은 크게 의의 있는 일이라고 생각되었다. 그뿐만 아니라, 그리해서 선정이 되면 영광임은 물론, 당시 내가 처해 있었던 경제적 문제도 해결해 줄 수 있을 것으로 기대되었다. 나는 당시 결혼을 앞두고 있었는데, 전세 거리도 마련하지 못한 처지였던 것이다.

그래서 좀 더 자세히 알아보니까, 그때가 고등학교 교과서의 새로운 검인정을 앞두고 있는 때였는데 나 선생님은 출판계에서 '보증수표'로 알려져 있을 정도로 선호하는 집필자였던 것이다. 그렇게 고명한 분이 나 같은 무명 인사에게 교과서를 같이 쓰자는 제의를 했다는 것은 내게 큰 행운이 아닐 수 없었다. 단지 걱정되는 것은 이제 막 전임이 된 소장 학자로서 공부를 더 부지런히 해야 할 터인데, 교과서 집필로 그럴 시간을 많이 빼앗기지 않을까 하는 점이었다. 그런데 교과서 집필은 한시적인 것이고 주말에만 작업을 한다 하니 크게 문제 될 것 같지 않았다.

그래서 다음 출강하는 날 나 선생님을 찾아뵙고, 교과서 집필은 해 본 적이 없지만 선생님께 배우면서 한번 해 보고 싶노라고 말씀을 드렸다. 그랬더니 기뻐하시며 그날로 나를 데리고 출판사로 가서 같이 계약을 하셨다. 나 선생님은 당연히 최고급의 계약금을 받으셨는데, 나도 동등한 공저자이니까 똑같이 받아야 된다고 선생님이 주장하셔서 나도 같은 액수를 받았다. 그 계약금은 조금 더 보태면 변두리에 허름한 작은 집을 하나 구입할 수 있을 정도의 금액이었다. 나는 선생님의 호의에 깊이 감사했고, 공정한 처사에 감동했다.

선생님의 공정성은 작업에서도 나타났다. 선생님은 큰 틀만 제시하시고 작업은 대개 내가 해서 드리면 나중에 검토하시는 형태로 일이 진행되지 않을까 하고 생각했었는데, 그게 아니었다. 우리는 똑같은 시간에 출근해서 같이 일하고 같은 시간에 퇴근하였다. 실제 작업도 선생님이 나보다 더 하면 더 했지 덜 하지 않으셨다.

인세를 반반씩 나누자는 것도 사실 파격적인 제의였다. 나중에 안 일이지만, 다른 팀에서는 원로 교수가 경험이 적은 소장 학자나 제자와 함께 만드는 경우 그들을 집필하는 동안 한시적으로 고용하여 임금만 지불하고 말기도 하고, 공저자로 끼워 주더라도 인세 배당에 차등을 두는 것이 상례였다. 나는 나 선생님의 제자는 아니지만 연배로 보아 제자뻘일 뿐 아니라 교과서 집필에는 전혀 맹문이였으므로 당시의 관행으로는 당연히 차등이 있을 경우였다.

나 선생님은 대표적인 서구 언어에 통달했던 것만큼 서구 문화도 그만큼 체질화하고 계셨던 것이다. 즉, 일에 관한 한 나이나 지위에 관계없이 일을 수행할 수 있는 능력을 위주로 사람을 택한다는 것, 또 같은 일을 하면 마땅히 같은 액수의 보수를 받아야 한다는 것, 등 서구적 사고방식과 가치관이 체질화되어 있었기 때문에 내게 그렇게 파격적인 대우를 해 주실 수 있었던 것이다.

같이 일하는 동안 선생님은 여러 가지로 내게 깊은 인상을 남기셨다. 첫째는 꾸준한 작업 습관이었다. 선생님은 늘 "일은 벽돌 쌓듯이 해야 합니다"라고 하면서 우리를 이끄셨다. 그래서 우리는 서두르는 법도 없었지만 시간을 허송하는 법도 없이 늘 정해진 시간에 출근하여 그날 할 일의 양을 꼭꼭 채워 갔다. 막판에 가자 다른 팀은 야근을 한다, 농성을 한다며 야단이었지만, 우리는 일을 그렇게 착착 진행한 결과 기한 내에 여유 있게 마칠 수 있었다.

선생님은 대단히 검소하셨는데, 특히 당신의 외양에 관해서는 지나칠 정도였다. 면도 후에 얼굴에 그 흔한 로션 한 가지도 바르시지 않는 것이 분명한 것은 가을서부터는 면도한 자리에 피부가 허옇게 일어나는 것을 보면 알 수 있었다. 또 신발은 남대문시장이나 광화문 지하도에서 파는 싸구려 구두를 애용하셨다. 그냥 검소할 정도가 아니라, 생활에 꼭 필요

헐리지 않는 것이 없는데

한 최소한의 것 이상의 것을 갖는 것은 사치로 금기시하는 청교도적인 절제를 행하시는 것 같았다.

교회에는 나가시는 것 같지 않았는데, 그런 청교도적인 태도는 작은 것에도 늘 감사해하시는 데에서도 나타났다. 출판사에 나가서 집필하는 동안은 출판사에서 점심을 대접했는데, 어쩌다 사장이나 전무가 나와서 특별히 값진 요리를 낼 때도 있었지만 대부분은 담당 직원들과 함께 나가서 사 먹는 값싼 음식이었다. 그 소찬을 선생님은 맛있게 드시면서 늘 "우리가 이렇게 먹을 수 있는 것이 참 고마운 일입니다. 이거 대단한 것입니다" 하셨다. 일제 말기와 해방 직후, 그리고 전쟁통에 우리 민족이 겪은 빈곤을 상기하며 하시는 말씀이었다. 그리고 그 같은 발전은 당시 박정희 대통령의 영도 덕택이라고 역설하셨다. 미국서 자유주의 물을 잔뜩 먹고 돌아온 나는 박 대통령의 억압적 통치를 비판하면서 그의 치적을 평가절하하며 반발했다. 그러면 선생님은 "김 선생은 아직 젊어서 몰라" 하시며 웃을 뿐 더 대꾸하지 않으셨다.

나중에 안 것이지만, 선생님은 통역장교로 소령까지 복무하셨는데 박 대통령이 군인으로 대구 육군정보학교 교장으로 있을 때 그의 영문 보좌관을 하셨단다. 박 대통령에 대한 존경과 신뢰는 그때 직접 겪어 본 체험을 바탕으로 한 것이었기에 확고부동하였다. 그래서 그가 시해되었을 때 선생님은 누구보다도 애통해하셨으며, 실제로 광화문에 차려진 빈소에 가서 분향을 하고 통곡하셨다.

박 대통령과의 그런 인연으로 군인 시절에 소위 혁명 주체 세력의 여러 인사들과도 같은 사무실에서 근무하셨다 한다. 그러니 정계에 뜻이 있었으면 그쪽으로 진출할 기회도 있었을 것이다. 그러나 선생님은 그들과 일체의 연락을 끊고, 다만 그들이 국사를 잘 수행해 나가기를 바라며 멀리

서 지켜보기만 하셨다. 우리는 권력욕이나 명예욕은 허욕이라고 입으로는 흔히 쉽게 말한다. 그러나 선생님처럼 그것을 말이 아니라 실제로 실천한 사람을 나는 별로 보지 못했다.

이렇게 교과서 작성 요령뿐만 아니라 인생에 대해서도 여러 가지를 배우면서 나는 나 선생님과 한 번 더 교과서를 집필했다. 그리고 그 다음에 검인정 교과서에서 손을 뗐다. 나 선생님과 함께 일하는 데 문제가 있는 것은 전혀 아니었다. 인세 문제로 출판업자들과 거래하게 되니까 처음의 말과 달라지는 것도 있고 의심 나는 것도 생겼다. 그런데 그런 것을 장사하는 사람들과 따지려면 그들처럼 영악스러워져야 했다. 나 같은 책상물림은 그렇게 될 수도 없고 되고 싶지도 않았다. 또 이윤을 목적으로 하는 사람들은 우리하고는 생각이 다른 사람들이어서 그들과 엮이다 보면 어떤 일에 휩쓸리게 될지 모른다는 것도 불안하고 싫었다. 그뿐만 아니라 출판사는 사운을 걸다시피 하고 거액을 들여 교과서를 개발하는데 그 결과 선정이 안 되면 회사에게 미안하고 빚진 마음을 항상 갖게 될 것도 싫었다.

이런 연유로 교과서하고는 연을 끊었지만 나 선생님하고는 계속 가까운 관계를 유지했다. 선생님은 "남자는 사십 전에 생활의 안정을 확립해야 한다"고 나에게 자주 충고하셨다. 나는 그것을 사십 전에 항산(恒産)을 만들어야 항심(恒心)을 바랄 수 있다는 뜻으로 받아들여 여축에 힘썼다. 그러는 나에게 선생님은 경제적으로 보탬이 될 일을 여러 가지 알선해 줌으로써 도움을 주셨다.

나 선생님이 나를 가까이하신 데에는 선생님 주위에 친지가 별로 없다는 점도 한몫을 한 것 같다. 내가 보기에 선생님은 좀 외로운 분이었다. 본래가 평안도 분인데 어려서부터 혼자 객지로 떠돌아다녔고 해방 후에

헐리지 않는 것이 없는데

도 혼자 남한에 남으셔서 친척이 별로 없는 듯했다. 또 학교에서도 스승으로 모시는 제자도 별로 눈에 띄지 않고, 연세대 출신이 아니시라서 동료 중에 가깝게 따르는 후배도 있는 것 같지 않았다. 그래 그런지 내가 종종 점심이라도 대접하면 여간 기꺼워하지 않으셨다. 좀 좋은 음식을 대접하려고 하여도 선생님은 한사코 마다하시면서 매번 나베우동이나 드시겠다고 우기셨다. 싸움 싸우듯 하여 좀 나은 음식을 주문하고 나서 반주를 권하면 언제나 캔맥주 하나를 청하셨다. 주량은 한 캔이 고작이었는데, 그것도 반도 비우시기 전에 벌써 얼굴에 취기가 도도해졌다. 내게 베푸신 것을 생각하면 그런 점심은 암만이라도 받아 잡수셔도 될 처지이시지만 헤어질 때면 "다음은 내 차례요"라고 꼭 다짐하셨고 또 실제로 꼬박꼬박 그 약속을 실행하셨다.

나는 정년을 맞기 전 마지막 안식년을 미국에서 보냈는데 그러느라고 한동안 나 선생님과 격조했었다. 돌아와 얼마 안 되어 선생님 댁으로 전화를 드렸더니 그새 돌아가셨다는 것이었다. 너무도 뜻밖이라 놀랍기도 했지만, 무엇보다도 생전에 좀 더 자주 모시지 못한 것이 회한이 되어 가슴을 쳤다. 선생님은 늘 내게 베푸셨는데 나는 보답다운 보답을 해 드리지 못했던 것이다.

이래서 나 선생님에게는 늘 부채감을 지고 있었는데, 근래에 우연한 기회에 선생님이 당신의 은사이신 맥타가트(Arthur J. McTaggart) 박사를 회고한 글을 읽으면서 마음의 짐을 약간 덜게 되었다. 그 글을 보니 선생님은 또 맥타가트 박사로부터 많은 은혜를 입으셨던 것이다. 사람의 관계에는 이렇게 일방적으로 주거나 일방적으로 받기만 하는 경우가 있게 마련인 모양이다. 그러니 받은 사람은 꼭 베푼 사람에게 되갚으려고만 애쓸 것이 아니라, 다른 사람에게 베풂으로써 그 빚을 갚을 수 있고, 또 그러는 것이 사회적으로 더 유익한 방법이 되리라는 생각이 들었다.

"그렇다면 지금 나는 누구에게 베풀고 있는가?" 곰곰이 자성해 보아야 할 일이다. 그리고 나로 하여금 이런 자성의 기회를 갖게 한 것 또한 선생님이 내게 끼치신 큰 은혜 중의 하나일 것이다.

(2015. 9)

헐리지 않는 것이 없는데

문리대 교정의 나무들

  5, 60년 전 서울대학교 문리대 교정에는 나무가 그리 많지는 않았지만 지금껏 기억에 남는 나무들이 몇 있다. 그중 가장 유명한 것은 마로니에일 것이다. 하도 유명하여 다른 학교 학생들이 그 나무를 보려고 일부러 찾아올 정도였다. 그러나 온 세상의 심오한 진리를 탐구해 나아갈 학구(學究)라고 자부했던 우리는 그까짓 외국 나무 하나에 혹할까 보냐는 듯이 그 나무를 짐짓 대수롭지 않게 여겼다. 그런 데에는 그 매끄러운 외국 이름에 매료되어 쓸데없이 여기저기서 그 나무를 들먹이는 속물성에 대한 일종의 반발심도 없지 않았다. 그러나 그 이름이 내게도 코스모폴리탄적 지향과 먼 곳에 대한 동경을 심어 준 것도 사실이다. 그 나무는 그늘이 짙고 위치가 좋아서 그 밑의 벤치는 누구나 가장 선호하는 자리였다. 나도 강의 들은 시간을 제외하면 그 나무 및 벤치에서 잡담을 하며 보낸 시간이 가장 많지 않았나 싶다.

  그러나 문리대에 다닐 때 첫 번째로 내게 강한 인상을 심어 준 나무는 개나리였다. 첫 학기가 시작되어 새 교복을 입고 등교할 때 북쪽 운동장 개천가에 흐드러지게 피었던 샛노란 개나리는 우리들의 벅찬 입학의 감격을 유감 없이 표상해 주었다. 아, 얼마나 티 없이 밝은 색이었던가. 그것은 색이라기보다는 눈부신 빛이었다. 그만큼 그것은 진하고 순수하고 강렬했다. 그 청신하고 환한 빛깔은 햇병아리였던 우리들의 가슴에 그만큼 화사하고 밝은 미래를 약속하는 듯했다. 그래서 우리는 기고만장했고 부풀 대로 부푼 우리의 젊은 가슴은 세계도 안을 만큼 큰 꿈을 품을 수 있었다.

이렇게 극적인 감동은 아니지만 군자의 덕화처럼 조용히 그러나 인상적으로 우리에게 감명을 준 나무도 있었다. 교문을 들어서면 마주 보이는 문리대 행정 건물 양쪽에 서 있던, 우리가 후박이라고 잘못 알았던 일본목련이었다. 이 나무는 마로니에처럼 명성이 널리 알려져 있지는 않았지만, 문리대를 다닌 사람이면 누구에게나 그에 대한 아름다운 기억을 심어 주었을 것이다.

그 건물 양 끝에 있었던 대형 강의실은 대체로 만원이었다. 냉방 시설이 없던 때라 유월이 되면 실내가 더워져서 창문을 모두 열고 강의를 들었다. 그래도 강의실의 공기는 후덥지근한 데다가 그곳의 강의는 대체로 교직과목이나 교양과목이어서 따분한 것이 많았다. 더구나 점심 후 두 시간 연속 강의이면 중간도 되기 전에 많은 학생들이 아예 책상에 엎드려 오수에 빠져들었고 그렇지 않은 학생들도 수마(睡魔)의 끈질긴 공격을 힘겹게 버텨 내고 있는 터였다. 이때 열린 창문을 통해 한줄기 청풍이 불어오면 그 시원한 맛이 감로와 같다고나 할까? 그러나 이때 그 서늘한 공기보다 더 효과적으로 수마를 몰아낸 것은 그와 더불어 방 안에 스며든 향기였다. 그것은 땀내, 반찬 내, 머릿내, 등 각종 냄새가 뒤섞인 텁텁한 공기와는 너무나도 다른, 감미로우면서도 청아하고 신비하리만큼 그윽한

헐리지 않는 것이 없는데

향기였다. 그 격조 높은 향기가 우리의 코끝을 스치는 순간 우리는 '이것이 천상의 향기가 아닐까' 하고 깜짝 놀라게 되었고 그 놀라움이 악착같던 수마를 일거에 패퇴시킨 것이었다. 진정한 힘은 우악스런 완력에 있는 것이 아니라 높은 교양과 문화에 있음을 그 향기는 어느 학설보다도 더 명징하게 우리에게 가르쳐 주었던 것이다.

그렇게 새 정신이 든 우리는 강의가 끝난 후 마당에 나와서 그 향기의 근원이 한 키 큰 나무에 핀 꽃임을 알게 되었다. 그 나무는 높이 솟은 밋밋한 줄기에 가지가 알맞게 퍼져서 수형(樹形)부터 점잖았다. 그 가지 위에 양손으로 받쳐야 될 만큼 큰 꽃들이 마치 속된 경염(競艶)을 저어하듯이 띄엄띄엄 서로 떨어져 피어 있었는데, 그 꽃잎은 흰색에 가까운 상아색이었고 가운데에 자홍색 꽃밥이 우뚝 솟아 있었다. 꽃의 자세 또한 연꽃처럼 단정하여 기울거나 수그린 것이 하나도 없이 모두가 하늘을 향해 고고(孤高)하게 피어 그 고상한 향기를 발하고 있었다. 그 향기가 감도는 교정을 거닐면 문득 선계(仙界)에 노니는 듯한 기분이 들었다.

그 나무는 꽃 못지않게 잎도 아름다웠다. 난형(卵形)의 커다란 잎은 특히 가을에 단풍이 들면 고운 다갈색으로 물들었다. 어느 하늘 높은 가을날, 수위들이 막 쓸고 간 빗자국이 선명한 교정에 새로 떨어진 그 잎사귀를 주워 들고 수줍어하던 여학생을 나는 지금도 기억한다. 그것을 주워들 때 주위의 눈길을 의식했겠지만, 그 부끄러움보다는(그때는 여학생들이 그 정도로 조금 속마음을 내보이는 것도 부끄럽게 여겼던 시절이었다) 그 아름다운 낙엽을 갖고 싶은 마음이 더 승했으리라. 빛 고운 낙엽보다도 더 고운 그 여인의 마음을 생각하면 지금도 가슴에 옅은 파문이 인다.

정문에서 문리대 행정 건물로 들어가는 길 양쪽에 늘어서 있던 은행나무들도 내게 특별한 기억을 남겼다. 60년대 초 늦가을이었다. 졸업이 가까워 올수록 우리는 초조해졌다. 꿈속같이 감미롭고 자유로운 대학 생활은 끝나 가는데 이제 곧 맞닥뜨려야 할 현실 사회에는 우리의 뜻을 펼 수 있는 아무 전망이 없었다. 어쨌든 우리는 무언가 결단을 내려야 할 시점에 도달했다는 압박감을 느끼면서도 주어진 선택지가 너무나 범속하고 초라한 것들이어서 그중의 하나를 선택해야 할지, 아예 선택을 포기해야 할지 주저하였던 것이다. 그렇게 전망이 암담한 사회에 들어서기 전에 군 복무부터 마쳐야 한다는 것이 그 암울한 선택을 얼마간 유예할 수 있는 여유를 주어 차라리 다행스러웠다. 그러나 자유 천지인 상아탑에서 모든 언행이 구속되는 병영으로 직행한다는 것은 문자 그대로 일락천장 나락으로 빠지는 기분이었다.

그렇게 불안하고 초조했던 어느 가을날이었다. 밤새 찬비가 내리고 난 쌀쌀한 아침 무슨 일로 학교에 일찍이 갔었다. 정문에 들어서자 나는 깜짝 놀라 걸음을 멈춰 서고 말았다. 전날까지도 나무에 붙어 있던 노란 은행나무 잎들이 함빡 떨어져 나무 밑둥 주위에 소복히 쌓여 있었던 것이다 ─마치 얇은 가운을 벗어 떨어뜨리면 발 주위에 폭 내려앉듯이. 고개를 들어 나무를 쳐다보았더니 하룻밤 새에 거짓말같이 한 잎도 남지 않은 나목이 되어 있었다. 그리고 그 위에 눈이 시리게 맑고 푸른 하늘이 전날보다는 수만 리는 더 높이 멀어져 보였다.

"이제 모두 떠나는구나. 여름의 수고를 뒤로하고 나무도, 하늘도, 태양도, 모두 본향으로 돌아가는구나"라고 나는 한숨처럼 중얼거렸다. 그러자 나 혼자만 낙오자가 되었다는 생각과 함께 가슴이 철렁 내려앉았다. 저들에게 여름은 릴케의 시구처럼 "위대하였다." 그렇게 수고하였기에 풍요한 결실로 한 해를 마감하고 돌아가는 것이고, 그래서 거기에는 평안과 안식이 있는 것이었다.

헐리지 않는 것이 없는데

그러나 대학 생활을 어영부영 지낸 나에게는 떠날 시간은 다가오는데 확실히 이룬 것은 없이 후회와 불안만이 있을 뿐이었다. 바로 그 전날까지도 여름의 한 끝이 남아 있다고, 아직은 가을이 아니라고 여기고 있었는데 이렇게 갑자기 닥친 가을은 내게 충격을 주었던 것이다. 시간은 제 법칙대로 어김없이 운행된다는 것을 이날 아침 처음 사무치게 절감하였다. 그 잔인할 정도로 엄정하고 부단한 시간의 운행에 일종의 공포감마저 느꼈던 것이 지금도 기억에 생생히 남아 있다.

그런가 하면, 젊은이의 의기, 정의감, 그리고 숭고한 희생을 상기시키는 나무도 있었다. 정문을 들어와 왼쪽으로 비스듬히 난 길을 따라 오르면 동부 연구실 앞쯤에 게시판이 있었고 그 근처에 라일락나무들이 있었다. 4·19가 난 이듬해인가 그 라일락나무들 곁에 4·19와 그때 희생된 학생들을 기리는 하얀 화강암 석탑이 세워졌다. 4·19 때 문리대 학생이 몇 명이나 희생되었는지 나는 잘 모르지만, 내가 분명히 기억하는 사람은 수학과의 김치호 형이다.

나는 그와 가깝게 지낸 적은 없다. 그러나 그는 내 고등학교 1년 선배였기 때문에 나는 그를 고등학교 때부터 알고 있었다. 그는 얼굴이 좀 길고 약간 주걱턱이었는데, 특히 안경 넘어 선하디선한 눈이 인상적인 청년이었다. 그 눈은 항상 웃음을 띠고 있어서 그를 대하는 사람은 누구나 그가 이쪽에게 호의를 갖고 있음을 확신할 수 있었다. 독실한 기독교 신자인 그는 고등학교에서도 대학에서도 기독학생회를 조직해 열심히 활동하였다. 그는 4·19 날 데모하다가 총상을 입었고 병원으로 이송되어 치료를 기다리던 중 뒤에 들어온 부상자를 먼저 돌봐 주라고 양보했다가 과다출혈로 사망하고 말았다.

라일락이 만개한 어느 봄날 나는 4·19 탑 앞에 혼자 서서 김치호 형을 위해 묵도를 올린 적이 있다. 누가 오른쪽 뺨을 때리면 왼쪽 뺨을 내밀게 선량했던 그가, 체격이 나보다도 더 허약해 보였던 그가 그날 데모대의 앞장을 설 정도로 정의감과 의분에 차 있었고 무장한 경찰들 앞에서 구호를 외칠 만큼 용감했던 것이, 그리고 특히 죽음 앞에서도 이웃에 대한 사랑을 실천할 수 있었다는 것이 나에게 외경스러웠던 것이다. 마침 풍겨오던 라일락 향기가 그의 선한 모습 속에 숨겨 있던 지사적 일면을 말해 주는 듯 맵게 느껴졌었다. 온유하나 옳은 일을 위해 목숨을 내놓을 수 있는 사람, 죽음 앞에서도 그리스도의 가르침을 실천할 수 있었던 사람, 그리고 자기의 종교에 그렇게 확신을 갖고 있으면서도 남에게 강요하지 않고 겸허했던 김치호 형에게서 나는 진정한 기독교인, 진정한 종교인을 보았고 그래서 나만의 작은 존경의 마음을 표했던 것이다.

그런데 지금껏 그를 기억하는 사람이 나만이 아니었다. 며칠 전 동기생 모임에서 우연히 김치호 형 이야기를 꺼냈더니 기억력 좋은 유만근 선생이 자기가 겪은 얘기를 전해 주었다. 4·19가 끝나고 라일락이 흐드러지게 핀 어느 봄날 김붕구 선생님의 '앙드레 지드 강독' 시간이었다 한다. 선생님께서 강의 시작하기 전에 말씀하시기를, 학기 초에 한 학생이 찾아와서 "저희 모임에서 각 분야의 저명한 선생님을 모시어 젊은이들을 위한 좋은 말씀을 듣고 있는데 이번에 선생님을 모시고 싶습니다" 하더라는 것이다. 선생님께서 마침 바쁘셔서 "이번에는 안 되겠고 다음 기회를 보자" 하고 돌려보내셨다는 것이다. "그런데 그 예의바르고 진지한 청년이 바로 김치호 군이었습니다" 하시면서 눈물을 지으셨고, 그 광경을 본 수강생들도 모두 함께 눈물지었다는 것이다.

라일락을 경애하는 사람의 죽음과 연관 지어 애도한 것은 일찍이 휘트먼의 시에 나타나 있다. 링컨이 암살되자 그는 다음과 같이 읊었던 것이다.

헐리지 않는 것이 없는데

지난 라일락이 앞마당에 피고
서쪽 밤하늘에 큰 별이 일찍 이울었을 때
나는 애도했노라, 그리고 돌아오는 봄마다 애도하리라.

When lilacs last in the dooryard bloom'd,
And the great star early droop'd in the western sky in the night,
I mourn'd, and yet shall mourn with ever-returning spring.

김치호 형은 링컨같이 위대한 인물은 아니나 박애 사상, 정의감, 희생
정신에서는 위인들과도 견줄 만한 사람이었고 그래서 마땅히 오래 기억
되어야 할 사람이다.

나는 봄마다 김치호 형을 애도하지는 못했다. 그러나 지금도 어쩌다 라
일락의 매운 향기를 맡으면 문리대 4·19탑 주위의 라일락나무들을 떠올
리고 꽃송이로 떨어져 간 김치호 형을 마음으로 추모한다.

(2016. 7)

황금 부처

만달레이는 미얀마 마지막 왕조의 수도였던 고도로서 여러 가지 고적이 많다. 왕궁을 제외하면 대부분이 사찰인데 그중에서도 가장 유명한 곳이 마하무니 파야(사원)이다. 그곳에는 부처의 생존 당시 그를 직접 모델로 하여 조성했다는 전설이 있는 거대한 황금 부처가 있기 때문이다. 이런 연유로 그곳은 미얀마의 3대 불교 성지 중 하나가 되었다. 우리가 찾아갔을 때에도 관광객보다도 훨씬 더 많은 미얀마인 성지 순례자들로 경내가 붐볐다.

입구에 들어서 바라보니까 양쪽으로 열주가 늘어선 긴 복도가 이어졌는데, 그 복도 끝 법당에 불단을 모으고 그 위에 커다란 황금 불상이 안치되어 있었다. 그런데 복도에는 앉아서 예배 드리는 신도들로 꽉 차서 안으로 들어갈 수가 없었다. 할 수 없이 복도 밖으로 나가서 불단의 측면으로 접근해서야 불상을 좀 자세히 볼 수 있었다.

불상은 좌불이지만 보관(寶冠)까지 합하면 높이가 좋이 3~4미터는 되는 대불인데 그 큰 부처의 전신이 황금으로 뒤덮여 있었다. 보관과 가슴의

장신구들과 특히 거울같이 매끈하게 닦인 부처의 얼굴이 휘황한 조명을 받아 찬연한 황금색으로 빛나는 모습은 과연 장관이었다.

그런데 불상 주위에는 승려와 신도들이 계속해서 작업을 하고 있었다. 그들은 얇은 금박을 부처에게 붙이고 있는 것이었다. 그래서 이 불상의 몸은 점점 더 커가고 있다 한다. 그러고 보니 팔, 무릎, 몸통에 붙인 금박들이 불룩불룩하게 뭉쳐져 있었다. 그렇게 이 불상에 덧붙여진 금의 두께만도 벌써 15센티미터나 된다는 것이다.

재물을 내서 불상을 장엄(莊嚴)하는 것은 하나의 공덕일 것이다. 재물 중에서도 가장 귀한 금을 내서 장엄하는 것은 그래서 크나큰 공덕으로 여겨졌을 것이다. 그러나 부처는 무소유를 설했다. 부처에게 황금은 흙덩이만도 못한 것이다. 금은 단지 헛된 소유욕에 전 중생의 마음에나 소중한 보물일 따름이다. 어떻든 그렇게 움켜쥐려고만 한 금을 부처에게 바친 것만도 세속적 집착을 끊은 점에서는 대단한 것이다.

그러나 그것이 황금에 대한 애착을 완전히 끊은 것일까? 황금이 황금의 상태로 있는 한 그 세속적 가치는 그대로 보유하는 것이고 그것을 내놓은 사람도 값비싼 재화를 내놓았다는 의식을 그대로 지속하는 것이다. 그래서 그는 황금을 바치고도 마음으로 아직도 황금을 놓지 못하고 있는 것이다. 더구나 누군가 자기의 몸무게만큼의 황금을 바쳤다는 말이 전해 내려오면 지금도 저 안에 그 사람 몸무게만큼 그의 금이 들어 있음을 사람들은 떠올리게 되고 그런 면에서 그는 아직도 그 황금을 소유하고 있는 것이다. 그러니 부처를 덮고 있는 저 황금—부처에게는 티끌만도 못한 것이고 대개는 헌정한 사람들의 허영심을 만족시키는 저 황금이 정말 부처를 기리는 것인가. 그보다는 황금을 흩어 부처의 가르침을 널리 전하고 가난한 사람들을 구휼하는 것이 진정으로 황금을 부처에게 바치는 것이 아닐까?

이런 생각을 하며 사원을 나오니 해는 벌써 서편으로 꽤 기울어 있었다. 우리의 다음 행선지는 우 베인 다리인데 그 다리는 일몰의 경관이 특히 일품이라고 알려진 곳이다. 그래서 우리도 해가 지기 전에 다리에 도착하게 해 달라고 운전사에게 각별히 부탁하며 차에 올랐다.

톤타만이라는 호수를 남북으로 가로지르고 있는 이 목조 다리는 교각 사이로 해가 드는 아침, 저녁 때가 사진 촬영의 적시라 한다. 우리가 도착했을 때는 석양이 비끼기 시작할 무렵이었으므로 낙조를 배경으로 다리를 볼 수 있는 다리 동쪽의 호숫가는 벌써 사람들로 가득 차 있었고 그들보다 더 적극적인 사람들은 배를 세내어 타고 호수로 나아가 일렬로 늘어서서 다리를 바라보고 있었다.

우리는 먼저 다리를 걸어 보기로 하였다. 이 다리는 전체가 티크 나무로 되어 있었다. 교각은 약 2미터 간격으로 박은 티크 통나무였다. 그 교각 사이를 나무로 잇고 그 위에 작은 각목을 가로로 깐 것이 전부인 다리였다. 그 각목도 촘촘히 댄 것이 아니라 발이 끼지 않을 정도로 사이가 떨어져 있어서 아래의 호수물이 훤히 내려다보였다. 난간은 다리 가운데에만 있는데 그 역시 손잡이만 있고 그 손잡이와 다리 바닥 사이는 비어 있었다. 이 좌우상하로 텅 빈 다리, 바람이 옆으로 위아래로 거침없이 통과하는 다리, 그래서 없는 듯이 있는 이 다리를 걷는 것은 마치 물 위의 허공을 걷는 기분이었다. 그렇게 가리는 것이 없는 다리를 건너니까 마음도 그만큼 허허로워졌다.

다리를 건너갔다 돌아온 후에도 해가 아직 남아 있어서 우리도 다리 동쪽으로 나와 낙조를 등진 다리를 바라보았다. 거리를 두고 본 다리는 가장 기본적인 기능을 위해서 최소한의 재료를 사용한 토목의 최소주의(minimalism)를 구현하고 있었다. 서편 하늘을 꽉 채운 붉은 노을을 배경으

헐리지 않는 것이 없는데

로 까맣게 나타난 다리의 골격은 차라리 빈약하였다. 자연 위에 세워진 인간의 축조물은 대개가 자연을 압도하려는 오만을 전시하는 것들이지만, 이 다리에서는 그런 인간의 오기나 속기라고는 찾아볼 수 없었다. 장렬한 낙조에 대비된 다리의 앙상한 실루엣은 오히려 너무 겸허할 정도였다. 그것의 아름다움은 겸손을 미의 한 속성이라고 한다면 아름답다 할 수 있는 그런 아름다움이었다. 그것은 심미적 쾌감을 주기보다는 영혼의 평화를 가져다 주는 것이었다. 다리는 가난한 자신을 부끄러움 없이 내보이고 장려(壯麗)한 자연이 그것을 자기의 일부로 감싸 안음으로써 감동적인 장면이 연출되었던 것이다. 그래서 가사를 걸친 맨발의 승려가 천천히 건너는 모습이나 허리 굽은 농부가 낡은 자전거를 끌고 가는 모습이 거대한 붉은 노을을 뒤로한 이 다리에 기막히게 잘 어울리었다.

이 다리는 19세기 중반에 왕궁을 잉와에서 아마라푸라로 옮길 때 새 왕궁을 짓고 남은 목재를 가지고 당시의 시장이었던 우 베인이 지었다 한다. 북쪽의 파토도지 사원과 남쪽의 짜욱도지 사원의 승려들이 왕래할 수 있게 하기 위해 지은 다리라 하니 우 베인은 큰 불사(佛事)를 한 것이다. 그러나 실제로는 물론 승려들보다 일반인들이 더 많이 이용하는 다리가 되었다.

수행자가 차안(此岸)에서 피안(彼岸)으로 건너간다는 것은 성불(成佛)의 전통적인 은유이다. 그런 의미에서 우 베인은 이 다리를 통해 은유적으로 수행자의 득도를 돕고 있는 것이고 그리하여 부처의 가르침을 실행한 것이 된다. 그러나 무수한 중생이 그 다리로 인해 호수를 돌아가는 수고를 덜고 편안한 삶을 영위한다는 것이야말로 중생의 고통을 소멸해 주겠다는 부처의 큰 서원을 구현한 것이 아닌가. 불가에서는 천지간에 부처가 아닌 것이 없다고 한다. 이 다리는 더구나 수행자와 뭇 중생에게 이처럼 부처의 뜻을 펴고 있으니 부처의 화신(化身)이라 하여 지나침이 없을 것이다.

그러나 우 베인은 이 부처의 화신을 황금으로 장엄하지 않았다. 그 대신 고가의 티크 목재 값과 3년에 긍한 공사 비용으로 많은 돈을 썼던 것이다. 황금을 살 수 있는 재화를 그렇게 흩어 썼으니까 그는 황금을 버린 것이고, 그 재화를 부처를 위해 썼으니까 그만큼의 황금을 부처에게 바친 것이다.

그렇게 고귀한 뜻으로 지은 다리건만 오랜 세월을 지내는 동안 교각의 밑둥은 썩은 것이 많았고 물 밖으로 나온 부분도 풍우에 깎이고 상해서 전체적으로 무척 낡은 모습이었다. 그러나 그런 이 다리에도 불상 위를 덮은 황금 못지않은 황금 장엄이 있었다. 그것은 아침저녁으로 눈부신 태양이 이 다리를 찬란한 황금빛으로 물들여 주고 있는 것이었다.

(2016. 7)

헐리지 않는 것이 없는데

변월룡 화백의 어머니 초상

얼마 전 덕수궁미술관에서 있었던 변월룡(邊月龍) 회고전을 관람하였다. 변월룡 화백은 1916년 연해주에서 태어나서 상트 페테르부르크에서 미술 공부를 하였고 레핀 아카데미라는 소련 최고의 미술학교의 교수를 역임한 탁월한 화가였다. 그는 사회주의 리얼리즘을 북한 미술가들에게 가르치기 위해 1953년 소련 정부로부터 북한에 파견되어 1년여 간 체류하면서 북한의 각계 문화인들과 두루 교유하였다. 그의 작품에는 풍경화, 정치 선전화, 초상화, 목탄화, 판화 등 여러 장르가 있으나 그가 특히 뛰어난 장르는 단연 초상화였다.

그는 인물을 여실히 그려 내는 사실적 기법을 완벽히 구사했는데, 특히 놀라운 것은 외형의 핍진한 재현은 물론이고 그 위에 내면의 특징을 그려 내는 신기한 능력을 가졌다는 점이었다. 변 화백이 그린 인물과 마주하면 그의 성격은 물론 그의 사람됨과 심지어 그가 살아온 내력까지도 알 수 있을 것 같았다. 그래서 관객은 그의 초상화를 보면서 마치 아는 사람을 만나는 것 같은 친근감을 느낄 수 있었던 것이다. 말만 할 수 있다면 오랜 친지같이 그들과 사적인 대화도 나눌 수 있을 것 같았다.

그런 특이한 친화감을 즐기며 인물들을 둘러보던 나는 한 연만한 조선 여인의 초상 앞에서 발이 딱 멈춰서고 말았다. 변 화백의 어머니 초상이었다. 여기에는 쉽게 지나칠 수 없는 기막힌 사연과 짙고 복잡한 정서가 어리어 있었던 것이다.

검정 치마, 흰 저고리의 한복을 차려입은 70대의 여인은 후덕한 얼굴에 풍신한 체격이었다. 그러나 그의 어깨가 약간 앞으로 굽은 것은 그가 평생 짊어져 온 삶의 무게를 느끼게 하였다. 그의 머리는 백발이었고 눈꺼풀도 주름져 있었는데 왼쪽이 조금 더 내려앉은 것은 필경 수없이 많이 흘린 눈물 때문이었을 것이다. 그럼에도 불구하고 지그시 앞을 응시하는 두 눈은 갖은 풍상을 다 겪고 나서 이제는 어떤 일이 일어나더라도 더 놀랄 것이 없다는 듯한 표정이었다. 그 의연함에는 모든 역경을 묵묵히 견뎌 내어 결국은 생명을 일구어 내는 대지의 무궁한 힘과 같은 깊이와 대범함이 있었다. 발등까지 덮은 검은 치마를 두른 하반신이 마치 대지에 뿌리 박은 거목 같은 느낌을 주는 것도 이런 효과를 내는 데에 일조하였다.

변 화백은 그림의 배경을 짙은 어두운 색으로 처리하고 아무것도 그리지 않았다. 주위에 왜 침대나 의자, 양탄자 같은 중앙아시아의 기물들이 없었겠냐만 그런 것들은 평생 같이 살았어도 자기 어머니의 본질적인 삶과 무관한 것이었기 때문일 것이다. 그런 것 대신 그는 오지항아리를 하나 곁에 그려 놓았다. 그 여인이 의지할 아무것도, 그를 감싸 줄 아무것도 없는 캄캄한 세상에 오직 오지항아리 하나라! 그것을 보는 순간 나의 입에서는 "아!" 하는 탄성이 부지불식간에 터져 나왔다. 변 화백에게 그것은 자기 어머니의 분신이었던 것이다. 그것은 연해주에서 평화롭게 살던 어느 날 날벼락 같은 소개령이 떨어졌을 때 그 황망 중에서도 목숨같이 끌

헐리지 않는 것이 없는데

어안고 온 도깨그릇이었을 것이다. 그러나 그 항아리의 내력이 어찌 연해주서부터이랴. 그 항아리는 한반도 어느 곳에서 빚어진 것이 틀림없고, 그곳에서부터 살 곳을 찾아 만주 벌판을 지나 연해주까지 흘러오는 수천 리 길에도 이 여인과 같이 왔을 것이다. 조선의 황토로 빚은 항아리—그보다 더 조선 백성, 특히 조선 여인의 삶을 적절히 상징하는 것이 달리 무엇이 있을 것인가.

그리고 그 안에는 필경 된장이 담겨 있었을 것이다. 변 화백의 어머니는 그것을 끓여 자식들을 키웠을 것이고, 이제는 러시아인 며느리에게도, 거기서 난 손자들에게도 먹이고 있었을 것이다. 그 오지항아리와 거기 든 음식, 그리고 고향은 꿈길로도 닿지 않을 만큼 멀리 떨어진 이국땅에서도 곱게 차려 입은 한복—그 끈질긴 조선인의 정체성은 나라 잃은 백성, 남의 나라에서도 다시 내쫓긴 버려진 종족, 그중에서도 또 약자인 여인이 지킨 것이기에 눈물겨움을 넘어 머리가 숙여지는 숭고함으로 다가왔다.

그렇게 살아온 자기 어머니의 일생을 변 화백은 그의 두 손으로 집약하고 있었다. 마치 예를 올릴 듯이 앞으로 공손히 맞쥐고 있는 두 손은 여인의 손이라고 하기에는 너무나 투박하고 뭉툭하였다. 그것은 얼음물이면 얼음을 깨고 들어갔고 불구덩이면 불덩이도 집었으며 흙을 헤집고 돌을 파내느라고 뼈마디가 굵어지고 손끝이 무디어진 손이었다. 수다한 식구의 입에 먹을 것을 마련하고 가정을 세운 손, 그 모든 공이 제 것이건만 그것을 모르는 채 겸허하게 자신을 낮추고 있는 손—나는 와락 그 손을 붙잡고 목 놓아 울고 싶었다.

그러나 그것은 슬프기만 한 손이 아니었다. 그것은 또한 끝없는 봉사와 헌신과 자기희생으로 사랑을 실천한 위대하고 거룩한 손이었다. 나는 그런 손을 변 화백의 어머니에게서 말고는 테레사 수녀에게서 보았을 뿐이다. 그래서 그 손은 붙잡으면 눈물을 흘릴 뿐 아니라 무릎 꿇고 경배하고 싶은 손이었다. 변 화백은 당연히 그 손을 화면의 정중앙에, 조명이 제일 밝은 곳에 위치시켜 강조하고 있었다.

세계 어느 곳의 어머니건 자식들에게는 사랑과 헌신의 화신임은 마찬가지일 터이다. 그러나 나라 잃은 백성의 여인으로 고향에서 수천 리 떨어진 타국에 살림을 차렸다가 다시 그곳에서 수천 리를 더 멀리 쫓겨 산설고 물 선 곳으로 와서도 여전히 조국의 생활방식을 지키며 살면서 자식을 훌륭히 교육시켜 러시아 굴지의 예술가로 키워 낸 어머니는 조선의 어머니밖에 없을 것이다. 변 화백이 이 초상화를 자기 화실에서 제일 눈에 띄는 곳에 걸어 놓고 늘 쳐다보았다는 것도 이 특별한 어머니에 대한 그의 깊은 존경심을 엿볼 수 있게 한다.

이런 점에서 볼 때 변 화백이 초상 아래쪽에 단정한 한글로 '어머니'라고 써 놓은 것은 의미심장하다. 그것은 그림의 제목이 아니었다. 제목이면 그림 밖 여백에 조그맣게 써 놓을 것이지 그렇게 그림 위에 크게 써 놨을 리가 없다. 또 제목이면 러시아어나 영어로 쓸 것이지 러시아 바닥에서 누가 알아보라고 한글로 써 놓을 것인가? 그것은 그가 그림 위에 일부러 덧붙인 것임에 틀림없었다. 자기 어머니가 살아온 기구한 역정과 독특한 생활방식과 자식들에 대한 절절한 사랑은 그 어느 말로도 담을 수 없고 오직 우리말로 '어머니'라고 해야만 제대로 포괄할 수 있는데, 인물의 영혼을 화폭에 담아 낼 수 있는 그의 도저한 화필로도 그것은 끝내 다 표현해 낼 수 없었을 것이다. 그래서 그 미진한 바를 그대로 '어머니'라고 적어 놓았을 것이다. 그는 자기 어머니 앞에서 예술의 한계를 고백한 것이다.

변월룡 화백의 어머니는 거기 그렇게 예술의 한계를 넘어 홀로 서 있었다.

(2016. 8)

헐리지 않는 것이 없는데

갈대 소년

  낙동강 하구(河口) 갈대 무성한 마을에 한 소년이 자랐다. 그는 갈꽃 피는 갈밭(蘆田)에서 놀았고, 그 옆으로 유유히 흐르는 샛강물을 내다보며 자랐다. 갈대는 문밖에만 있는 것이 아니었다. 소년의 집은 갈대를 엮은 '새나리'로 이엉을 하였고 갈대로 엮은 바자로 울을 쳤으며 토방에는 역시 갈대로 엮은 새자리를 깔았었다.

  갈대는 그의 마음속에도 있었다. 수평으로 흐르는 강과 그 옆에 수직으로 곧추선 갈대는 그의 마음의 씨와 날이 되었다. 갈밭에는 늘 바람이 불었다. 바람에 갈대가 흔들리면 소년의 마음도 흔들렸다—즐거움으로, 슬픔으로, 알 수 없는 그리움으로. 그것들이 소년의 시심(詩心)을 키웠다.

  소년은 부산으로 나가 학교를 다녔다. 중고등학생 때 그는 소월, 지용, 청마, 미당 등의 시를 탐독하며 시인의 길을 걷기 시작했다. 그리고 방학이면 갈대 마을로 돌아왔다. 고향에 와서 소를 먹이면서도 그는 문학책을 읽었고 감동적인 구절을 만나면 행간에 풀잎을 갖다 대고 손톱으로 찍 그으며 읽었다. 그는 그것을 "풀빛 언더라인"이라고 불렀다.

소년은 어른이 되어 서울로 와서 대학에서 국문학을 전공했다. 졸업 후 그는 고등학교에서, 나중에는 대학교에서 학생들에게 문학을 가르쳤다. 그렇게 도시의 어른이 되어 갔지만, 가슴속은 여전히 소년이었다. 그 천진한 미소, 맑은 눈빛, 그리고 무엇보다도 숫되고 순수한 마음, 모든 정감적인 것에 예민하게 반응하는 그 다감한 마음은 소년의 것 그대로였다. 문학에 대한 사랑도 그렇게 순수했다. 그렇지 않았더라면 모두가 가난했던 70년대 초에, 특별한 재력도 없던 터에 그가 소극장 운동에 뛰어들어 2~3년간 극장을 운영하는 무모할 정도의 대책 없는 시도는 있을 수 없었을 것이다.

그는 태생적으로 시인이었기에 시를 썼고 또 산문도 썼다. 그가 만난 많은 지인들과 예술작품과 사물에 대한 살뜰한 애정과 섬세한 반응을 감각적인 언어로 엮어 냈던 것이다. 그러나 그것이 애정이었든 그리움이었든 정감적 반응이었든 그것은 결코 격렬하거나 요란한 것이 아니었다. 그것은 혜살 짓지 않고 흐르는 물처럼 깊되 조용하였고 달빛 어린 고도(古都)를 바라보는 감회처럼 사무치지만 여린 것이었다. 그런 글의 잔잔한 아름다움을 추구했던 그가 시류에 관심할 리 없었다. 따라서 이 영악하고 권력 지향적인 세상도 그의 시집과 산문집을 주목하지 않았다. 그에 괘념치 않고 그는 계속 자기류의 시를 썼고 지인들에게 「초우재통신」을 보내어 문교(文交)하는 것으로 만족했다.

그렇게 외로운 길을 혼자 걷다가 10여 년 전에 대학 동창들과 함께 동인지를 내게 되었다. 동인들은 모두 그의 글의 서정성을 높이 평가하였고 그중 몇몇은 그의 예민한 감수성과 그것을 효과적으로 담아 내는 그의 독특한 문체에 매료되어 극찬을 아끼지 않았다. 이에 고무되었음인지, 침잠하였던 그의 창작욕은 지난 10년간 놀랍도록 힘차게 다시 분출하여 수많

헐리지 않는 것이 없는데

은 작품을 생산해 냈다. 그중에서 300편 가량의 시를 엄선하여 두 권의 시집을 상재하였고 산문집도 한 권 가제본을 거쳐 곧 출판될 단계에 있다. 문학에 대한 한결같은 순정과 오랜 헌신을 기리기 위한 마지막 화려한 불꽃이었을까? 그의 마지막 10년은 지기(知己)들의 갈채 속에 그의 문학을 한껏 꽃피웠던 시절이었다. 그는 그 불꽃이 다 사그라지기 전에 이 세상을 떠났다. 손을 움직일 수 있을 때까지 시를 썼고 글을 쓸 수 없을 때는 구술을 하였으니 그는 온전히 시인으로 살다 간 것이다.

"남녘 물가"라는 뜻의 남정(南汀)이 그의 아호이듯이, 생존해 있는 동안 그의 마음은 언제나 낙동강 하구 갈대 우거진 모래톱에 가 있었다. 그의 첫 번째 들꽃시집의 발(跋)을 붙인 후배가 "그가 자란 갈대 우거진 강마을"이라고 쓴 것을 "그가 자란 낙동강 하구 갈대 우거진 강마을"이라고 써 달라고 부탁할 정도로 고향 갈대밭에 대한 그의 애정은 극진한 것이었다.

이제 그는 가고 없다. 그러나 그의 영혼은 분명 어렸을 적 노닐던 갈대밭에 가 있을 것이다. 그러므로 언제나 미소를 띠고 겸손한 태도로 조근조근 이야기해 주던 그의 목소리를 그리는 사람들이여, 낙동강 하구 갈대밭으로 가 보라. 거기서 이 소슬한 가을, 갈대 서걱거리는 소리에 조용히 귀 기울여 보라. 그러면 아득히 멀리서 해맑게 속삭이는 한 소년의 목소리를 들을 수 있을 것이다.

(2016. 10)

산작약

새댁 입술의 발열
이파리의
버엉함

신열 끝의 오한
새댁 입술
저 마름

김상태

싸움 본능

　나도 수년 전까지 테니스를 즐겼다. 이제는 테니스는커녕 걷기조차 힘든 편이다. 걷는 것이 내게 있어서 가장 좋은 건강법이라고 해서 아침마다 동네의 산책로를 한 바퀴 도는 것이 나의 유일한 운동이다. 나이 많이 들었으니 어쩔 수 없는 일이라고 단념하고 있지만 때로는 내 몸이 왜 이 모양이 되었나 하고 자탄할 때도 많다. 오래전부터 다리에 이상이 오고 있다는 것을 감지하고는 있었지만 그러다가 말겠지 하고 안이하게 생각했던 게 잘못이다. 아니, 그때 수선을 떨어도 별수 없었는지 모른다. 점점 심해져서 이제는 나의 걷는 모습을 보고는 측은하다는 표정을 지어 보인다. 이 지경에 이를 것이라고는 전혀 예상하지 못했다. 말초신경염이라나, 그런 병명이었다. 이런 병이 있는 줄은 이전에는 들어 본 적도 없다.

　젊어서부터 운동을 꽤 좋아했던 편이었다. 선수가 될 자질은 못 되지만 배구, 철봉, 하이코브, 터치볼, 씨름 등 어릴 때 쉽게 할 수 있는 운동은 모두 조금씩 했다. 태권도와 유도 등은 하고 싶었지만 기회가 주어지지 않아서 시늉만 내다가 그만두었다. 그런데 씨름은 어느 정도 재능이 있었던지, 소학교 때부터 곧잘 했다. 가령, 소학교 때 반 학생을 번호순으로 두 편을 갈라 양편에서 한 사람씩 나와 붙었는데, 나의 키는 중간쯤이었다. 내 차례에 와서는 상대편 반 아이들이 모조리 지는 것이었다. 고등학교 때도 우리 반 덩치 큰 애들이 전부 빠져서 내가 어쩔 수 없이 반 선수로 나갔는데 덩치 큰 딴 반 친구들이 내게 여지없이 지고는 믿기지 않는다는 듯이 고개를 절레절레 흔들며 들어간 적이 있었다. 씨름반장이 씨름반에 가입하라고 강권하는 것을 거절하느라고 곤욕을 치른 적도 있다. 내게 씨름 재능이 있다는 것을 아무도 믿어 주지 않았지만 나 혼자 빙그레 웃을 때가 있다.

그런데 늦게 테니스를 배워서 한동안은 만사 팽개치고 미쳐 있을 때가 있었다. 테니스를 처음 시작한 것은 내 나이 서른여섯인가 일곱쯤 되었을 때라고 기억된다. 재미가 붙기 시작하자 다른 운동은 거들떠보지도 않았다. 아침이 되면 하늘을 먼저 바라보는 것이 습관이 되어버렸다. 당시는 거의 클레이 코트였기 때문에 비가 오면 할 수 없었다. 민관식 씨가 당시 장관으로 있었는데 자신이 테니스를 너무 좋아해서 테니스 보급에 크게 공헌을 했다. 그 덕분으로 대학 교수들 가운데 테니스를 시작한 사람이 많다. 나도 그중의 한 사람이다. 한국에서 생산하지 못하던 테니스공도 무관세로 수입해 오고, 테니스 라켓도 면세로 들여오고 해서 대학에 가히 테니스 열풍을 일으켰다. 내가 생각해도 운동에 별로 재능이 없는 나지만 테니스만은 너무 좋아해서 아내 말에 의하면 반쯤은 미쳤다고 했다. 그렇지만 잘하는 편은 아니라는 말이 맞다.

테니스는 복싱이나 태권도와는 달리 신사 운동이라고 한다. 맞는 말이다. 하지만 인간의, 아니 동물의 싸움 본능에서 왔다는 말은 절대로 틀린 말이 아니다. 그 싸움 본능은 동물이면 다 갖고 있는, 아주 보편적인 본능

헐리지 않는 것이 없는데

이다. 싸워서 이기는 자만이 암컷을 차지할 수 있는 동물 세계의 보편적 본능 말이다. 약한 동물을 습격해서 먹이로 삼아 생존하는 사자나 호랑이를 비롯해서 작은 미물끼리도 타 종족을 공격해서 살아가고 있는 그 본능은 차라리 자연의 섭리라고 해야 할까.

운동의 게임은 모두 바로 그 싸움 본능에 근원을 두고 있다고 생각한다. 다른 동물들은 생존을 위한 싸움을 계속하고 있지만 인간만은 이 싸움 본능을 승화시켜 운동의 게임으로 즐기고 있다. 동물들은 그들의 본능 세계 그대로 살고 있는 셈이다. 그러나 인간들이 그들의 자연 세계에 점차 관여하게 되니까 줄어들기 시작했다. 이제는 거의 멸종할 위기에 처하게 되었다. 그들을 보호할 대책을 세우느라고 세계의 동물학자들이 머리를 싸매고 있는 셈이다. 참으로 아이러니라고 하지 않을 수 없다.

싸움 본능은 식욕, 성욕 등과 같이 모든 인간에게 깊이 내재해 있다. 문명화되기 시작하면서 대체되는 운동으로 그 싸움 본능을 정화시키기 시작한 것이다. 게임에 규칙이 생기기 시작한 것도 바로 그 때문이다. 규칙을 지키지 않거나 무시하는 게임은 운동의 게임으로 존재할 수 없게 된다. 가끔 금전으로 매수해서 게임 규칙을 속였을 경우, 법의 제재까지 받게 되는 예가 있다. 그 규칙 안에서 상대팀을 꺾어야 한다. 테니스는 신사 게임이라고 해서 얼핏 보기에 상대팀을 독하게 공격하는 것처럼 보이지 않는다. 하지만 규칙 내에서는 온갖 수를 다 써서 상대가 방어할 수 없도록 격렬하게 공격한다. 그렇게 해야만 승리할 수 있기 때문이다. 권투나 격투처럼 상대를 무자비하게 공격해서 반죽음이 되도록 하는 것과는 다르다. 나는 테니스 라켓을 들고 바라볼 때마다 김유신 장군이 동료들과 검을 겨루었을 때 어떻게 했을까 하는 부질없는 상상을 한다.

임진왜란 때 명군이 우리를 도와주었기도 했지만, 대국에 대한 충성심으로 이 나라 조정 대신뿐 아니라, 일반 서민까지 속을 뒤집어 봐도 안팎 다르지 않게 명나라를 숭배했다. 그렇지만 명을 세운 주원장이 얼마나 많은 선량한 사람들을 도륙했는지는 알고 있는지 모르겠다. 그는 젊었을 적에는 동네 깡패에 불과했다. 난세에 운이 좋아 깡패 집단을 거느리고 나라를 세우기까지 했고 눈에 거슬리는 자가 있으면 사정없이 처형했다. 소위 학자들이라고 하는 사람들은 그의 비위를 맞추기에 급급했고, 그에게 벼슬을 얻어 하기 위해서 온갖 아첨을 다 떨었다. 학자들이란 무식한 무장들이 검으로 쟁취한 권력에 시녀 노릇을 한 것이 아닌가 하는 생각이 든다. 그 역시 싸움 본능의 연장선상에서 국가와 국민을 말해야 하고, 인류 문화를 다루고 논해야 하지 않을까.

보신탕을 즐기는 사람이 있는가 하면 개를 애완견으로 키우면서 사람보다 더 귀하게 대접하는 사람이 있다. 사람에 따라 개를 보는 눈이 전혀 다르다고 할 수 있다. 분명 아이러니다. 나는 매일 아침 나의 건강을 위해서 아파트 둘레의 산책길을 걷는다. 그런데 강아지를 데리고 나오는 사람이 의외로 많다. 본인의 건강을 위해서라기보다 강아지를 운동시키기 위해서 나오는 것으로 보인다. 대개는 작은 강아지들이지만 주인을 따라 졸졸 따라오다가도 나무 밑이나 울타리 밑에 오면 한 발 버쩍 들고 오줌을 갈긴다. 주인의 목줄에 매여서 이리저리 끌려 다니지만 곳곳에 가서 그 짓을 반복하는 것을 보면 태어날 때부터 가진 본능이다. 매번 그러다 보니 오줌이 나올 리도 없다. 그래도 곳곳을 지나면서 그 짓을 하는 것을 보면 오줌을 싸기 위해서 그러는 것이 아니라는 것이 분명하다. 자기 영역 표시를 하고 있는 셈이다. 자기 영역을 지키기 위한 동물의 영역 표시 본능일 것이다. 인간의 손에 길들여지고 난 뒤에 이미 쓸모없는 버릇이 되었지만 영역 표시의 본능은 시늉이나마 아직도 남아 있는 모양이다.

헐리지 않는 것이 없는데

강아지는 본능에 따라 아무 쓸데 없이 하는 짓이지만, 모든 동물들이 그렇게 자기 영역을 표시하고 있다고 생각된다. 사자나 호랑이같이 사나운 짐승들은 그들의 영역 표시가 동종의 짐승에게는 엄한 경고가 될 것이고, 약한 짐승들에게는 공포의 대상이 되리라 생각된다. 그렇다면 인간도 동물의 일종인 바에야 영역 표시를 분명히 하고 있을 것이다. 어떻게 하고 있을까. 지능이 낮은 동물들처럼 그렇게 우직하게 하고 있지 않을 것이다. 보다 고급스럽게, 보다 교묘하게 하고 있을 것으로 생각된다.

　　한동안 사회주의가 전 세계를 풍미하고 있었지만 다가오는 사회에서는 자본주의에 사회주의를 가미한 정치 체제가 자리를 잡을 수밖에 없다. 지배자를 국민이 선출하는 사회로 가고 있기 때문이다. 어쨌든 사회를 움직이고 지배하는 가장 중요한 규칙을 만드는 것은 요컨대 돈이다. 권력이랄수도 있다. 권력이 바로 돈을 만들어 낼 수 있기 때문이다. 돈이 권력보다 더 긴 항구성을 지녔다고 생각되는 모양이다. 근래 검사장이라는 꽤 높은 지위를 갖고 있는 사람도 부정한 돈을 탐해서 감옥으로 가는 것을 보니까 그런 점이 더 명확해진다고 볼 수밖에 없다. 하기야 히틀러나 북한의 김정은같이 무소불능의 권력을 쥐고 있으면 돈 같은 것은 눈에 들어오지도 않을 것이다. 아니, 국가를 통치하려면 돈이 절대로 필요하다. 그러나 세계의 대세는 분명히 민주주의로 가고 있다. "모든 권력은 국민으로부터 나온다"는 조문이 희화화되지 않는 한 무시할 수는 없는 힘을 지니고 있다. 이런 사회에서는 돈이 가장 큰 힘을 지니고 있을 수밖에 없다. 동물의 세계에서 사자나 호랑이의 힘과 같은 것이다.

　　개인 간의 싸움 본능은 우리가 재미로 하는 운동의 게임으로 해소된다고 생각된다. 때로는 그 승패가 매우 심각할 수도 있지만 끝나고 나면 허허 웃고 마는 것이 대부분이다. 물론 돈과 연관이 있는 게임이라든지, 국가의 명예가 걸려 있을 경우 죽고 살기만큼 심각한 결과를 불러올 수 있다. 그러나 우리들 대부분의 사람들은 동물처럼 생명을 걸고 게임을 하지는 않는다. 게임을 즐기면서 인간 깊숙이 내재해 있는 싸움 본능을 해소하는 것이다. 하긴 세계대전처럼 전 인류 수십 수백만의 생명을 앗아가는 큰 싸움은 서로가 겁이 나서 치르지 못하고 있는 것이다.

싸움 본능은 인간도 동물의 일종인 한에서는 언제나 우리 몸속에 잠재해 있다. 그 싸움 본능을 잠재우기 위하여 운동의 게임으로 해소한다. 정치가나 사회운동가들은 평화를 외친다. '사랑'과 '자비'를 강조한 성인들이 얼마나 많았던가. 그렇다. 테니스 게임으로 그 싸움 본능을 대상(代償)하려는 것이 아닌가.

사자가 한 무리의 왕 노릇을 하다가 젊고 힘센 놈이 나타나서 그놈과 싸워서 이기면 그 자리를 유지할 수 있지만 지면 쓸쓸히 떠날 수밖에 없는 것이 자연계의 섭리다. 하지만 인간은 늙은이를 보살펴 주는 사례를 만들어 두고 있다. 자연의 섭리를 거스르고 있는 셈이다. 그 덕분에 인간의 수명이 많이 길어졌다. 그것이 과연 옳은 것인지 어떤지는 판단이 서지 않는다. 게다가 다른 동물들과는 달리 자연에 돌아가는 절차도 제법 그럴듯하게 치른다. 본인은 알지도 못하는데 가족들이 모이고, 친지들이 모여서 이 세상의 종언을 슬퍼한다.

게임에 지고 즐거워할 사람은 없다. 어떻게 보면 싸움 본능의 소멸이라고 할 수 있다. 생명과의 싸움에서 진 것이다. 그렇지만 자연의 섭리에 순응하는 것만이, 그것도 즐겁게 순응하는 것만이 이 생명의 게임을 즐기고 이 세상을 떠나는 길이다.

(2016. 8. 9)

헐리지 않는 것이 없는데

욕망과 절제 사이에서

　최근 리우의 올림픽 경기에서 온 세계의 주목을 받았던 선수가 있었다. 자메이카의 우사인 볼트라는 인물이다. 올림픽 3연패를 달성한 선수로서 100미터에 이어 200미터, 400미터 계주까지 신기록을 달성해서 화제의 인물이 되었다. 세계의 매스컴들은 올해 올림픽 제일의 영웅이라고 칭송했다. 승리 후 그의 독특한 세리머니가 유명해서 그를 더욱 멋진 영웅으로 만들었다. 그런데 축복에는 액이 따라붙는 법인지 액땜을 하는 것을 보았다. 워낙 유명 인사인 터라 파파라치들이 가만히 있을 리가 없다. 그에게 정혼한 여인이 있었다. 서양이나 동양이나 약속한 사람 외의 사람과 정사를 즐기는 일이 발각되면 비난이 쏟아지기 마련이다. 매스컴이 더 난리를 피웠다. 유명해지면 그 명성과 함께 돈도 많이 생기는지, 아니면 그 명성에 혹해서 그와 하룻밤의 즐거운 놀이를 같이 했는지는 모르지만 돈도 있고, 명성도 있으면 으레 여인들이 잘 꼬여든다. 대체로 사내들이란 부족할 데 없는 미인을 아내로 두고 있어도 딴 여자와 바람을 피우는 예가 흔하다.

한눈을 파는 버릇을 원래부터 갖고 있는 것이 사내들인지, 아니면 찬을 바꾸어 먹듯이 같은 음식에 질려서 다른 음식을 먹고 싶기 때문인지 모를 일이다. 그런 사내들에게 꼭 꼬리를 치는 여인이 있다. 새로운 음식을 먹어 보고 싶어 하듯이 그녀와 바람을 한번 피워 보고 싶은 생각이 드는 모양이다. 내가 '대체로'라고 말하는 것은 전혀 그렇지 않은 사람도 있다는 의미다. 삿대질을 하며 내게 대들 사람이 있을지도 모른다. 저가 그러니까 남도 그런 줄 알고 함께 끌어넣는다고 공박할지도 모르니까 하는 소리다. 물론 안팎으로 행실이 바른 사람은 전혀 그렇지 않을 수 있다. 내게 정색을 하고 대드는 사람이 있을까 봐 하는 소리다. 내 마음 짚어서 하는 소리니까 너무 탓하지 말기 바란다.

전부 그렇다고는 말할 수는 없지만 사내들이란 다 그렇고 그렇지, 하고 아예 치지도외시하고 사는 여인들도 많다. 비단 우사인 볼트가 아니더라도 사내들이란 워낙 바람기를 천성으로 타고났다고 하면 큰 실례가 되는 것인가. 이미 정혼한 여인이 있어도 그렇지만, 남이 보기에 아주 단란한 가정을 꾸미고 사는 사내도 매력적인 여인과 은근히 로맨스를 즐기고 싶어 하는 심정을 감추고 있다고 하면 저나 그렇지, 왜 남을 끌어넣어 하고 탓할 터인가. 물론 음행을 즐기는 사내들이 있긴 있다. 내가 사내들에 대해서만 말했지만 여자라고 해서 전혀 그런 마음이 없다고 단정할 수 있을까. 내가 여인이 되어 보지 못했으니, 꼭 그렇다고 말할 수는 없다. 성인 군자도 가끔 성에 있어서는 일탈이 있었던 것을 보면 전혀 그렇지 않다고 부정할 처지는 아니라고 생각된다. 내 마음 짚어 남을 안다고 매력적인 이성을 보면 나도 모르는 사이 눈이 가고, 마음이 끌리는 것이 사실이다. 그와 달콤한 로맨스를 한 번쯤은 가지고 싶다는 간절한 욕구를 부정하지는 못한다. 그것이 차라리 인간의 원초적인 본능이 아닐까.

헐리지 않는 것이 없는데

동물들의 세계를 보면 힘이 센 녀석이 뭇 암컷들을 몽땅 차지하는 예가 흔하다. 가끔은 자기 짝에 충실한 동물도 있긴 있다. 그러나 사자나 물개 같은 녀석들은 최강자가 무리의 암컷을 다 차지한다. 그보다 더한 강자가 나타나면 힘의 승패를 겨루다가 패하면 죽거나 쫓겨나서 비참한 신세가 된다. 이후 어디서 어떻게 죽는지도 모르고 생을 마감한다고 한다. 뿐만 아니라 자기와 교배해서 만든 새끼가 아니면 연약한 새끼들을 전부 물어 죽인다는 것이다. 강자의 질서만이 작용하는 세계인 셈이다. 암컷들도 새 강자의 씨를 받아서 키우는 것이 당연하다는 듯이 따른다.

매스컴에 자주 보도되고 있지만 권력 있고, 돈 있는 명사급 사내들이 젊은 여인들을 집적거려서 창피를 당하는 예를 자주 본다. 물론 자기 아내가 아닌 여인들과의 관계에서 들통이 나서 치르는 곤욕이다. 동물과 다른 점은 인간 스스로 만든 규율이 더 큰 힘을 발휘하기 때문이다. 남녀 양인이 서로 마음이 맞아서 은밀하게 진행된 예는 그대로 묻히고 만다. 끝까지 알려지지 않고 진행되면 아주 좋은데 지금의 세상은 감시하는 눈들이 워낙 많아서 그렇게 호락호락하게 넘어가지 않는다. 두 남녀가 유명 인사가 될 경우 세상에 알려지지 않고 끝나는 경우가 극히 드물다. 지금까지 그가 쌓아 온 행적을 뭉개 버리고 아주 나쁜 놈으로 매도된다. 매도하는 데 열을 올리고 있는 바로 그 사람은 과연 전혀 그런 욕망이 없었을까. 얼마 전까지만 해도 간통죄로 단죄되어서 구속 수사될 뿐 아니라 사회적으로 거의 매장되었다. 두 사람만이 가진 지금까지의 달콤한 사랑은 일시에 추악한 죄로 단정되어 죄인 취급을 받았던 것이다. "내가 하면 로맨스고, 남이 하면 불륜이 된다"는 말도 그렇게 해서 된 말이다.

사내로서 왕성한 성욕을 지니고 있지 못하면 만사를 기운차게 진행시킬 수 없다는 것이 상식이다. 심리학자 프로이트에 의하면 인간을 역동적으로 활동하게 하는 욕망은 '리비도'라고 한다. 리비도가 지니고 있는 가장 큰 힘은 성욕이라는 것이다. 그 리비도를 어떻게 절제하고 조절하느냐에 따라 그 사람의 행동이 결정된다. 요컨대 성욕은 절대로 나쁜 것이 아니다. 리비도가 마음속에서 꿈틀거리고 있기 때문에 그 사람의 능력이 발휘되는 것이다.

전철이나 버스에서 여인의 아랫도리를 사진으로 찍다가 검거되어 죄인으로 취급되는 사내들이 더러 있다. 여인의 아랫도리를 찍는다는 것이 왜 범죄가 되는지 아직도 나는 잘 납득하지 못하고 있다. 그것이 범죄가 되는 줄 알면서도 그런 짓을 하고 있는 것은 더욱 이해되지 않는다. 아름다운 여인들이 전라의 몸매로 촬영되어 달력의 표지에 나와 있는 것을 흔하게 볼 수 있는데, 왜 그런 짓을 하는지 알 수 없다. 지나가는 여인의 아랫도리를 찍는 것을 즐긴다는 것은 아무래도 기벽이라고밖에 할 수 없다. 나는 정말 몰라서 옆의 친구에게 물었더니, 그것을 또 SNS에 올려서 널리 알리는 것이 그 사람의 취미라는 것이다. 쉬운 것도 도모지 이해가 안 되는 세상이 현대인 모양이다.

얼마 전 세상을 떠들썩하게 한 일이 있었다. 상당히 높은 지위에 있는 검찰 간부가 지나가는 여학생 앞에서 자위 행위를 하다가 들켜서 창피를 당했다. 본인도 그것이 부끄러웠던지 계속 부인하면서 안 그랬노라고 발뺌을 했다. 수사팀이 꼼짝 못 할 증거를 제시하자 그제야 인정하고 말았다. 자위 행위를 남이 보는 앞에서 해야만 만족하는 그 심리는 어떤 것일까. 대상은 없고 성적 욕망은 풀어야 되겠다 싶으면 자기 집 안방에서 조용히 남몰래 풀면 그만이지 왜 하필 지나가는 여인이 볼 수 있도록 한 짓인지 이 또한 나로서는 이해가 되지 않는다. 정신과 의사들이 일종의 병이라고 하니 그런가 보다 생각할 뿐이다.

헐리지 않는 것이 없는데

내 나이 여든이 되었으니 참 많이 늙었다. 하지만 아직도 젊은 여인의 예쁜 아랫도리를 보면 즐겁다. 아니, 즐거운 정도가 아니고 만져 보고 싶은 충동도 있다. 다리가 굵고 살이 많이 쪄서 보기가 좋지 않은 여인도 물론 있다. 보기 안타깝다. 괜한 걱정을 하고 있다고 통을 줄 사람이 있을지 모르겠다. 내가 이렇게 생각하고 있는데 본인인들 얼마나 안타까울까. 이미 성적 욕구는 사라졌지만 아름다운 여인의 각선미를 보고 즐거워하는 것도 죄가 되는 것일까. 그것도 음행으로 간주될 수 있는 것일까. 마음으로 음행을 품은 자도 죄를 짓고 있는 자라고 어느 종교적인 성인이 말했으니, 죄를 짓지는 아니했지만 그 근처까지 간 셈이다. 아, 그렇다. 아름다운 다리가 풍겨 주는 매력을 느낄 수 있는 감각은 아직도 내게 건재하고 있다. 주책없다고 말할 사람이 있을지도 모른다. 그렇지만 그것은 내게 아직도 사내로서 남아 있는 한 푼의 욕망이 아닌가.

인간을 정의하는 데 동서양에서 여러 가지 말로 하고 있다. 그중에서 서양 사람들은 도구를 사용할 수 있는 동물이라고 한 반면에 동양 사람들은(주로 유교를 바탕으로 해서 한 말이겠지만) 예의염치(禮儀廉恥)를 아는 것이 인간이라고 했다. 뜬금없이 무슨 예의염치냐고 젊었던 시절 의아스럽게 생각했다. 그렇지만 서양인은 도구적인 관점에서 인간을 바라보았다면 동양은 정신문화적인 관점에서 바라본 것이 동서 문화의 차이라는 생각이 든다. 그 예의염치가 바로 인간사회를 문화사회로 바꾸게 한 단초가 되는 셈이다. 질서나 법률도 바로 거기에서 나온 것이 아닌가. 욕망, 그렇다. 성적 욕망은 인간이면 다 가지고 있다. 아니, 바로 그것이 생명력이다. 절제할 수 있는 능력을 지니고 있느냐 없느냐 하는 것, 또한 다른 동물과는 다른 인간만의 능력이다. 현대사회는 법규가 사회질서를 유지시키는 근간이라고 생각한다. 하지만 그 단초는 바로 예의염치에서 출발한 것이다. 여든이라고 해서 내게 사내의 욕망이 없다고 하면 매우 서운하다. 그 욕망을 절제하면서 살고 있다는 말을 하고 싶다(내 나이를 알면 웃을 사람이 있겠지).

(2016. 9. 9)

헐리지 않는 것이 없는데

나의 집

    인간은 언제부터 집을 짓고 살았을까. 아득한 옛날이니 짚어 볼 수도 없다. 일반 동물에서 인간으로 승격하는 그 어느 때쯤 되리라고 생각한다. 처음에는 동굴에서 살지 않았을까 하는 생각이 든다. 우선 비를 피하고 추위를 다소나마 막아 주는 곳으로 동굴만 한 곳이 없기 때문이다. 그 동굴에서 살던 인간이 지금처럼 집을 지어서 그 안에서 가정을 꾸미고 살기 시작한 것은 한참 후의 일일 것이다.

    지금은 누가 더 좋은 집을 갖고 사느냐가 그 사람 생활 정도의 척도가 되다시피 되었다. 물론 뜻이 있어 얼마든지 좋은 집에 살 수 있는데도 허술한 집에 사는 사람이 있다. 그러나 대부분의 사람들은 넓은 정원을 갖추고 있는 집에, 건축사가 편리하고 아름답게 지은 집에 살기를 원한다. 요즈음은 차선책으로 아파트를 선호하게 되어서 편리한 지역에 넓은 평수의 공간을 가진 아파트를 선호하는 경향도 있다.

    내가 어린 시절을 보냈던 집은 지금은 이 지상에서 없어져 사라져 버렸다. 나는 낙동강 가의 집에 살았다. 홍수가 지면 집이 물에 잠기게 되는 일이 자주 생겨서 높은 곳으로 이사를 와서 살았다. 지금 보면 보잘것없는 집이지만 당시로서는 대궐 같은 집이었다. 걸핏하면 홍수가 나면 물에 잠기기 일쑤였던 것에 비해 홍수가 들어도 까딱없는 집이었다. 더구나 기와집이었다. 당시 이웃들은 대체로 짚으로 이엉을 한 집이었고, 제대로 된 기둥도 없는 집이었다. 이 집에서 근 20년쯤 산 후 서울로 왔다. 따라서 어릴 때를 회상하면 꼭 이 집이 내 머릿속에 그려지곤 했다. 아버지가 이 집으로 이사를 올 때 감나무를 많이 심어 두었기 때문에 가을철에는 홍시를 많이 먹었다. 그 추억도 가슴에서 지울 수 없는 것 중의 하나였다.

그런데 몇 년 전에 고향에 내려간 김에 내가 어릴 때 사는 집을 찾아보려고 나섰더니, 온데간데없이 사라져 버렸다. 그 지역에 홍수가 자주 들어 주민들의 고초가 많은 것을 보고, 그 지역 주민들을 아예 소개(疏開)시켜 버렸다. 그보다 한참 위로 둑을 막아 둑 안으로 이사를 시켰던 것이다. 주민들을 위해서 좋은 일을 한 셈이지만 나로서는 내 어릴 때 살던 집이 사라져 버려서 여간 서운하지 않았다.

내 저번 출간한 수필집 제목이 『아침 햇살을 받으며』로 되어 있다. 내가 살고 있는 아파트 앞에 다른 아파트가 서 있어 조망이 좋지 않다. 그래서 아침 햇살을 아파트 틈새로 잠깐 받기 때문에 햇살이 쏟아지는 짧은 기간만 행복하다고 쓴 적이 있다. 그런데 오늘 보니 앞은 그렇지만 뒤의 조망은 의외로 좋았다. 넓은 공간에 수목이 있고, 애들 뛰어놀 수 있는 공간도 있고, 그 잔디밭에는 누군가의 꽤 괜찮은 조각품도 서 있다. 가슴이 답답할 때는 뒷문을 활짝 열어 두고 심호흡을 한다. 금년같이 호된 무더위로 고생시킬 때는 뒷창문이 얼마나 좋았는지 모른다. 그 문만 열어 두면 에어컨이 거의 필요 없었다.

문득 소월의 「엄마야 누나야」라는 시가 생각난다.

헐리지 않는 것이 없는데

엄마야 누나야 강변 살자
뜰에는 반짝이는 금모래 빛
뒷문 밖에는 갈잎의 노래
엄마야 누나야 강변 살자

이 시를 언제부터 좋아했는지는 기억이 없지만, 아주 어릴 때부터 좋아했던 것은 사실이다. 너무나 쉽고, 별로 깊은 뜻이 담겨 있는 것 같지 않는데 괜히 좋은 것이다. 그런데 언젠가 이어령 선생의 해설을 듣고 나니, 아하, 그래서 그 시가 내 마음속에서 오랜 여운을 남기면서 나를 끌어당겼구나 하고 생각했다. 이어령 선생의 『언어로 세운 집』은 한국의 명시들을 모아서 해설한 책인데 이 시가 제일 앞에 나와 있다. 이분은 기호학적 방법으로 작품을 해설하기 때문에 번히 아는 시도 전혀 새로운 시각으로 보게 한다. '엄마야 누나야' : 젠더 공간, 호격 '야' : 부재하는 공간, '강변 살자' : 생명 공간 등으로 구분해서 멋들어지게 해설하고 있는 것을 보면, 아하, 감탄사를 연발한다. 언어로서만 해설하는 것이 모자란다고 생각했는지 그림으로 대칭을 보이면서, 시각과 청각, 자연과 도시, 여성 등이 대칭을 이루면서 시를 감동스럽게 우리에게 안겨 주는 것이다.

아파트의 앞이 막혀서 답답하게 생각했는데, 그 아파트 앞이 바로 낮은 야산이다. 산은 상상 속에서 그리면서 살면 된다. 정 궁금증이 풀리지 않으면, 5분만 걸어 나가면 산속에 들어선다. 그리고 뒤의 창문을 통해서 아이들이 뛰어노는 것을 본다. 그 바로 옆에 마련해 둔 의자들엔 노인들이 모여서 한가한 잡담을 늘어놓고 있다. 노년에 이사를 제대로 잘 온 것이다.

그런데 이전에 듣도 보도 못한 말초신경염이 노년에 내게 와서 대체 뭣인가. 바로 그 병으로 걷는 것이 고통스럽다. 뭐 대단한 생각을 하지는 않는다. 나는 그렇게 깊고 오묘한 생각을 할 줄 모르는 사람이다. 길 옆의 나무나 꽃을 보면서 즐기며 걷는 것이 내 취미이고, 행복이다. 나이 너무 들었다고 신이 나에게 그런 작은 행복도 쉽게 허락하지 않는 모양이다.

젊었던 시절처럼 활기차게 걸으면서 내일의 계획을 짤 만큼의 힘을 달라는 것은 아니다. 천천히 걸으면서 새소리, 풀벌레 소리 듣고 즐기면서 우리 어머니가 자주 쓰시던 말처럼 조용히 자던 잠 그대로 이 세상을 떠나면 좋겠다. 조금 더 살겠다고 호흡기를 꽂거나 큰 수술을 받거나 하지 않았으면 좋겠다. 그곳에서 내가 왔고, 그곳으로 다시 돌아가는 것이니까. 그곳은 내 어릴 때 살던 집처럼 강변에 있다고 이사를 가라고 재촉하지도 않는 곳이다. 그곳은 너무나 넓고, 큰 집이다. 자연, 그렇다. 그 자연으로 돌아가기 때문이다.

어릴 때 멋모르고 불렀던 "내 쉴 곳은 작은 집 내 집뿐이리……. 꽃 피고 새 우는 내 집뿐이리." 남은 인생을 그렇게 노래하면서 나의 집을 지어야겠다. 아니, 지어 놓은 그 아파트에 가서 살아야겠다.

(2016. 9. 22)

헐리지 않는 것이 없는데

우리 다시 만나요, 창진 형

　창진 형이 세상을 떠나셨다는 말을 전해 들었을 때 나는 별로 놀라지는 않았습니다. 우리 모두에게 올 때가 되었구나 하는 생각이 들었을 뿐입니다. 창진 형이 먼저일 뿐이지 나나 그분의 친구 되시는 분이나 모두 다섯 손가락으로 몇 번 세지 않아서 이 지상을 떠나야 할 나이들이거든요. 잠깐 헤어지는 것이지요.

　영원한 이별이라고는 생각하지 않습니다. 바람과 구름으로, 햇볕과 그늘로, 장미와 훈풍으로, 풀잎과 이슬로, 이제 새싹으로 움트고 있는 철쭉과 갯메꽃으로, 아니면 뭉게구름과 소낙비로 그렇게 만나기로 되어 있지 않습니까. 불가에서는 인연이라고 하더군요. 불과 백 년도 못 사는 우리들의 만남도 3천 년 전에 이미 예비되어 있다고 하지 않습니까. 이 거대한 자연의 울안에서 그렇게 만나기로 되어 있지 않아요. 결코 영원한 이별은 아닙니다. 잠시 헤어져 있을 뿐입니다.

　잠시의 그 이별을 세상 사람들은 가슴 아파합니다만 다시 생각해 보면 슬퍼할 일도 아닙니다. 남아 있는 우리들도 창진 형을 따라 이 지상을 떠날 날이 그리 멀지 않았다는 것을 알고 있기 때문입니다. 세상 사람들은 이승과 저승이라고 그렇게 구분해서 말합니다만 따지고 보면 한 곳에 가는 거지요.

돌이켜보니 창진 형과 근 10여 년 동안은 이런저런 일로 만났습니다. 아마 그보다 더 오래되는 것도 같아요. 특별한 일은 아닙니다. 세상 돌아가는 얘기, 문학 얘기, 꽃 이야기, 서로의 건강을 묻는 얘기들이었지요. 뭐 대단한 얘기는 아니었습니다. 만나는 것 그 자체가 즐거워서 만난 거지요. 얽히고설킨 얘기들이 많아야 흔히 인연이라고 하지만 우리들은 그런 것은 전혀 없습니다. 아주 자주 만난 것은 아닙니다만 10여 년의 세월을 보내면서 쌓아 온 정은 창고 가득히 쌓아 놓은 볏섬 같았습니다.

결코 자주 만났던 것은 아니었습니다만, 우리들의 마음속에서는 다시 만날 때까지 그 여운이 곱게 남아 있지 않았습니까. 창진 형은 평소 말이 없으신 분이지요. 모든 말을 웃음으로 대신하지요. 특별히 기억에 남는 말도, 기억에 떠오르는 말도 없네요. 하지만 말을 많이 나누었다고 그 기억이 오래 남습니까. 창진 형의 그 나직하고 고운 미소는 가슴속에서 통 지워지지 않습니다.

'숙맥' 동인지를 만들 때의 일이 문득 생각납니다. 그전에도 더러 만나서 차를 마시면서 이런저런 얘기를 나누었습니다만 '숙맥' 동인지를 만들자고 의논이 된 것은 인사동의 허름한 어느 다방에서의 일입니다. 어떻게 해서 그날 그렇게 만나게 되었는지는 도모지 생각이 나지 않습니다. 창진 형, 김재은 교수, 김용직 형, 주종연 군, 그리고 내가 인사동 어느 후미진 다방에서 우연하게 만났습니다. 그 이전에도 수차 만났었겠지만 기억력이 워낙 희미한 편이라 잘 생각이 나지 않습니다. 누군가 이런 제의를 했습니다.

헐리지 않는 것이 없는데

"우리 이렇게 만나서 잡담만 할 것이 아니라, 글을 써 모아서 만났다는 흔적이라도 만드는 것이 좋지 않겠어요"라고 했습니다. 그 제안을 한 것은 아마도 김재은 교수로 기억됩니다만 확실하지는 않습니다.

"그 좋지요." 모두들 박수를 치며 동감을 표했습니다.

당장 몇 달 안으로 글 몇 편을 써 오도록 해요. 동인으로 모시고 싶은 사람도 추천하고요. 가장 연장자인 김재은 교수가 강조하듯이 말했습니다. 그렇게 해서 아무 날까지 글 몇 편씩을 써 내기로 했습니다. '숙맥' 동인지의 탄생은 그렇게 시작된 것입니다.

창진 형은 평소 워낙 말수가 적은 분이라 빙긋이 웃고만 있었습니다. 그런데 동인지를 낼 때는 귀찮은 일은 창진 형이 도맡아 했습니다. 창진 형을 만난 것은 대학 때일 것입니다만 만나서 말을 나눈 기억은 별로 없습니다. 학과의 3년 선배 되시는 분이라 어려워서 그렇기도 했겠지만 당시 학비를 벌어서 쓰느라고 학과의 동료들도 만나서 이야기를 나눌 기회가 별로 없었습니다. 하긴 대학의 3년 선배라면 말도 제대로 못 붙일 때입니다만, 4학년은 졸업반이라 바쁘고 나는 아르바이트를 하느라고 바빴습니다. 출석률이 시원찮은 편이었지요.

창진 형의 건강이 나쁘다는 소식은 근래 가끔 들었습니다만 노인의 건강 다 그렇지 하고 예사롭게 생각했습니다. 내 건강도 좋은 편은 아니었으니까 다른 사람의 건강까지 신경 쓸 여유가 없었는지 모르지요. 그런데도 창진 형의 건강이 아주 나빠지기 전까지 '숙맥'지 편집의 일을 도맡아 하도록 했습니다. 자잘하고 성가신 일들이 얼마나 많았겠습니까. 내가 일산에 살 때의 일입니다만 '숙맥'에 낼 원고가 없어서 그동안에 장난을 치듯이 쓴 원고를 낸 적이 있습니다. 아무래도 마음에 걸려서 말도 되지 않는 그 원고를 빼야겠다고 했더니, 내가 읽어 보니 재미있던데 그래, 하면서 그냥 두라고 했습니다. 내가 놀란 것은 내 원고를 언제 다 읽었느냐는 생각이 들었기 때문입니다. 나는 근자에 와서 시력이 아주 나빠져서 꼭 읽어야 할 글도 제대로 읽지 못하고 있습니다. '숙맥'에 실린 동인들의 글도 읽지 못하고 만남에 나가서 멍청히 앉아 있을 때가 많았습니다. 만나서 이야기하다가 보면 읽지 않았다는 것이 들통날 것 같아 조마조마할 때가 많습니다.

내가 아직 이화여대에 재직하고 있을 때인지, 퇴직하고 난 뒤의 일인지 그것 역시 희미합니다만 김재은 교수와 함께 대학 뒤의 허술한 식당에서 만난 적이 있었지요. 점심시간이어서 혼자 먹기가 멋쩍어서 김재은 교수를 불렀던 것인데, 창진 형도 이 근처에 살고 있으니까 불러서 함께 먹는 것이 어때요 라고 김 교수님이 제안했습니다. 아주 좋은 생각이라고 그 당장 전화로 불렀더니, 금방 나왔습니다. 별로 배가 고프지 않는 듯했지만 우리가 부르니까 같이 참석한 것 같아 보였습니다. 아주 값이 싼 점심이었습니다. 지금 생각해 보니 왜 좀 더 일찍 좋은 곳에 모시지 못했을까 후회가 됩니다.

창진 형을 아주 굉장한 시인이라고 말할 수는 없을지 모릅니다. 세상에서 흔히 말하는 베스트셀러 작가도 아니고, 또 여기저기 불려 다니면서 강연을 요청받는 시인도 아니기 때문입니다. 그렇지만 시를 지극히 사랑하시는 분, 시 같은 생활을 하고 계시는 분, 웃음이 시 같은 분이라고 말해도 결코 틀린 말은 아닙니다.

내게 준 시집, 『저 꽃들 사랑인가 하여하여』는 내가 아끼듯 읽으면서 사랑하는 시집입니다. 매 시마다 아름다운 꽃 사진이 있어서 눈이 피곤하지 않아서 좋습니다. 시를 몰라도 꽃을 보면서 시를 읽으면 마음이 시원해지거든요. 거기에 실린 꽃들의 이름을 나는 대부분 모릅니다. 꽃은 좋아

헐리지 않는 것이 없는데

하면서도 그 이름은 왜 그리 기억되지 않는지, 나는 '꽃맹'이라고 해도 틀린 말 아닙니다. 온갖 이름 모를 꽃들이 시의 소재로 쓰였더군요. 꽃에 대해서는 워낙 무식해서 이렇게 많은 꽃들을 언제 다 보았을까 하고 감탄을 거듭합니다.

그 시집은 한번에 읽고, 좋다 나쁘다 그렇게 말할 성질의 시집이 결코 아니더군요. 두고두고 책상머리에 두고 읽으면서 보고 즐겨야 할 시집인 것 같더군요. 시도 좋지만 꽃들의 포즈도 멋지더군요. 나로서는 그저 감탄만 거듭할 뿐입니다. 꽃이나 나무에 대해서 내 딴에는 사랑을 갖고 있습니다만, 무심히 바라만 보고 즐기기만 했더군요. 무식한 나를 깨우쳐 주려고 쓴 시집이 아니었나 하는 생각이 듭니다.

시집에 실린 시 중 내가 제일 잘 안다고 할 수 있는 '할미꽃'에 대해서 한번 읊어 보지요.

할미꽃에도
어린 날이 있었네
내 같으면 제비꽃과이겠다.
딱 그리 만치
입을 열고
더 열면
목쉬어
에미가 듣지 못하지
바람만 삼켜오는
저들 이유식이여
나중에 그 이유에서
바람의 열매가
날릴 것을

그 모습을 있는 그대로 보고 즐기는 것 같은데 사실은 그 속에 깨소금 같은 유머가 담겨 있군요. 창진 형이 말없이 보내는 웃음과 꼭 같습니다.

창진 형이 세상을 뜨고 나니 우리 동인지도 그만두자는 말이 나오고 있습니다. 의욕이 사그라지고 있는 모양입니다. 나도 그 말에 따르고 싶기도 하지만 오기가 나서 그만두고 싶지 않습니다. 동인 중 한 몇 사람이 남더라도 계속하자고 버틸 작정입니다. 아니, 혼자라도 버티고 싶은 오기가 납니다.

창진 형! 저승이 있는지 없는지 모르지만 우리 다시 만난다고 생각합시다. 다시 만나지 못한다면 너무 억울하지 않아요. 이 지상의 삶을 한낮의 꿈이라고 누군가 말하지 아니했던가요. 이전에는 예순도 못 살고 이승을 떠나는 사람이 많았지만 이제 여든까지 살고 있지 않습니까. 그때보다는 수명이 많이 늘었지요. 나는 덤으로 사는 세상이라 하고 살고 있습니다. 그런데 가만히 생각해 보니, 창진 형! 우리가 헤어지는 것이 아니라는 생각이 듭니다. 자연으로 돌아가서 다시 만나는 거지요. 창진 형의 얼굴을 기억할 수 있을지 그것이 걱정됩니다. 못 알아보면 어때요. 꽃으로, 수목으로 그렇게 있을 텐데요. 창진 형의 그 잔잔한 미소는 아무것하고도 바꿀 수 없는 것이라서 곧 알아보게 될 것입니다. 잘 가세요. 쉬 또 만나요. 중국어로 헤어질 때의 인사를 '짜이찌엔(再見)'이라고 하더군요. '짜이찌엔! 창진 형.' 그래요. 우리 다시 만나요. 다시 만난다고 생각하고 있으니까 조금도 슬프지 않네요. 천지만물이 함께 있는 자연의 그 품속에서 다시 만난다고 생각하니까 즐겁기까지 하네요.

"짜이찌엔!" 내가 이렇게 큰 소리로 외칠 테니까, 창진 형도 나와 함께 큰 소리로 외치세요. 창진 형의 그 잔잔하고 고운 미소가 내 가슴에 남아 있는 한 이승에서도 창진 형과 헤어진 것이 아닙니다. 그래요. 우리 곁에

헐리지 않는 것이 없는데

계시는군요. 그 잔잔한 미소, 가슴으로 전해 오는 그 미소, 메아리가 되어 지금도 내 가슴에 울리고 있네요.

"짜이찌엔, 창진 형!" 내 목소리 듣고 계시지요?

2016년 9월 19일 김상태

누린내풀꽃

지하의 전동차에서 강을 건너며 물 위에 떠올랐을 때 그 물의 흐름에 헷
갈리는 것처럼 누린내풀꽃에서 더듬거린다 꽃술이 토인종의 목관악기
처럼 길게 하늘에 뻗친 것에서부터 저 관에서 누린내가 난다 말인가 저
더 넓게 파란 파란 꽃잎의 숲에서 그리움의 내음이 나야 할 것 아닌가
파랑에 누린내
눈에다가 코에다가
지상의 세계에 불쑥 나와
이 세상 조리(條理)에
나는
한참 흔들린다

김학주

시골 글 모르는 사람들의 지식

　중국에는 시골이나 도시를 막론하고 어디를 가나 마을마다 제각기 여러 신(神)을 모시는 묘당(廟堂)이 있고 거기에서는 명절이나 일정한 철이 되면 신에게 제사를 지내면서 여러 가지 그 지방의 연극과 놀이를 공연하며 여러 사람들이 함께 모여 즐긴다. 신의 묘당이 없는 곳에서는 임시로 가설무대를 만들어 놓고 신을 모신 다음 축제를 벌인다.

　나는 정년퇴직 전에 뜻을 같이하는 사람들과 함께 중국의 희곡문물(戲曲文物)과 민간연예(民間演藝)를 탐사하는 여행을 몇 차례 하였다.[1] 1995년 음력 설 때에는 쓰촨(四川) 지방을 중심으로 하는 탐사 여행을 하였다. 그때 쓰촨의 성도(省都)인 청두(成都)에서 다시 역사적으로 유명한 촉도(蜀道)를 따라 북쪽으로 올라가 더양(德陽)과 멘양(綿陽)이라는 도시를 거쳐 쯔퉁(梓潼)이란 곳에서 좀 더 올라간 곳에 있는 시골 마을 위마강(御馬岡)이라는 곳 산기슭에 있는 어마사(御馬寺)라는 신묘(神廟)에서 열리고 있는 이른

1　김학주, 『중국의 전통 연극과 희곡문물·민간연예를 찾아서』, 명문당, 2007.4.

바 묘회(廟會)를 구경하러 갔다. 그곳 신묘의 이름이 '어마사'지만 실제로는 불교 사원이 아니라 오히려 도교의 영향이 더 강한 것 같은 잡신이 모셔져 있는 신묘였다. 그날은 그곳에서 전통적으로 유명한 그 지방의 탈놀이인 재동양희(梓潼陽戲)가 공연된다고 하여 그것을 보는 것이 주 목적이었다.

어마사는 비탈진 언덕 위에 세워져 있고 놀이나 연극을 공연하는 희대(戲臺)는 비탈길 아래 이 신묘로 들어오는 대문인 문루(門樓) 위층에 마련되어 있었다. 따라서 모셔 놓은 여러 신들은 신단(神壇) 위에 앉아서 편안히 놀이를 구경할 수가 있고, 문루에서 신묘 사이의 넓은 비탈진 광장은 자연스러운 사람들의 관람석이었다. 초가집 하나 보이지 않는 시골인데도 놀이를 즐기기 위하여 모인 사람들은 1천 명이 넘을 것 같았다. 법사(法師)의 주관 아래 청신(請神)이란 의식이 행해진 다음 먼저 천희(天戲)라 부르는 끈으로 인형을 조종하는 인형극이 몇 종목 공연되었다. 그리고 다시 지희(地戲)라 부르는 사람들이 탈을 쓰고 하는 여러 가지 탈놀이가 펼쳐졌다. 그리고 이 재동양희는 탈을 쓴 신인 이랑신(二郞神)이 모든 나쁜 귀신들을 잡아 준비하여 놓은 배에 잡아 가둔 다음 여러 사람들과 함께 마을 아래 강가로 가서 강물에 그 배를 떠내려보내는 것으로 끝이 난다. 그동안 여러 마을에서 온 사람들은 함께 어울리어 놀이를 즐기기도 하고 신묘 옆에 임시로 마련해 놓은 10여 개의 간이식당으로 몰려가 친구들과 간단한 식사와 음료를 마시며 즐기었다. 매우 가난한 농촌인데도 늙은이 젊은이와 남자와 여자들이 모두 함께 어울리어 조상들이 즐기던 자기네 연예를 함께 어울리어 즐기고 있다. 정말 축제로구나 하는 느낌을 받았다.

1996년 음력 설 때에는 산둥(山東) 지방의 탐사 여행을 하였다. 중국 땅에 도착한 첫날 저녁에 쯔버(淄博) 시에서 버스를 타고 어두운 시골길을

헐리지 않는 것이 없는데

약 40분 달리어 보산(博山)이란 시골 마을 근처의 농촌으로 가서 밭 가운데 가설무대를 세워 놓고 시골 사람들이 모여 오음희(五音戱)라는 그 지방의 전통 연극을 공연하는 것을 두 시간이 넘도록 구경한 일이 있다. 역시 큰 나라라 눈이 섞인 진 밭에 연극을 구경하러 모인 사람들은 남녀노소 가리지 않고 1천 명이 넘을 정도였다. 처음에는 무척 불편하였고 연극 내용도 잘 알지 못하는지라 약간 망설이는 마음도 있었으나 연극이 시작되자 안내하는 중국 사람의 설명을 대충 들으며 우리도 그 연극에 빠져들었다. 그들은 거의 보름날까지 이렇게 많은 사람들이 모여 여러 가지 다른 자기네 전통 연예를 공연하면서 함께 즐긴다고 한다. 중국 농촌은 지극히 가난하다지만 설이 되어도 몇 명이 둘러앉아 고스톱밖에 칠 게 없는 우리보다는 이들이 훨씬 행복하지 않으냐는 말이 누구 입에선가 나왔다.

이런 축제가 근처 마을 신묘를 합하여 여러 번 있고 그 밖에도 자기네 전통 연극이나 놀이의 공연을 구경할 기회가 무척 많다. 때문에 무식하고 천한 신분의 사람들도 놀이와 연극 구경을 많이 하게 된다. 중국의 전통 놀이나 연극에는 『삼국지(三國志)』『서유기(西遊記)』 얘기와 같은 그들의 역사와 전설을 소재로 한 것들이 많아서 하류 계층의 사람들도 이런 놀이의 구경을 통해서 자기네 역사나 전설에 관하여 많이 알게 된다. 그뿐 아니라 사회 각 분야에 관한 많은 지식을 얻게 된다. 그러기에 글도 모르는 가난한 사람들도 어느 면에서는 매우 유식하게 된다. 청(淸)나라 때의 대학자인 조익(趙翼, 1727~1814)에게는 「세속적인 연예에 대하여 나는 모르는 것이 많은데, 하인들에게 물어보면 도리어 잘 알고 있어서, 그것을 써 놓고 한바탕 웃다(里俗戱劇余多不知問之僮僕轉有熟悉者書以一笑)」[2]라는 긴 제목

---

2 『甌北詩鈔』絕句 二.

의 시가 한 수 있다. 그 시를 아래에 소개한다.

> 민간 연극의 유행은 본시 근거도 없는 것이라 하나
> 시골 배우는 아름다운 목소리로 공연을 하네.
> 이 늙은이 가슴에는 천 권의 읽은 책 들어 있다 하나
> 오히려 고금 일에 대한 넓은 지식은 하인만 못하네.

焰段流傳本不經, 村伶演作繞梁吟.
염 단 류 전 본 불 경　촌 령 연 작 요 량 음
老夫胸有書千卷, 翻讓僮奴博古今.
노 부 흉 유 서 천 권　편 양 동 노 박 고 금

　　중국에서는 이처럼 무식한 백성들도 연극이나 연예 구경을 통해서 공
부를 많이 한 지식인 못지않게 많은 것을 얻어들어 알게 되므로, 정부에
서도 인민들을 깨우쳐서 그들을 사회주의의 방향으로 이끄는 방편으로
연극이나 연예의 공연을 늘 이용한다. 마오쩌둥(毛澤東) 주석의 붉은 군대
는 국민당 군대의 포위망 속에 1927년 8월에 조직되었으나 그들은 처음부
터 전투보다도 농민과 노동자들 및 오지에 사는 소수민족을 상대로 그들
이 좋아하는 전통 연극이나 연예를 이용하는 문예공작(文藝工作)에 더 힘
을 기울이었다. 1934년에는 마오쩌둥은 건설한 지 얼마 되지도 않은 장시
(江西) 루이진(瑞金)의 소비에트 지역에서도 쫓겨나 이른바 험난한 곳을 이
용하며 이리저리 숨어 다녀야만 했던 이만리장정(二萬里長征)을 떠나 1936
년에야 겨우 변두리 산시(陝西) 바오안(保安)에 도착하여 목숨을 보전한 뒤
옌안(延安)을 근거지로 삼아 명맥을 부지한다. 그런 중에도 붉은 군대는
농민과 가난한 오지의 사람들을 자기 편으로 끌어들이기 위한 전통 연예
를 이용한 공작을 멈추지 않았다. 마오 주석이 1942년 이른바 「문예강화
(文藝講話)」를 발표하여 자기네 문예 노선을 분명히 밝힌 뒤 산시(山西) 지
방을 중심으로 벌였던 앙가운동(秧歌運動)은 특히 유명하다. 앙가(秧歌)는

헐리지 않는 것이 없는데

본시 모심기 노래인 노동요에서 출발하였지만 그 노래가 여러 지역으로 퍼져 나가면서 그 가락을 이용하여 긴 얘기를 설창(說唱)하는 속강(俗講)으로 발전하기도 하고 두세 사람의 출연자가 나와 간단한 연극 형식의 희곡(戲曲)으로도 발전하였다. 물론 백성들이 가장 좋아하는 것은 희곡 형식의 앙가이다. 1943년부터 1년 반 정도의 기간에 창작 공연된 앙가의 작품 수가 300여 편에 이르고, 관객은 800만 명이 넘었다 한다.[3] 이를 바탕으로 마오쩌둥은 농민과 노동자와 소수민족의 마음을 사로잡아 내전에서 현대 무기로 무장한 막강한 국민당 군대를 이겨내고 대륙 본토를 모두 차지할 수가 있었다.

그 뒤의 문화대혁명 때(1966~1976)에는 특히 13억의 중화민족 위아래 사람들 모두가 좋아하는 자기네 전통 연극인 경극(京劇)을 새로 편극한 작품인 〈지취위호산(智取威虎山)〉〈홍등기(紅燈記)〉〈해항(海港)〉〈사가빈(沙家濱)〉〈기습백호단(奇襲白虎團)〉과 신편 가극인 〈백모녀(白毛女)〉〈홍색낭자군(紅色娘子軍)〉 등을 '혁명의 본보기 연극(革命樣板戲)'이라 부르며 이를 통하여 백성들을 사회주의 혁명의 방향으로 자연스럽게 이끌려 하였다. 그리고 1980년대에 들어와서는 서북공정(西北工程)과 동북공정(東北工程)을 이루어 대중국을 건설하기 위하여는 백성들의 중국 역사관부터 고쳐 놓아야 한다고 생각하고 이를 위한 경극도 창작케 하였다. 1980년대 초에 나온 두 종류의 〈당태종(唐太宗)〉, 마오펑(毛鵬)이 지은 〈강희제 출정(康熙帝出征)〉, 저우창푸(周長賦)가 만든 『추풍사(秋風辭)』, 궈모뤄(郭沫若)의 화극을 개편한 〈무칙천(武則天)〉, 장이머우(張藝謀)가 만든 〈영웅(英雄)〉 등 무척 많다. 이 중 〈추풍사〉는 한(漢)나라 무제(武帝), 〈영웅〉은 진(秦)나라 시황제

---

3 『延安文藝叢書』 秧歌劇卷 前言 참조.

(始皇帝)를 주인공으로 한 것인데, 당나라 태종·청나라 강희황제·당나라 여황제인 무칙천과 함께 모두가 폭군이나 잔인한 황제가 아니라 대중국의 터전을 이룩한 위대한 황제임을 인식시키려는 것이다. 이뿐 아니라 지금 중국 정부는 이러한 전통 연극의 공연을 통하여 온 백성들을 교육하고 이끌어 자기들이 바라는 사회주의 혁명을 이룩하고도 있다.

중국은 하류층 백성들이 자기네 전통 연극과 연예를 즐기면서 자연스럽게 지식을 얻고 또 모두가 함께 어울리어 즐기기 때문에 가난하면서도 매우 튼튼하다. 청나라 말엽 여러 제국주의자들이 침략하여 아편전쟁이나 청일전쟁 등을 일으키면서 중국을 멋대로 주무르면서 쪼개어 먹기도 하였지만 그 나라가 줄어들기는커녕 오히려 커진 것은 글도 모르고 가난한 낮은 백성들 덕이다. 지금 거대한 중화인민공화국이 이루어져 발전하고 있는 것도 무식하고 가난하다고 무시하기 쉬운 아래의 인민들의 힘을 바탕으로 하고 있다.

(2014. 12. 9)

헐리지 않는 것이 없는데

타이완 친구 장형을 애도함

　며칠 전 타이완(臺灣)에서 나와 가장 가까이 지낸 친구 장형(張亨) 교수가 5월 19일에 저세상으로 갔다는 부음(訃音)을 메일로 받았다. 실은 지난 4월 22일과 23일의 이틀 동안 국립타이완대학(國立臺灣大學) 중국문학과 주최로 '증영의선생학술성취여신전국제학술연토회(曾永義先生學術成就與薪傳國際學術硏討會)'가 열렸을 적에 나는 주인공 쩡융이(曾永義) 교수와는 각별한 사이라 초대를 받고 이제는 쓰기 힘든 논문을 한 편 써 가지고 타이베이(臺北)로 가서 그 학술대회에 참여하였다. 나는 타이베이에 도착한 뒤 곧 내 친구 장형 교수가 심장 수술을 받아 무척 위독했는데 지금은 약간 회복되어 병원에서 요양 중이라는 소식을 들었다. 나는 22일 논문을 발표하고, 23일 아침 일찍 장형과 가까운 치이슈(齊益壽) 교수의 안내로 타이완대학 부속병원에 입원 중인 장형을 찾아갔다. 그는 간병인의 보호 아래 재활병동(再活病棟)에 입원해 있었는데, 자기 스스로 일어나 앉거나 다시 눕지도 못하는 엄중한 상태였다. 막 우리가 병실에 도착했을 적에 밖에 나갔다가 돌아온 듯 환자용 휠체어에 비스듬히 앉아 간병인의 부축을 받고 있었다. 침대에 간병인 홀로 환자를 누일 수가 없어서 함께 간 치 교수가 거들어 주어야만 하였다. 침대에 잘 누운 다음 치 교수가 인사를 하였으나 의식도 분명치 않은 것 같았고 말을 제대로 하거나 알아듣지도 못하는 것 같았다. 내가 다가가서 말을 걸자 다행히 '진…… 쉐…… 주(金學主)……' 하고 눈을 떠서 나를 알아보고 내가 잡은 자기 손을 약간 흔들어 주었다. 억지로 말을 몇 마디 주고받다가 나는 더 참을 수가 없어서 바로 화장실로 달려가 눈물을 한참 펑펑 쏟은 뒤 마음을 가라앉히고 돌아왔다. 이것이 우리의 최후의 만남이었다. 병실로 돌아와 보니 장형은 잠이 든 것 같아 치 교수와 옆의 대기실로 가서 커피를 마시며, 집을 출발하였다는 부인 펑이(彭毅) 교수가 오기를 기다렸다. 이들 두 부부는 함께 타이완대학 중국문학과에서 교수로 봉직하다가 퇴직한 사람들이다. 조금 뒤에 펑이 교수가 도착하여 함께 앉아 여러 가지 얘기를 하다가 다시 병실로 가서 누워 있는 장형의 얼굴만 보고는 타이완대학의 회의장으로 돌아왔다. 펑이 교수는 이미 20년 전쯤에 심장을 크게 수술하여 몸이 약하였기 때문에 나는 늘 이들 부부를 대하게 되면 남편 장형보다도 아내 펑이의 건강을 걱정하여 왔다. 그런데 오히려 펑이는 건강에 별다른 문제가 없는 것 같았다. 이들 나이는 내 기억으로 펑이는 나와 동갑인 만 82세이고 장형은 84세이다. 어떻든 이로부터 내 마음은 계속 어두웠다.

이들 부부는 타이완의 친구들 중 나와 가장 친한 두 사람일 뿐만이 아니라 나의 타이완대학 중국문학연구소(中國文學研究所, 대학원)의 동기생들 중 유일하게 나와 교유를 맺은 부부이다. 나는 1959년 3월 군 복무를 마치자마자 중화민국 초청 국비 유학생으로 타이완으로 유학하여 타이완대학 중국문학연구소에 입학하였는데, 나는 그곳 대학원에 최초로 정식 등록한 외국 학생이었다. 나는 나에게 힘겨운 강의를 따라가며 공부를 하랴,

헐리지 않는 것이 없는데

제2외국어(불어) 시험을 보랴, 논문 제출 자격 학과 시험을 보랴, 논문을 쓰랴 등등의 일로 중국 친구들을 사귈 여유가 거의 없었다. 심지어 기숙사의 같은 방에서 생활하는 친구와도 별로 어울려 놀지 못하였다. 때문에 쩡융이를 비롯한 타이완의 친구들은 거의 모두가 내가 서울대에 자리를 잡은 다음 다시 가서 사귄 친구들이라 모두 나보다는 5, 6년 더 젊은 사람들이다. 그런데 장형 부부만은 나와 동기생으로 그곳에서 함께 공부하면서 친해져서 지금까지 우의가 이어져 온 유일한 친구 부부이다.

당시 타이완대학에서는 본시 3월은 2학기라서 규정상 정식 등록을 할수가 없었으나 미국 시애틀 워싱턴대학의 스유중(施友忠) 교수가 와서 '문예심리학(文藝心理學)'이라는 강의를 개설하였기 때문에 나는 정식으로 등록을 할 수가 있었다. 그때 그 과목과 함께 처음으로 내가 타이완대학 대학원 중국문학과의 강의를 신청하여 들은 과목이 다이쥔런(戴君仁, 1900~1978) 선생님의 '경학사(經學史)'였는데, 교재로는 청(淸) 말 피석서(皮錫瑞)의 『경학역사(經學歷史)』를 썼다. 그 원본에 부주(附注)까지 뒤에 붙여 유인(油印)한 두툼한 책(본문 116쪽, 부주 82쪽, 목록 별도)을 학생들에게 나누어 주었다. 그때 나는 경서(經書)라고는 사서(四書)도 제대로 읽어 보지 못한 실력이라 그 강의를 도저히 따라갈 수가 없었다. 그리고 교재 자체에 아무리 열심히 읽어 보아도 이해할 수 없는 어려운 대목이 많았다. 그렇다고 가만히 앉아서 낙제를 할 수는 없다고 마음먹고 과목 담당의 다이쥔런 선생님을 찾아뵈었다. 나는 먼저 한국 학생이라고 자기소개를 한 뒤, 교과서 자체가 이해하기 어려운 곳이 많음을 구체적으로 보기를 들면서 말씀드리고 해결 방법을 가르쳐 주십사고 부탁을 드렸다. 그러자 선생님은 "너 일본 글은 읽을 수 있느냐?"고 물으셨다. "어느 정도는 읽습니다"하고 대답하자, 선생님은 "우리 교재를 쓴 피석서를 비롯하여 중국의 학자들은 특히 경학(經學)에 있어서는 모두 자기가 공부한 학파에 따른 선입견(先入見)이 강하여 경학에 관한 여러 가지 문제들을 객관적으로 파악하지 못한다. 피석서도 금문파(今文派) 학자로서의 편견이 무척 강한 학자이다. 일본 학자인 혼다 시게유키(本田成之)가 쓴 『중국경학사(中國經學史)』가 있으니 그 책을 구하여 교재와 함께 읽으면서 강의를 듣도록 하라"고 일러 주셨다. 나는 즉시 시내 헌 책방으로 나가 일본 학자 혼다 시게유키가 쓴 『지나경학사론(支那經學史論)』(東京 弘文堂)을 한 권 구하여 읽어 보니 정말 그 강의를 어느 정도 따라갈 수가 있었다. 곧 다시 다이쥔런 선생님께 찾아가 일본 책을 구하여 읽은 사실을 말씀드리자, 선생님께서 "그렇게 정독을 한다면 그 책을 한 번 중국어로 번역해 보면 어떻겠느냐?"고 말씀하셨다. 나는 즉시 "중국 문장 실력이 부족하지만 최선을 다해 보겠습니다" 하고 대답하고는 숙소로 돌아와 바로 그 책의 번역에 착수하였다.

나는 먼저 가장 두터운 타이완대학 노트를 사 가지고 와서 그 노트에 『중국경학사』를 서문부터 꼼꼼히 번역하기 시작하였다. 그리고 중국 글을 잘 아는 중국 친구에게 부탁하여 나의 번역 문장의 교정(校正)을 받아야겠다고 생각하고 내가 도움을 청할 친구로 골라낸 이가 장형이었다. 혼다 시게유키의 『지나경학사론』은 모두 7장으로 이루어지고 한 장은 각각 너덧 절(節)로 이루어져 있는데, 대략 한 절의 번역이 끝날 때마다 번역한 글을 적은 노트를 장형에게 들고 가서 교정을 받은 뒤 다시 문장을 손질하여 타이완대학 원고지에 깨끗이 옮겨 쓴 다음 그 원고를 다이쥔런 선생님께 갖다 드렸다. 나는 번역을 하면서 그 책의 제목을 『중국경학사』라고 고쳤다. 그리고 그 번역을 1960년 9월 3일에 완료하였다. 지금도 그때 내가 초역을 하고 장형이 연필 또는 붉은 펜으로 교정을 해 준 번역 초고(草稿)인 타이완대학 노트가 내 서재 책장에 소중히 보관되어 있다. 노트는 모두 세 권이 넘는데, 한 권이 100쪽이고 매장마다 빽빽이 번역문이 빈틈없이 박혀 있고, 다시 노트의 낱장 10여 장의 분량이 한데 묶여서 3권 끝머리에 덧붙이어 있다.

나의 이『중국경학사』의 번역 원고를 받아 보신 다이쥔런 선생님은 1년이 약간 넘는 기간에 그 대저(大著)를 완역한 나의 노고를 매우 높이 평가해 주셨다. 그리고 그로부터 나의 공부하려는 열의를 매우 칭찬하시는 한편 적극적으로 나를 이끌어 주시고 격려해 주었다. 결국 선생님의 '경학사' 강의 청강은 나의 학문 실력을 뒷받침해 주고 용기를 불어넣어 주어서 뒤이어 취완리(屈萬里, 1907~1979) 교수님의『시경(詩經)』과『서경(書經)』강의, 중국문학과 주임교수를 오랫동안 맡으셨던 타이징눙(臺靜農, 1902~1990) 교수님의『초사(楚辭)』강의, 나의 논문 지도교수이셨던 정첸(鄭騫, 1906~1991) 교수님의 '시선(詩選)'과 '사선(詞選)' 강의, 왕슈민(王叔岷, 1914~2004) 교수님의 '교수학(校讎學)'과『장자(莊子)』강의를 듣는 데에도 큰 힘이 되었다. 그리고 내가 강의를 들은 중국문학과의 이상 다섯 교수님들은 모두 중국의 베이징대학(北京大學)을 비롯한 명문대학 교수로 계시다가 국민당(國民黨) 정부가 타이완으로 옮겨 오면서 장제스(蔣介石) 총통(總統)이 함께 모시고 온 중국문학 분야의 세계적인 석학들이셨다. 나는 학교에서 이분들의 학문뿐만이 아니라 이분들의 풍채(風采)와 풍격(風格) 및 언동(言動) 등을 접하면서 이분들이야말로 모두 살아 계신 성인(聖人)이라는 감명을 받았다. 때문에 나는 공부하는 것뿐만이 아니라 내 생활 모든 면에서 이분들을 본받으려고 무척 애쓰기 시작하였다. 타이완 유학을 마치고 귀국한 뒤에도 틈만 나면 타이완을 방문하여 이 선생님들의 지도를 받았다. 그 결과 나도 결국은 공부를 전문으로 하는 학자가 된 것이다. 나는 1961년에 외국 학생으로는 처음으로 타이완대학의 중국문학 석사

학위를 얻어 가지고 귀국하여 서울대의 강사가 되었는데, 타이완대학의 어려운 학위 과정을 무난히 마칠 수 있었던 것도 다이쥔런 선생님의 계속된 적극적인 지도와 여러 교수님들의 각별한 사랑 덕분이었다고 믿고 있다.

그리고 『중국경학사』 번역 이후 나는 공부하다가 문제가 생기면 바로 장형 부부에게로 달려가 그 문제를 놓고 상의하면서 가르침을 받았다. 때문에 그들 부부는 나와 교유한 단순한 친구에 그치지 아니하고 나의 중국 고전문학 공부에 큰 힘이 되어 준 각별한 분들이다. 심지어 나의 학위 논문 작성과 논문을 심사할 적의 구두시험 준비 등에도 그들은 많은 격려와 도움을 나에게 주었다고 믿고 있다.

다이쥔런 선생님은 그 뒤 내가 찾아뵈었을 적에 내가 번역한 『중국경학사』 원고를 출판을 하는 친구에게 번역 문장에 윤문(潤文)을 하여 출판해 달라고 넘겨주었다고 하셨다. 그리고 여러 번 책의 출간이 너무 늦어지고 있는 것 같다고 걱정하시다가 책이 나온 것을 보시지 못하고 작고하셨다. 그 뒤로 나 자신은 그 원고가 어떻게 되었을까 궁금하기 짝이 없다. 선생님께서 작고하신 다음 해인 1979년에 타이베이의 한 큰 출판사에서 번역자도 밝히지 않고 또 아무런 설명도 없는 혼다 시게유키 저 『중국경학사』 번역본이 출간되었다. 지금도 나는 그 책을 대할 때마다 혹시나 하는 생각을 할 뿐이다.

그 밖에도 타이완과 한국에서의 여러 가지 지난 일들이 내 가슴속에 사무친다. 나는 타이베이를 무척 자주 방문하였는데, 내가 갈 적마다 이들 부부는 나를 자기 집이나 시내 식당으로 불러내어 함께 식사를 하였다. 그들은 별로 술을 좋아하지 않으면서도 내가 술을 좋아한다는 것을 알고 있기 때문에 언제나 나를 위하여 세계 최고의 진먼다오(金門島) 고량주(高

헐리지 않는 것이 없는데

梁酒)나 서양의 고급 위스키를 준비하여 식사 자리에 들고 나왔다. 그리고 내가 그 술을 즐기는 것을 보고 자신이 마시는 것보다도 더 즐거워하였다.

그러한 내 친구 장형이 저세상으로 떠나갔단다. 오직 그의 명복(冥福)을 빌며, 한편 홀로 남은 부인 펑이는 제발 마음의 안정을 되찾고 앞으로 아들딸들과 함께 건강하고 즐거운 나날을 누리기 간절히 바란다.

2016년 6월 13일 김학주 근도(謹悼)

위대한 시인 조조

소설 『삼국지연의(三國志演義)』 때문에 특히 유명한 위(魏)나라(220~265) 무제(武帝) 조조(曹操, 165~220)는 그의 아들 손자까지도 모두 시를 좋아한 문인들이다. 그들은 중국 문학사상 본격적으로 자기 이름을 내걸고 자기의 생각과 느낌을 시로 써서 문학 창작의 길을 열어 놓은 사람들이다. 위나라에 앞서 한(漢)대(B.C. 206~A.D. 220)에도 사부(辭賦)가 발전하고 악부(樂府)와 거기에서 발전한 오언고시(五言古詩)의 작품이 있었다. 그러나 대부분의 사부 작품은 황제의 명이나 황제의 뜻을 따라 지은 형식적인 내용과 성격을 지닌 것이었고, 악부와 고시만은 민간의 가요를 바탕으로 발전한 것이다. 악부와 고시는 지배계급의 지식인들이 그 가사를 썼다 하더라도 간혹 노래 속에 들어 있던 진실한 사람들의 정감과 사람들의 생활을 반영한 내용이 남아 있는 작품들도 있기는 하다. 그러나 악부의 일부는 귀족들의 소일거리가 되고 궁중으로 들어가서는 큰 행사를 하거나 묘당(廟堂)에서 제사를 지낼 때 쓰이는 음악으로도 발전하여 모두 형식화하였다. 따라서 그 시의 작가가 누구인지 언제 어디에서 만들어진 것인지 대부분 알

헐리지 않는 것이 없는데

수가 없는 것들이다. 그런데 동한(東漢) 말엽 헌제(獻帝)의 건안(建安) 연간 (196~219)에 이르러는 조조의 등장으로 중국문학의 성격이 완전히 달라지는 모습으로 발전한다.

무엇보다도 조조를 필두로 하여 위나라에서 자기의 이름을 내세우고 자기의 감정이나 생각을 시나 부(賦)로 창작하는 문인들에 의한 본격적인 문학 창작이 이루어진다. 이 시기의 문학은 옛날부터 흔히 한나라 헌제의 연호를 취하여 건안문학(建安文學)이라 부른다. 이 건안문학은 위나라 조조에 의하여 이루어졌다. 그의 뒤를 이어 헌제로부터 정식으로 황제의 자리를 물려받은 조조의 아들 문제(文帝) 조비(曹丕, 187~226) 및 조조의 셋째 아들 조식(曹植, 192~232)의 삼부자를 중심으로 문인들이 모여들어 자기 이름을 내걸고 악부를 중심으로 하여 시를 지으면서 창작 활동을 전개하기 시작한다. 이는 중국 문학사상 최초의 문단 형성과 문인들에 의한 본격적인 중국문학 창작의 전개를 뜻한다. 따라서 조조의 삼부자가 이끈 건안문학은 중국 문학사상 매우 중대한 의의를 지니고 있다.

이때 조조 삼부자를 중심으로 형성된 문단의 상황을 유협(劉勰, 464?~520)은 그의 『문심조룡(文心雕龍)』에서 다음과 같이 설명하고 있다.

> 위(魏)나라 무제(武帝, 曹操)는 재상의 높은 지위로 시문(詩文)을 매우 좋아했고, 문제(文帝, 曹丕)는 태자의 중요한 신분으로 사부(辭賦)를 잘 지었으며, 진사왕(陳思王, 曹植)은 공자(公子)의 높은 신분으로 붓을 들면 옥 같은 글을 써냈다. 이들은 모두 지위나 글재주가 매우 빼어났기 때문에, 많은 뛰어난 인재들이 구름처럼 모여들었다.[1]

---

1 劉勰 『文心雕龍』 時序篇; "魏武以相王之尊, 雅愛詩章; 文帝以副君之重, 妙善辭賦; 陳思以公子之豪, 下筆琳琅, 並體貌英逸, 故俊才雲蒸."

위나라 무제 조조는 무기를 들고 싸우면서도 시를 지어 건안문학을 선도하였다. 조조는 그 시대 정치의 중심인물이었을 뿐만이 아니라 시단(詩壇)의 창설자이기도 하다. 그는 악부시를 좋아하여, 그의 시는 악부체의 작품이 중심을 이루고 있다. 그는 작가를 알 수 없는 민간 가요 또는 거기에서 발전한 형식적인 귀족들의 노래로 전해지던 형식의 악부를 새로운 형식의 시로 창작하기 시작한 것이다. 따라서 그는 자신이 지은 시를 모두 "악기를 반주하며 노래하여 모두 악장을 이루었다"[2] 한다. 이에 악부는 중국 시의 한 형식으로 확정된다.

그런데 딩후바오(丁福保)가 모아 놓은 『전삼국시(全三國詩)』[3] 중의 조조의 시를 보면 사언(四言)이 3수, 오언(五言)이 5수, 나머지는 잡언(雜言)인데, 잡언시 중의 「도관산(度關山)」 시는 첫머리의 "하늘과 땅 사이에서는, 사람이 가장 귀중하다(天地間, 人爲貴)"는 두 구절만이 삼언(三言)이고 나머지는 모두 사언이니 이것도 사언시라 하여도 좋을 것이다. 그리고 딩후바오가 4장(章)의 사언으로 정리해 놓은 「보출동서문행(步出東西門行)」 시를 황제(黃節)는 『위무제위문제시주(魏武帝魏文帝詩注)』에서 제목을 「보출하문행(步出夏門行)」이라 하고 모두 5수의 시로 정리하고 있는데, 그중 제1수만이 잡언시이고 나머지는 모두 사언시이다. 따라서 조조의 시 중에는 오언시보다 사언시가 훨씬 더 많게 된다.

조조가 사언시를 많이 지은 것은 형식에 있어서나 내용에 있어서나 『시경(詩經)』을 계승하려는 뜻이 있었기 때문이다. 그는 지식인으로 또는 시인으로 시대와 세상에 대한 의무를 자각하고 자기 이름을 내걸고 시를 지

---

2 『三國志』 武帝紀 注에 인용된 『魏書』의 글.
3 丁福保 編纂, 『全漢三國晉南北朝詩』, 臺北 : 藝文印書館 複印, 1957.

헐리지 않는 것이 없는데

으면서 보다 올바른 모습의 작품을 창작하려고 노력했던 것이다. 그의 사
언은 형식에 있어 모두 이전 『시경』의 가요체를 따른 악부체이다. 유협은
『문심조룡』에서 사언의 「풍간시(諷諫詩)」를 남긴 한나라의 위맹(韋孟)을 평
하여 "주나라 사람들의 방법을 계승하였다(繼軌周人)"고 하였는데, 이는
조조의 사언시를 두고 한 말로 보면 더 잘 들어맞는 비평이라고 본다.

조조 사언시의 보기로 자신의 정치 이상을 읊은 「도관산」을 든다. 이 시
는 앞에서 이미 얘기한 것처럼 시작하는 두 구절만은 삼언으로 되어 있다.

> 하늘과 땅 사이에서는
> 사람이 귀한 존재라네.
> 임금 세워 백성을 다스리게 하고,
> 그러기 위한 법칙을 정하였다네.
> 수레바퀴 자국 말 발자국이
> 이리저리 사방으로 뻗게 하고,
> 그릇된 것은 물리치고 잘하는 것은 내세워
> 백성들 번성하게 하였다네.
>
> 훌륭하신 성현들은
> 온 세상을 잘 다스리고,
> 제후(諸侯)들을 다섯 가지 작위(爵位)⁴로 나누어 봉하고,
> 정전(井田)⁵의 제도와 여러 가지 법을 정하였다네.
> 범법 사실을 기록한 문서를 태워 버리기는 하지만

---

4 다섯 가지 작위(爵位) : 옛날 제후(諸侯)들을 봉(封)할 적에 공(公)·후(侯)·백(伯)·자
(子)·남(男)의 다섯 가지 작위로 각각 구별하였다.

5 정전제도(井田制度) : 은(殷)나라와 주(周)나라 초기에 쓰인 토지제도. 대략 900무(畝) 넓
이의 땅을 한 개의 단위로 하여, 땅을 정(井) 자 모양으로 구획하여 구등분하기 때문에
정전(井田)이라 한다. 그중 중구(中區)의 땅은 공전(公田), 나머지 8구의 땅은 사전(私田)
으로 하여 여덟 명이 경작한다. 다만 여덟 명은 공전을 협력하여 먼저 잘 경작한 뒤 수
확한 곡식을 나라에 바친다.

함부로 죄를 용서해 주지는 않았다네.
그러니 고요(皐陶)⁶와 보후(甫侯)⁷ 같은 이들
어이 실직을 하였겠는가?

아아! 후세에 이르러는
제도도 바꾸고 법도 바꾼 위에,
백성들 수고롭히며 임금만을 위하게 되고
부역(賦役)으로 백성들 힘 다하게 하였네.
순(舜) 임금이 옻칠한 밥그릇⁸ 쓰자
열 나라가 배반하였으니,
요(堯) 임금이
다듬지 않은 거친 나무 서까래 집에 산 것만 못하였네.

세상에서 백이(伯夷)⁹를 찬탄하는 것은
세속(世俗)을 바로잡고자 하는 것이네.
사치는 악한 일 중에서도 큰 것이고,
검소함은 모든 사람에게 덕이 된다네.
허유(許由)¹⁰처럼 벼슬자리 사양하면
어찌 송사(訟事)가 일겠는가?
모든 사람이 서로 사랑하고 뜻을 같이하면¹¹

---

6 고도(皐陶) : 순(舜) 임금과 하(夏)나라 초기의 현신(賢臣). 순 임금 때 형법을 관장하는
이관(理官)으로 법을 공정하게 집행하여, 태평성세를 이끌어 내는 데 크게 공헌한 인물.

7 보후(甫侯) : 주(周)나라 목왕(穆王) 때 법을 공정히 관장한 현신. 여후(呂侯)라고도 함.

8 옻칠한 밥그릇 : 사치스러움을 뜻함. 앞의 요(堯) 임금이 질그릇 식기를 쓸 적에는 배반
하는 자 없이 온 천하가 따랐다 함.

9 백이(伯夷) : 주나라 무왕(武王)이 은나라 주왕(紂王)을 치자 이는 "폭력으로 포악함을
바꾸는 짓", 곧 "이폭역폭(以暴易暴)"이라 하며 아우 숙제(叔齊)와 함께 수양산(首陽山)
에 들어가 숨어 고비를 뜯어먹고 살다가 굶어 죽었다는 사람.

10 허유(許由) : 요 임금이 그가 현명함을 알고 임금 자리를 물려주겠다고 하자 도망쳐서
세상으로부터 숨어 살았다는 사람.

11 겸애(兼愛)·상동(尙同) : 겸애는 모든 사람들이 서로 사랑하고 서로 이롭게 해 주는 것,

소원(疏遠)한 사람도 친해진다네.

天地間, 人爲貴. 立君牧民, 爲之軌則.
車轍馬跡, 經緯四極. 黜陟幽明, 黎庶繁息.

於鑠聖賢, 總統邦域. 封建五爵, 井田刑獄.
有燔丹書, 無普赦贖. 皋陶甫侯, 何有失職?

嗟哉後世, 改制易律. 勞民爲君, 役賦其力.
舜漆食器, 畔者十國. 不及唐堯, 采椽不斲.

世歎伯夷, 欲以厲俗. 侈惡之大, 儉爲共德.
許由推讓, 豈有訟曲? 兼愛尙同, 疏者爲戚.

이 시는 전부 네 단으로 이루어져 있다. 첫째 단에서는 임금이 나라에 질서가 있고 평화롭게 다스리는 세상을 꿈꾸고 있음을 읊고 있다. 둘째 단에서는 옛날의 성현들이 다스리던 태평스럽던 세상을 읊고 있다. 자신도 능력만 있다면 그런 좋은 세상을 만들고 싶었던 것이다. 셋째 단에 가서는 후세의 임금들이 너무 자신만의 사치스런 생활을 즐기며, 법으로 백성들을 얽매어 놓고 괴롭히는 실정을 한탄하고 있다. 그리고 덕으로 천하를 다스렸다는 성인(聖人)이라고 알려진 전설적인 순 임금조차도 옻칠을 한 사치스런 밥그릇을 쓰자 세상의 열 나라들이 순 임금으로부터 떨어져나갔다는 것이다. 그러니 요 임금처럼 나라를 다스리는 임금은 철저히 검소한 생활을 하여야 한다고 자신을 일깨우고 있다. 끝머리 단에 가서는

상동은 위의 나라를 다스리는 사람과 아래 백성들이 뜻을 같이하여 세상을 평화롭게 하는 것. 모두 묵자(墨子)의 이상(理想)이며, 각각 그의 저서인 『묵자』의 편명(篇名)이기도 함. 이를 통해 조조는 묵자가 꿈꾸던 모든 사람들이 서로 사랑하며 뜻을 같이하여 세계를 평화롭게 하려던 이상을 지니고 있었음을 알게 됨.

욕심 없이 깨끗이 세상으로부터 숨어 산 옛날의 백이나 허유 같은 인물을 칭송하며, 묵자(墨子)가 꿈꾸던 모든 사람들이 서로 사랑하는 겸애(兼愛)의 세계와 임금과 백성들이 한 마음으로 평화로운 나라를 유지하던 상동(尙同)의 정치를 읊고 있다. 묵자는 본시 공자와는 반대로 옛날의 피지배계급을 대변한 사상가라서 중국 역대의 봉건 지배자들로부터 이단(異端)으로 배척을 받아 그 사상을 담은 『묵자』는 중국에서는 공공연히 읽혀지지 않던 저서이다. 그런 묵자의 사상을 임금인 조조가 내놓고 노래했다는 것은 그가 얼마나 낮은 백성들을 위하여 일하려 하였는가, 그리고 그의 사상이 얼마나 적극적이었는가를 알게 해 준다.

그 밖에도 조조를 간웅(奸雄)으로 다룬 『삼국지연의』 제48회에는 「장강에서 연회를 베풀고 조조가 시를 읊다(宴長江曹操賦詩)」라는 제목 아래 조조가 장강(長江)의 큰 배 위에서 부하들을 모아 놓고 잔치를 베풀고 즐기다가 그 자리에서 창을 비껴들고 시를 읊는 이른바 횡삭부시(橫槊賦詩)하는 장면이 그려져 있다. 그때 조조가 읊은 시도 「단가행(短歌行)」이라는 사언시이다. 소설 『삼국지』는 읽은 분이 많으리라 여겨져 일부러 지적하는 바이다. 그 시도 조조의 백성들을 위하려는 정성이 담겨 있는 작품이다. 그리고 「단가행」은 『문선(文選)』 『고시원(古詩源)』 등에도 실려 있다.

조조의 사언시를 뒤이어 혜강(嵇康, 223~262) · 육운(陸雲) · 부함(傅咸) 등이 많은 사언 작품을 남겼고, 조비 · 왕찬(王粲, 177~217) · 육기(陸機, 261~303) 등도 사언시를 짓고 있다. 그러나 그의 아들들조차도 조조의 사언시의 뜻과 정신을 제대로 이어받지는 못한 것 같다. 중국의 고전문학은 이 뒤로 발전을 하면서도 건안 이후로는 차차 사언은 오언에 눌리어 설 자리를 잃게 되었다. 그리고 나라와 백성들을 생각하며 시를 짓는 목표를 분명히 내세운 조조에서 가장 뚜렷하였던 건안풍골(建安風骨)이라는 것도

헐리지 않는 것이 없는데

시의 발전에 반비례하여 퇴색(退色)한다.

서진(西晉, 265~317) 이후에는 더욱 오언을 중심으로 문학을 발전시키면서 이와 함께 뜻있는 건안풍골이라 표현되던 시정(詩情)까지도 잃게 되는 것은 매우 아쉬운 일이라 여겨진다. 특히 뒤에 동진(東晉)의 도연명(陶淵明, 365~427)에게서 「정운(停雲)」「시운(時運)」「영목(榮木)」 등의 개성적이고 빼어난 사언시를 다시 발견하게 되면서 그러한 아쉬운 마음이 더욱 짙어진다.

중국에서는 소설 『삼국지연의』의 영향으로 조조를 간악한 영웅으로 평가하는 경향이 많지마는 이는 크게 그릇된 평가이다. 조조는 중국 시의 창작을 시작하여, 중국 고전문학 발전의 길을 열고, 시뿐만이 아니라 그 시대 정치 사회와 그들 전통문화 발전도 앞서서 이끈 위대한 정치가요 장군이며 문인이다. 절대로 간악한 영웅이 아니다!

(2016. 10. 16)

지렁이를 읊은 시

중국 북송(北宋) 시대(960~1127) 시인들의 시를 읽어 보면 당(唐)대의 시인이라면 절대로 생각해 보지도 않았을 자기 주변의 하찮은 잔 벌레나 작은 일에도 시적인 관심을 보이고 있다. 그러한 북송 시의 새로운 흐름을 이끈 북송 초기 매요신(梅堯臣, 1002~1060)의 시에는 심지어 사람들이 말만 들어도 징그러워하는 '지렁이'를 읊은 시가 있다. 아래에 그의 「지렁이(蚯蚓)」 시를 먼저 번역 소개한다.

지렁이는 진흙 굴 안에 있는데,
몸을 내밀거나 움츠리거나 늘 그 속에 차 있는 것 같네.
용이 틀임을 하듯 역시 틀임을 하고
용이 울음 울듯 역시 울기도 하네.
스스로 말하기를 용과 견주어 보고 싶지만
머리에 뿔이 없는 게 한이 된다네.
청개구리는 서로 도와 주고 있는 것 같으니
풀뿌리에 박혀 우는 소리 멈추지 않고 있네.
시끄러워 나는 잠도 못 이루고

헐리지 않는 것이 없는데

밤마다 날이 밝기만을 기다리네.
하늘과 땅은 그런 것들 감싸서 길러 주고 있거늘
오직 사람들 마음만이 그것들 미워하고 있다네.

蚯蚓在泥穴, 出縮常似盈.
구 인 재 니 혈   출 숙 상 사 영
龍蟠亦以蟠, 龍鳴亦以鳴.
용 반 역 이 반   용 명 역 이 명
自謂與龍比, 恨不頭角生.
자 위 여 용 비   한 불 두 각 생
螻蟈似相助, 草根無停聲.
루 괵 사 상 조   초 근 무 정 성
聒亂我不寐, 每夕但欲明.
괄 란 아 불 매   매 석 단 욕 명
天地且用畜, 憎惡唯人情.
천 지 차 용 축   증 오 유 인 정

　이 시에 보이는 '루괵(螻蟈)'이란 벌레는 '청개구리'라고도 하고, 봄에 풀
밭에서 우는 귀뚜라미 종류의 벌레의 일종이라고도 한다. 정말 땅속에서
지렁이가 울 때 이 '루괵'이란 벌레도 함께 울어 지렁이 울음소리를 더 시
끄럽게 하고 있는지는 알 수가 없는 일이다. 그러나 그대로 받아들여도
시의 뜻을 파악하는 데에는 아무런 지장이 없다.

　중국 고전문학의 중심을 이루는 시는 북송 시대에 이르러 흔히 가장 훌
륭하다고들 하는 당나라(618~907) 때의 시보다도 한 층 더 발전을 이룬다.
특히 북송 시대에 와서는 시인들이 자기 자신뿐만이 아니라 세상과 세상
사람들에 대하여 보다 깊은 관심을 지니게 된다. 따라서 나라 일이나 백
성들의 생활은 물론 자기 주변의 모든 일에 대하여 관심을 기울이게 된
다. 당나라 현종(玄宗)의 천보(天寶) 14년 안녹산(安祿山)의 난이 일어난 뒤
로는 두보(杜甫, 712~770) 같은 시인들이 전란의 참상을 직접 체험하고는
전란 속의 처참한 실상이나 백성들의 고난 같은 현실적인 문제에 눈을 돌
리기 시작하였다. 그러나 지식인으로서의 현실 감각이 북송 시대 시인들
만치 철저하지는 못하였다. 북송 시대 시인들은 정치나 사회의 문제뿐만

이 아니라 사람들 주변의 문제나 자기 주변의 일들 모든 것들에 대하여 관심을 기울이기 시작하였다. 당대의 대시인 왕유(王維, 700~760)나 이백(李白, 701~762)처럼 자기 홀로 아름다운 산수나 하늘의 달을 즐기며 술이나 마시고 취하는 시인들이 아니었다. 송대의 시인들은 사람들 주변의 모든 일에 관심을 기울이었다. 사람들과 연관되는 모든 일에 관심을 보였다. 그러기에 매요신의 시집을 보면 지렁이 이외에도 사대부라면 입에 담기도 쉽지 않았을 이와 벼룩을 읊은 시가 있고 모기, 파리 같은 사람들을 괴롭히는 벌레를 읊은 시도 있다. 그런 시 중 거미를 읊은 「영지주(詠蜘蛛)」라는 짧은 시가 있기에 한 편 더 소개한다.

하루에 한 자 넓이의 그물을 치니
몇 자 길이의 실을 토하는지 알 만하네.
여러 벌레들이 모두 네 먹잇감이라지만
많은 너희들 배는 늘 매우 고플 것이네.

日結一尺網, 知吐幾尺絲.
일 결 일 척 망   지 토 기 척 사
百蟲爲爾食, 九腹常苦饑.
백 충 위 이 식   구 복 상 고 기

그물만 쳐 놓고 가만히 앉아서 먹잇감이 와서 걸려 주기를 바라고 있는 거미의 살아가는 방법이 별로 마음에 들지 않았던 것 같다. 어떻든 이런 벌레에까지도 관심을 기울이는 송대 시인들의 시는 당시에 비하여 멋지고 아름답지 않을지 모르지만 당대 시인들에 비하여 더 인간적인 것 같다. 이런 벌레를 읊으면서도 그 시에 자기의 철학을 담으려고 애썼던 것 같다. 지렁이를 읊은 시에서도 "하늘과 땅은 그런 것들 감싸서 길러 주고 있거늘, 오직 사람들 마음만이 그것들 미워하고 있다네" 하고 시를 끝맺고 있다. 지렁이 모습을 징그럽게 여기고 지렁이 울음소리가 싫어서 지렁이를 미워하는 그릇된 사람들의 태도를 지적하고 있는 것이다. 지금 우리나라의 지렁이가 많은 밭은 농약을 별로 쓰지 않은 청정한 밭이라고 한다. "하늘과 땅이 지렁이를 감싸서 길러 주고 있듯이" 사람들도 그런 자연의 것들을 감싸 주고 길러 주는 마음가짐을 지녀야만 한다는 것이다.

억새

해가
넘어갈 때의
억새는
어땠을까
해가
넘어가고
난 뒤에는
내가
나에게
묻고 있다

김용직

- 산동반도, 위해위 기행
- 갈잎 노래 을숙도 산 순정주의

산동반도, 위해위 기행

― 2007년 한 · 중 · 일 국제 학술회의 참가기

산과 들에 신록들이 다투어 피어오르는 초여름이었다. 4박 5일의 일정
으로 나는 산동반도의 일각인 위해(威海)를 다녀왔다. 여행 목적은 산동대
학(山東大學) 위해캠퍼스에서 개최된 한 · 중 · 일 공동 참여로 이루어진 국
제 학술회의 참가. 그때 나는 중국에서 연토회(研討會)라고 부른 학술회의
에서 기조 강연을 가졌으며 그와는 별도로 산동대학 한국학원에서(중국 대
학에서 학원은 단과대학을 가리킨다) 한국 현대문학에 관한 특강을 했다. 이틀
에 걸친 논문 발표와 질의 토론 과정이 끝난 다음에는 위해시 일대의 명
승, 고적을 견학하는 기회도 얻었다. 이하의 기록은 그때 내가 쓴 일기를
바탕으로 한 것이다.

5월 18일. 출국, 산동대학 도착

아침 6시 집을 나서 인천공항으로 가는 리무진을 얻어 탔다. 8시 반경
인천공항 도착. 아직은 이른 시간이었는데도 공항에는 이번 회의에 참석

하는 한국 측 대표 김영남, 신인섭, 박종명 교수 등이 먼저 나와 일행을 기다리고 있었다. 9시 40분 우리가 탄 아시아나 항공 Z0102편은 예정 시간을 조금 지나 이륙, 곧 고도를 높인 다음 기수를 서쪽으로 돌렸다. 그러자 눈 아래에 가이없이 펼쳐진 남빛 바다가 보였다. 거울같이 잔잔한 해면에는 장난감 크기의 배들이 꼬리에 흰 물살을 달고 떠 가는 모습이 한 폭의 채색화 같았다.

비행 시간 한 시간 남짓으로 위해시 교외에 위치한 위해 공항에 도착. 공항 출영장에는 이번 학술 행사 집행부 임원들이 마중을 나와 있었다. 그들의 안내를 받아 봉고차에 분승, 신록이 싱그러운 가로수 길을 달린 다음 이번 학술대회 행사장인 산동대학 부설 영빈관에 도착했다. 거기에는 한국에서 산동대학의 위촉을 받아 초빙교수로 체재 중인 최박광(崔博光) 교수가 마중 나와 반갑게 손을 잡아 주었다.

내가 배정받은 방은 영빈관 612호. 바닷가에 면한 창문을 열었더니 바로 눈 아래 발해만의 잔잔한 물결이 펼쳐져 있었다. 현지 시간 12시(한국 시간 1시), 중국식 요리에 맥주를 곁들인 점심식사. 점심이 끝나자 우리 일행은 최박광 선생의 안내로 대학 캠퍼스를 돌아보았다. 신설 대학이어서 강의실과 연구실들은 모두 깨끗해 보였다. 중앙도서관에도 올라가 보았으나 마침 휴관 중이어서 장서들은 구경하지 못했다.

산동대학의 규모는 의외로 커서 여기저기에 단과대학에 해당되는 학원과 연구소, 기타 부설 기관의 건물이 들어서 있었다. 그 총 등록 학생 수 1만 5,000명(위해 분교만). 그 가운데 산동대학 한국학원은 2007년도 현재 중국 대학 가운데서 유일하게 단과대학 체재로 운영되는 한국 어문 전문 교육기관이었다. 학장 우림걸(牛林杰), 부학장 이학당(李學當), 두 분은 다같이 한국 유학생 출신이며 그 가운데 우림걸 교수는 한국 체재 때 여러 차

헐리지 않는 것이 없는데

례 내 연구실에도 와 본 구면 중의 구면이었다. 그의 자세한 안내를 받아가며 한국학원의 현황을 들었다.

5월 19일. 대회 첫날, 한국학원 특강

새벽 6시 기상. 숙소를 빠져나와서 아직 인적이 드문 해변을 거닐기로 했다. 황해의 일부로 생각되는 바다는 이름과 달리 흙탕기가 조금도 없어 인천 앞바다에 버금갈 정도로 맑았다. 숙소 바로 밑으로 바위가 나오는 길이 있길래 동쪽이라고 생각되는 방향으로 걸어 보았다. 그 시각 한국의 바닷가라면 어디에나 끼룩거리며 나는 갈매기가 보이지 않았다. 그 까닭이 궁금하여 방으로 돌아간 다음 현지 경험이 있는 분에게 물어보았다. 그의 의견이 참으로 뜻밖이었다. 지금도 그렇지만 근대에 접어든 다음 이 일대가 중국의 해방(海防) 요충지였고 언제나 이 지역에는 총포 소리가 끊이지 않았다고 한다. 그 분위기가 살벌하여 미물인 날짐승들도 본능적으로 경계심을 일으킨 나머지가 아닐까 하는 의견이었다.

아침 8시(현지 시간 7시). 1층 뷔페 식당에서 조찬, 나는 알량한 여행 체험을 살린다고 한국에서 준비해 간 깻잎, 고추장을 반찬으로 내어놓았다. 이번 행사에 참가하기 전에 나는 두 번이나 중국 여행을 했다. 그때 연일 계속 나온 중국의 기름진 요리에 일행이 염증을 내었다. 그런 체험이 있어서 한국식 반찬을 준비해 간 것이다. 예상과 달리 내가 가지고 간 전통 한국식 반찬에 대한 일행의 반응은 별로 신통치 않았다.

이날 발표회에서 나는 도쿄대학의 카와모토(川本) 교수의 주제 논문인 「문학적 전통과 근대」에 대한 토론자로 지명이 되어 있었다. 대회 전날까지 내 앞에 그의 논문 별쇄가 배포되지 않았다. 의하하게 생각되어 그 까닭을 집행부에 물어보았다. 그 나머지 카와모토 교수의 논문이 미처 준비되지 않아 발표 직전에 배포될 예정이라는 말을 들었다.

대회 일정과 별도로 이날 나에게는 10시부터 산동대학의 한국학원에서 한국학 전공자들을 대상으로 한 단독 강연이 예정되어 있었다. 준비 과정이 있어 예정보다 조금 늦어진 시간에 강연장에 도착했다. 한국학원 세미나실에는 약 120명 정도의 청강생들이 나를 기다리고 있었다. 사전에 준비해 간 발표 요지를 배포한 다음 곧 주제 논문의 내용이 된 한국 근대문학의 형성 전개가 어떻게 이루어졌는가를 밝혀 나갔다.

나는 먼저 중국이나 일본의 경우와 비슷하게 한국에서도 근대문학 형성의 중요 동인(動因)이 된 것으로 영·미·독·불 등 서구 근대문학과 문화의 충격을 손꼽는다고 전제했다. 그러나 실제 한국 근대문학의 형성, 전개 양상을 검토해 보면 그런 해석은 일방적인 것이며 사실을 단선적(單線的)으로 파악한 결과라고 지적했다.

시가 양식을 중심으로 한국문학의 근대화 과정을 짚어 보면 고전시가 → 개화기 시조, 개화가사 → 창가 → 신체시의 도식이 성립된다. 그런데 이 가운데 개화기 시조나 개화가사는 문체 형태 면에서 고전문학기의 그것을 거의 그대로 답습하고 있다. 그 내용에 문명개화 지향 의식이 담겨 있고 지배계층이나 한반도에 영토적 야심을 가지면서 접근한 외세에 대해 풍자, 비판이 가해진 것이 있다.

이 가운데 문명개화 지향은 외래적 요소에 속한다. 그러나 지배계층이나 외세 배제 의식은 그런 갈래에 귀속시킬 수 없다. 그런 경향은 우리 고전문학기의 양식인 민요, 민담이나 판소리 사설과 실학파들의 한문소설에도 두꺼운 층을 이루고 간직되어 왔기 때문이다. 결론으로 나는 모든 문학사에서 작가와 작품의 기능적인 평가는 외래적 요소 = 문화사의 새

헐리지 않는 것이 없는데

국면 타개식 도식화로 이루어질 수 없다고 지적했다. 그런 단선적 해석을 극복하기 위해서는 문학작품의 또 다른 단면인 전통 계승의 면이 반드시 감안되어야 할 것이라고 지적했다.

산동대학 한국학원을 기준으로 하는 경우 중국 대학에서의 한국 어문의 교육 수준은 아직 만족할 정도로 성숙된 것이 아니었다. 주마간산 격으로 보았지만 교과과정 편성이 그랬고 연구실이나 도서실 운영이 그랬다. 그러나 내 강의에 임한 학생들의 학습 태도는 참으로 인상적이었다. 예정된 시간을 넘기면서 진행된 내 강의 중 청중석에서는 잡담은 물론 기침 소리 하나가 들리지 않았다. 그것으로 나는 산동대학에서 이루어지고 있는 한국 어문 교육의 미래가 매우 푸르고 밝을 것이라는 기대를 할 수 있었다.

이날 오후에 한매(韓梅) 교수가 인사를 왔다. 그는 우림걸 교수와 같은 시기에 우리나라 대학에서 공부한 유학생 출신이다. 특히 내가 번역문학원 이사장으로 있을 때 그가 한 한국시의 중국어역이 우수작으로 선발되어 번역상의 수상자가 되었다. 그런 그가 어느새 어엿한 산동대학의 전임 교수가 된 것을 보고 마음이 흐뭇했다.

5월 20일. 학술회의 제2일

새벽 6시 기상. 숙소의 창밖으로 천문대가 있는 봉우리가 보이길래 올라가 보았다. 산 이름 마가산(瑪珈山), 소나무와 잡목들이 빽빽하게 들어선 비탈길을 오르자 정상에 이르렀다. 바위 벼랑으로 이어진 산등성이 약 100미터 거리에 새로운 구조물을 세우고 있었는데 안내판을 보았더니 산동대학 부설로 기상대를 세우는 것이라고 되어 있었다. 정상에서 내려다

본 발해만은 잔잔한 수면 위에 조각구름 몇 개를 띄우고 있었다.

이날 연토회는 예정된 시간을 조금 넘기고 9시 30분부터 시작되었다. 그 자리에서 나는 기조 강연을 담당하여 논문 「동북아시아의 문화전통과 우리와 동시대 시론(東北亞文學的傳統與同時代詩論)」을 읽었다. 내 논문은 크게 세 단락으로 나누어진 것이었는데 그 전제가 된 것이 일찍이 우리 동양에는 우리 나름의 맥맥한 시론의 전통이 있다는 것이었다. 그것이 서구적 충격과 함께 거세 희석화되면서 19세기 말 20세기 초에 이르면 시를 이론적으로 논하는 자리, 곧 시론(詩論) 분야에서는 서구의 전횡, 독무대 현상이 빚어지고 동북아시아에는 아예 비평의 전통이 없는 것이라는 착각을 낳게 했다.

나는 내 논문 둘째 단락에서 서구에서 이루어진 동양 문학, 특히 한시(漢詩)의 이해가 곳곳에 논리의 빈터를 가진 것이라고 지적했다. 특히 시론 분야에서 그런 예가 흔하게 나타난다고 보고 그 예로 에즈라 파운드의 한시 번역과 그 이해 수준을 문제삼았다.

새삼스럽게 밝힐 것도 없이 E. 파운드는 T.S. 엘리엇과 함께 20세기 영시단을 대표한 거장(巨匠)이다. 그의 대표작 가운데 공자(孔子)의 『논어(論語)』나 『대학(大學)』 『예기(禮記)』 등을 이끌어 들인 『Cantos』가 있다. 그것으로 우리는 E. 파운드가 한시와 한문학에 상당한 소양을 가진 것인가 지레짐작을 하게 된다.

그러나 우리가 그의 중국 고전시 번역인 『Cathay』를 보면 상황은 전혀 그 반대로 나타난다. 이에 대해서는 김종길(金宗吉) 교수의 자세한 논고가 있다.[1] 『Cathay』에는 『시경(詩經)』 소아편(小雅篇), 「채미(采薇)」 이하 열

---

1 김종길, 「에스라 파운드와 동양(東洋)」, 『시론(詩論)』, 탐구당, 1965 참조.

헐리지 않는 것이 없는데

일곱 편의 중국 고전시가 영역(英譯)되어 있다. 그 가운데 『시경』의 「채미」의 작자를 파운드는 문왕(文王)의 일본식 표기인 'Bunno'라고 적었다. 위성삼첩(渭城三疊)으로 인구에 회자된 왕유(王維)의 작품에 대해서는 작자를 'Rihaku or Omaktsu'라고 적어 놓았다. 여기서 'Omaktsu'는 왕유의 다른 이름인 왕마힐(王摩詰)의 일본식 표기다. 왕유를 이백(李白)과 동일인으로 본 것이 파운드의 한시 인식 수준이었다.

어처구니가 없다고 말할 수밖에 없는 파운드의 한시 이해 수준은 그가 페널로사의 번역을 그대로 받아들인 결과다. 페널로사는 한시의 표현 매체가 된 한자(漢字)가 표의문자인 동시에 상형문자라는 점에 사로잡혔다. 구체적으로 그는 '인(人)'이 두 발을 가진 인간을, 그리고 '마(馬)'가 네 발을 가진 가축을 표상하는 것으로 보았다.[2] 그런 표현 매체를 사용했으므로 한시가 그 자체로 여러 구체적인 물상을 바탕으로 한 심상의 교직이 되어 있다는 것이다.

유약우(劉若愚) 교수가 지적한 것처럼 페널로사의 생각은 그 자체에 상당한 한계가 있다. 표의문자, 또는 상형문자라고 하더라도 한자는 자연이나 사물의 직접적인 묘사체가 아니다. 한시는 그들을 기호화한 한자를 매체로 사용하고 있을 뿐인 것이다. 한시는 그런 한자를 매체로 한 것일 뿐이기 때문에 작품을 읽을 때 우리는 그 한 자 한 자를 독립시켜서 그에 대응되는 구체적 물상을 그려 내지 않는다. 유약우 교수가 적절하게 지적한 것처럼 우리가 한시나 다른 한문학 작품을 대할 때 가지게 되는 반응은 이보다 훨씬 더 함축적이며 복합적인 것이다.[3]

---

2 E. Fenollosa, *The Chinese Written Character as a Medium for Poetry*, 1918.

3 James Y.J. Liu. *The Art of Chinese Poetry*, The Univ of Chicago Press, 1962, pp. 8~9.

애초 내 주제 논문 발표에는 30분의 시간이 배정되어 있었다. 그런데 그 도입부에서 나는 E. 파운드를 보기로 한 서구의 동양 문학 인식이 가지는 한계를 말하는 데 절반 정도의 시간을 소비해 버렸다. 청중석에 앉은 분 가운데 하나가 나에게 손짓으로 주의 신호를 보냈다. 그것으로 당황해진 나는 다음 단계의 논리상 절차를 건너뛰어 20세기 중반기에 이르러 이루어진 서구 시론의 특징적 단면 가운데 하나가 시를 이질적인 두 요소의 폭력적인 결합을 전제로 한 이미지의 제시에 있는 것으로 본 점이라고 지적했다. 이때에 나는 파운드의 「지하철 정거장에서」를 예로 들었다.

> 군중 속에 뒤섞인 이 얼굴의 환영
> 비에 젖은 검은 나뭇가지 위의 꽃잎들
>
> The apparition of these faces on the crowd;
> Petals on a wet, black bough

이 두 줄에 그치는 서정단곡에서 첫째 줄의 머리에 놓인 "환영"과 둘째 줄의 "꽃잎" 사이에는 일상적 차원에서라면 아무런 상관 관계가 없다. 단순 진술의 차원에서 두 말은 그저 제 나름의 의미를 가진 말들일 뿐이다. E. 파운드는 이 시에서 그런 두 개의 말을 어떤 문맥화의 절차도 거치지 않은 채 그 자체로 병치시켜 놓았다.

필립 휠라이트는 그의 비유론에서 이것을 이질적 두 요소가 짝이 되게 배치한 것으로 보았다. 그것으로 비유의 본질인 병치가 성립되는 것이라고 했다.[4] 휠라이트의 비유 병치론은 M. 블랙에 의해 상호작용론으로 재해석되었다. 그에 따르면 비유의 본질인 이질적 요소의 폭력적 결합은 단

---

4 Philph Wheelwright, *Metaphor and Reality*, 1962.

헐리지 않는 것이 없는데

순하게 그것을 두 요소의 대비, 병치라고 볼 것이 아니라 이질적인 요소들이 서로 알력, 마찰을 일으키면서 문맥화되는 과정에서 일어나는 상호작용 관계로 보아야 한다고 재해석된다.[5]

비유론으로 특정된 이들 시론상의 개념은 어떻든 서구의 현대 비평이 개척해 낸 뚜렷한 성과다. 오늘 우리가 펴는 시론에서 서구의 그런 선구적 공적을 시인하는 데 인색할 수는 없다. 다만 이런 서구의 비유론에는 그 논증 과정에서 빚어진 한계가 있음이 지적될 필요가 있다. 이제까지 서구의 비평가들은 이질적 두 요소가 기능적으로 병치된 시의 예로 영시단에 등장, 활약한 형이상학파 시인들의 작품들을 들었다. 존 던이나 앤드루 마블의 작품에 이질적 두 요소를 병치시킨 실험적 예가 검출된다는 것이다.

그런데 이렇게 이질적 두 요소를 대비, 병치시킨 예는 서구의 경우보다 몇 세기가 앞서는 중국의 이태백(李太白)이나 두보(杜甫)의 작품들에 빈번하게 나타난다. 이런 경우의 좋은 보기가 되는 것이 당나라 때 개발, 본격화된 금체시(今體詩)의 한 갈래인 율시(律詩)다. 율시는 그 형식이 여덟 구, 8행 4연으로 이루어지는 정형시다. 정형시이므로 각행은 압운과 평측(平仄)을 엄격하게 지켜야 한다. 그와 함께 셋째 넷째 구인 함연(頷聯)과 다섯째 여섯째 구인 경연(頸聯)은 그 말들을 엄격하게 짝이 되도록 써야 하는 것이다.

> 달빛 젖은 뜨락에 오동잎 지고
> 서릿발 속 들국화도 시들었구려
> 다락은 높고 높아 하늘에 닿고

5 Max Black, *Metaphor*, *Study on language and Philosophy*, Cornell Univ. Press, 1962.

오고 간 술잔들에 모두 취했네
흐르는 물소리가 가얏고인가
매화꽃에 젖어드는 피리 소리여
내일 아침 우리 서로 헤어진대도
정이야 넘실대는 물결이 되리

月下庭梧盡 霜中野菊黃
樓高天一尺 人醉酒千觴
流水和琴冷 梅花入箸香
明朝相別後 情與碧波長

—황진이(黃眞伊), 「봉별소판서세양(奉別蘇判書世壤)」

　황진이의 이 작품에서 3행과 4행은 대응되는 말들이 정확하게 짝이 되
도록 쓰였다. 꼭 같은 단면이 5행과 6행에도 검출된다. 구체적으로 유수
(流水)：매화(梅花)와 화금냉(和琴冷)：입적향(入笛香)의 대우가 이루어져
있는 것이다. 서구의 시론가들은 이와 같은 사율(四律)의 기법을 까마득히
모른 채 그들의 시론을 폈다. 이 빈터가 재빨리, 그리고 기능적으로 극복
되어야 할 것이라고 나는 보았다.

5월 21일. 유공도, 갑오해전기념관 견학

　아침 6시 반 기상. 숙소를 나서 모래사장을 산책하다가 어제 발표장에
서 자리를 같이한 고베학원대학(神戸學院大學)의 다니구치(谷口弘行) 교수
를 만났다. 그는 이번 연토회에서 「근대 이후 동아시아의 다이나미즘과
그 동인(近代以後東亞關係的達爾主義及其動因)」을 발표했다. 전공이 비교정
치학이었고 그의 시각이 역사주의 쪽이어서 이야기 내용이 재미있었다.
마침 그도 한일합방을 전후한 한국과 일본의 역학적 상관 관계에 관심이

있다고 하여 우리 둘 사이에는 상당한 이야기가 오고 갔다.

오늘 우리 일정은 학술회의 뒤풀이격으로 예정된 유공도(劉公島)와 그 일대의 견학이었다. 이번 학술회의에 참가하기까지 나는 유공도가 어떤 곳인지를 까마득히 몰랐다. 청일전쟁 때 청나라 해군의 주력 전력인 북양수사(北洋水師) 본거지가 된 곳을 그저 막연하게 위해위(威海衛)라고만 알고 있었다.

아침 7시 30분경 우리를 태운 버스가 산동대학 영빈관을 떠나 해안선 쪽으로 나갔다. 얼마 안 되는 거리에서 내리자 여러 척의 배들이 정박한 선착장에 도착했다. 거기서 내해용(內海用) 순항선으로 생각되는 배를 탔다. 얼마 동안 물길을 가른 다음 도착한 곳이 유공도였다. 도착한 직후 나는 비로소 그곳 일대가 북양수사의 본영이 있었던 고전장터임을 알았다.

현지 도착과 함께 우리가 처음 견학한 곳은 해성전(海聖殿)이었다. 최근에 보수된 듯 단청이 신선한 그 건물 앞에는 유공도의 유래를 밝힌 안내판이 붙어 있었다. "해성(海聖)으로 일컬어지고 있는 유공자(劉公子)는 한(漢)나라 말엽의 유민(劉民)이다. 나라가 어지러워지매 난을 피하여 이 섬에 정착해 살았다. 뱃사람들의 해난을 구조한 것이 아름다운 이야기로 전하며 유공도(劉公島)라는 이름이 이에서 비롯되었다(海聖劉公卽韓末皇子劉民爲避難定居此島 因救助遇難船民 傳爲佳話劉公島因借得名)."

우리 일행은 해성전에 이어 망해루(望海樓)에 올랐다. 4층으로 규모가 큰 이 누각은 유공도의 언덕 일각을 차지하고 하늘을 향해 두 팔을 벌린 듯한 추녀들을 가지고 있었다. 중국 역사상 최초의 여황제인 칙천무후(則天武后)의 동순(東巡)을 기념하기 위해 세운 것으로 그 결구가 북경의 자금성이나 이화원의 다락집에 비해도 손색이 없을 정도로 잘 짜여 있었고 또한 아름다웠다.

망해루 다음 우리가 이른 곳이 북양수사의 본영 터에 세워진 갑오해전 기념관(甲午海戰記念館)이다. 이때의 갑오년은 중국이나 일본뿐만 아니라 우리 근대사에서도 각별한 의미를 갖는다. 바로 이해에 고부민란(古阜民亂)으로 통칭되어 온 동학농민전쟁이 일어났다. 가뜩이나 내우외환에 시달리고 있었던 우리나라 조야(朝野)가 그로 하여 크게 경동했다. 중국과 일본이 그를 빌미로 삼아 우리 강토에 그들의 군대를 무단으로 투입했다. 19세기의 막바지에 동아시아의 세력 판도를 바꾸어 버린 청일전쟁이 이때에 발발한 것이다.

개전 초 청·일 양군의 세력은 숫자상으로만 따지면 일본군 열세, 청국군 측의 압도적인 우세로 평가될 수 있었다. 육군에서 청국군은 육로로 만주의 요동을 거쳐 압록강을 넘기만 하면 우리 땅을 작전 지역으로 삼을 수 있었다. 그에 비해 일본군은 전함의 호위를 받는 수송선을 이용하여 대한해협을 넘어야 우리 땅에 이를 수 있었다. 양국의 병력은 숫자에 있어서도 큰 격차가 났다. 일본군 열세, 청국군 단연 우세의 도식이 성립되는 경우였다.

개전 직전까지 일본 해군이 보유한 함정의 숫자는 군함이 28척, 수뢰정 13척에 지나지 않았다. 그에 비해 중국 해군은 일본 연합함대 규모의 함대가 북·중·남 등 여러 해역을 담당하는 4개 함대로 구성되어 있었다. 그 가운데 북양함대, 곧 북양수사(北洋水師)가 최강의 전력을 보유하고 있었는데 그 함정 수는 군함 25척, 수뢰정 13척이었다. 이 숫자는 북양수사를 단독으로만 셈쳐도 일본 연합함대의 그것과 대등한 전력이 될 수 있음을 뜻한다.

이런 전력상의 대비는 청일 양국 해군이 보유한 함정의 성능들을 따지게 되면 더욱 그 격차가 커진다. 북양수사의 주력함인 진원(鎭遠), 정원(定

헐리지 않는 것이 없는데

遠)은 당시로서는 세계 최대이며 최신예 전함이었다. 두 전함은 다같이 적의 포탄에 손상이 나지 않을 정도로 튼튼한 장갑판으로 무장되어 있었다. 탑재한 포탑 또한 선회식 자동형이어서 자유자재로 발사 방향과 각도를 조정할 수 있었고 속사 기능도 뛰어났다.

본래 북양수사는 아편전쟁 이후 근대화를 서두른 청나라 군대 가운데서도 매우 특수한 위치에 있었다. 19세기 말 국운이 기울어 간 청나라 왕조는 그 정치적 실권이 서태후(西太后)의 손아귀 속에 들어가 있었다. 그는 청 왕조의 급선무인 정치, 사회체제 개혁을 아랑곳하지 않고 자금성을 보수하고 이화원을 건설하는 데 국력을 기울였다.

그러나 그 밑에는 증국번(曾國藩)이나 이홍장(李鴻章) 등 유능한 개혁 지향론자들이 있었다. 그 가운데도 이홍장은 근대화와 아울러 군제 개혁, 부국강병을 지향한 특수한 인물이었다. 그는 서세동침(西勢東侵)의 대세에 비추어 국방 대책으로 해군력의 강화가 무엇보다 먼저 이루어져야 할 일임을 통감했다. 당시 그는 직례총독(直隸總督), 북양대신(北洋大臣)이었다. 그런 지위를 이용하여 전근대적인 중국 해군을 개편, 개혁하는 데 남다른 힘을 기울였다. 그에 의해 집중적으로 비호, 육성된 것이 북양수사였던 것이다. 이때에 그가 발탁한 것이 뒤에 위해위가 함락되자 패전의 책임을 지고 음독, 자결한 정여창(丁汝昌)이다.

정여창은 안휘성(安徽省) 사람으로 본래 수군 출신이 아니라 청나라의 육군 출신이었다. 그런 그가 이홍장의 부름을 받아 통령북양수사제독(統領北洋水使提督)이 되었다. 처음 그가 부임한 곳은 위해위가 아니라 여순(旅順)이었다. 바로 그곳에 북양수사의 사령부가 있었기 때문이다. 이 수사 사령부가 개전 후 얼마 되지 않아 일본 해군의 공격을 받고 격파, 점령당했다. 그 나머지 그는 부득이 북양수사의 본영을 위해위로 옮기지 않을 수 없었다.

우리가 본 유공도의 위해위는 그 지형이 외해와 내해로 구분될 수 있는 곳이었다. 먼 바다에서 돌아드는 배들은 병목 모양을 한 입구를 지나야 정박이 가능한 내항에 들어올 수가 있었다. 그런데 이 군항은 둘레가 제법 고도를 가진 산으로 둘러싸여 있었다.

말하자면 정여창의 북양함대는 천연의 양항을 근거지로 하고 있었다. 그런 그의 함대가 전력과 장비 면에서 명백히 격차를 가진 일본 해군의 일격을 받고 어이없이 깨어지게 된 까닭은 어디에 있었던가. 이렇게 제기되는 의문에 대해 우리는 해답의 실마리를 그 무렵에 이르러 고질이 된 청나라 황실의 무능, 부패와 일선 장병들의 기강 해이에서 찾아낼 수 있다.

북양수사뿐만 아니라 중국 해군은 그 근대화 과정에서 상당수의 외국인 고문관을 채용했다. 그들이 실전에 요구되는 각종 기기의 조작을 가르치고 작전 계획을 세웠으며 수병들을 훈련시켰다. 그 가운데 한 사람이 어느 날 주력함의 하나인 정원(定遠)의 함장실을 찾았다. 그런데 그 방을 지켜야 할 위병들이 팡당이라고 하는 도박에 정신이 팔려 고문관을 본 척도 하지 않았다. 이런 군기 위반, 기강 해이는 북양수사뿐만 아니라 청나라 해군 전반에 걸쳐 만연되어 있었다. 거기서 빚어진 명령 불복종과 탈선, 책임 전가들이 패전의 빌미가 된 것이다.

일반 사병들 사이에 만연한 기강 해이와 함께 지휘 통솔부 간의 알력, 마찰과 그에서 빚어진 불협화음도 갑오해전(甲午海戰)을 패전으로 몰고 간 결정적인 요인이 되었다. 이미 드러난 바와 같이 위해위는 외해에서 좁은 수로를 통해야 입항이 가능한 입지적 조건을 가지고 있었다. 여순을 일본군에 빼앗기고 본영을 유공도로 옮긴 다음 무엇보다 먼저 정여창이 주목

헐리지 않는 것이 없는데

하게 된 것이 바로 이런 위해위의 지리적 조건이었다.

이동 직후부터 정여창의 함대는 연일 일본 연합함대의 어뢰 공격을 받았다. 그것을 격퇴하는 가운데 정여창은 일본군이 육전 부대를 투입하여 주변 일대의 고지대를 장악할 경우를 생각했다. 그렇게 되면 정박 중인 전함들 모두가 적의 포격 사정권에 들어가 버릴 가능성이 있었다. 특히 이때에 정여창의 신경을 곤두세우게 한 것이 항만 입구 쪽에 설치된 용묘취(龍廟嘴) 돌단부의 포대였다. 이 포대는 외해에서 항내로 들어오는 병목 자리에 설치되어 있어 본래는 방어용이었다. 그런데 그 위치가 워낙 높은 곳에 있어 포좌의 각도만 바꾸면 위해위 항내의 모든 함정을 제압해 버릴 수 있는 자리에 있었다. 이런 상황을 감안한 정여창은 만약의 사태에 대비 용묘취 포대를 철거해 버려야겠다고 생각했다.

그런데 문제는 위해위의 주변을 지키는 데 선행되어야 할 방어 작전 실행의 권한이었다. 위해위 일대의 골짜기는 해역이 아니라 육지였다. 육지였으므로 그 작전권은 해군이 아니라 육군에 소속되어 있었다. 정여창은 이런 상황에 직면하자 군항 경비를 담당한 육군의 대종건(戴宗騫) 사령관을 찾았다. 그와 용묘취 포대 철거 문제를 상의하고 위해위 일대의 방어 전략도 검토하기 위해서였다. 그러나 대종건은 정여창의 작전상 건의를 한마디로 거절해 버렸다. 그 결과 빚어진 사태는 참으로 엄청났다.

정여창이 걱정한 대로 일본군은 그들의 육전대를 투입하였다. 그들 특유의 육탄 돌격을 감행했고 그 결과 주변 일대의 고지대가 일본군에 의해 장악되었다. 일본군의 집중포화가 일도(日島) 일대의 병영과 화약고에 가해졌다. 그것으로 엄청난 연쇄 폭발이 야기되자 탄약고가 폭발하였고 중국 측에 많은 사상자가 생겼다. 그러자 제대로 실전 경험을 갖지 못한 유공도 수비 부대의 병사들이 광란 상태가 되었다. 그들은 총검을 휘두르며 떼를 지어 몰려가 직속 상관들을 협박하였고 즉시 일본군에게 항복하자고 외쳤다. 그들의 기세에 밀려 장교들이 사령관실로 몰려갔다. 총사령관인 제독 정여창에게 항전 포기, 일본군에게 무조건 투항해야 한다고 아우성쳤다.

이 극한상황에 처하게 되자 정여창은 참모들을 불러 굴욕적인 항복이 아니라 결사대를 편성하여 적의 포위망을 뚫고 탈출 작전을 감행할 것을 말했다. 그러나 이미 대세는 그의 편이 아니었다. 지휘 계통을 무시하고 광란 상태가 되어 버린 병사들이 그의 목을 베겠다고 협박했다. 이 비극적 상황에 처하게 되자 정여창은 말했다. "구태여 내 목숨을 빼앗겠다고 하면 그것은 제군들의 뜻일 뿐이다. 그러나 나는 영예로운 북양수사의 제독으로서 적에게 두 손을 들고 투항하는 따위의 굴욕적 행동은 할 수가 없다." 뚜렷하게 그의 결의를 밝힌 다음 정여창은 사전에 준비한 독약을 마시고 자진, 순국했다. 그것으로 일본군에게 무골충, 나태의 낙인이 찍힌 청나라의 지휘관 가운데도 한 목숨을 바쳐 천추의 대의에 순하는 예가 있음을 보인 것이다.

지금 갑오해전기념관에는 그 일각에 정여창 제독의 생전 발자취를 되새기게 만드는 유품들과 실물대로 복원이 된 그의 동상 등이 전시되어 있다. 우리 모두에게 우리 자신의 목숨은 유일무이한 것이다. 그렇게 소중한 생명을 바쳐 대의에 순한다는 것은 그지없이 숭고한 정신의 발로다. 그런 생각을 하면서 나는 기념관을 떠나기 전에 다시 한 번 그의 초상 앞에서 고개를 숙였다. 다음 사율(四律)은 유공도에서 내가 느낀 감정을 내 나름대로 가락에 실어 본 것이다.

헐리지 않는 것이 없는데

유공도(劉公島)
갑오해전 기념관이 서 있다

바람 없고 물결 잔 제 배들이 닻 내렸다
넓고 넓은 물나라에 밀물도 향기롭네
조각구름 머문 곳엔 나루다리 나타나고
쌍돛배 지나간 섬 뱃고동이 길게 운다
두견새 슬피 울어 제독(提督)묘 뚜렷하고
개나리꽃 곱고 고운 황자(皇子)*의 언덕이여
아득히 지나간 일, 내 속에 쌓인 자리
흰 머리칼 내가 혼자 고향을 바라본다

제독 정여창은 청일전쟁 때 북양수사의 총사령이었다. 1875년의 해전 때 일본 해군의 기습을 받아 전 함대가 깡그리 깨어지니 책임을 지고 스스로 목숨을 끊었다.

* 제손(帝孫) : 한(漢)나라 말 왕자인 유공을 가리키니, 나라가 망함에 산동(山東)으로 몸을 피하여 유공도를 개척한 것이어서 언급한 것이다.

劉公島
有甲午海戰紀念館

風靜波恬舟不忙
洋洋水國海潮香
片雲停岬津梁見
雙帆過洲漁笛長
杜宇聲聲提督廟
莘夷灼灼帝孫崗
悠悠往事籠烟處
白首單身望故鄉

提督丁汝昌 北洋水師總司令 甲午海戰時 因日海軍奇襲 全艦隊覆滅 以引責自盡.
帝孫 漢末皇子劉民 國亡以避于山東. 開創公島故及之.

갈잎 노래 을숙도 산 순정주의

— 내 기억 속의 김창진 형

1

이제는 우리 곁을 떠나가 버린 김창진 형은 고향이 낙동강 하구 쪽 을숙도 가까이의 한 마을이었다. 맑은 강물, 푸른 갈대와 시원한 강바람 더불어 자란 탓인지 그는 밝은 눈빛, 맑은 얼굴, 부드러운 목소리를 지니고 있었다. 그와 내가 첫인사를 나눈 것은 지금은 그 자취조차가 희미해져 버린 낙산 밑 동숭동의 문리대 구내 중앙도서관 서부에 있는 국어국문학과의 공동 연구실 일각이었으리라 생각된다.

당시 나는 갓 학부 생활을 시작한 새내기 신분에 지나지 않았다. 김창진 형은 그런 나보다 학년이 하나 위인 동갑내기 선배였던 것이다. 지금이라고 별로 달라진 바가 없지만 당시 나는 선배나 동급생에게 먼저 수인사를 하는 인사성이나 친화력 같은 것을 거의 갖고 있지 않았다. 그러니까 처음 만난 자리에서 먼저 말을 건넨 것은 아마도 내가 아니라 김창진 형이었을 것이다.

한 학년의 상거(相距)였다고 하지만 돌이켜 보면 김창진 형과 우리 학년

헐리지 않는 것이 없는데

의 동기들 사이에는 얼마간의 차이점 같은 것이 있었다. 우선 우리 또래가 서울이 수복된 직후 학부에 진학한 데 반해 한 해 위인 선배들은 당시 임시수도가 된 피난지 부산의 가교사에서 입학식을 치른 터였다. 그 무렵까지 상당수의 학생들이 피난민 신세여서 낮에는 학교 강의에 출석하고 밤에는 미군 부대나 다른 민간 기구에서 아르바이트를 하는 예가 많았다.

그렇게 전시 체제가 빚어 낸 각박한 상황을 거쳤으면서도 우리 선배들에게는 자신과 우리 사회를 위해 새로운 지평을 타개하고자 한 의지와 함께 기백이 느껴졌다. 그 가운데도 김창진 형은 언제나 온화한 모습으로 누구에게나 격의가 없이 우리를 대하여 주는 인간성의 소유자였다. 신입생이어서 처음 얼마 동안 학내 분위기에 익숙하지 못했던 우리 또래에게 그의 인정스러운 말과 은근한 배려가 여간 고맙지 않았다.

2

막상 진학을 하여 보니 우리 대학은 긍정적인 면과 함께 부정적인 면을 아울러 가지고 있었다. 우리가 무시로 드나드는 학과 공동 연구실에는 양쪽 서가 가득히 조선왕조실록과 낙선재 문고본들이 꽂혀 있었다. 그 밖의 동서양 고전들과 국내외 석학들의 연구서들도 문자 그대로 한우충동(汗牛充棟)의 상태가 되어 있었다. 선생님들과 선배들이 그 앞에 앉아서 전공 논문 작성을 위해 독서 카드를 만들어 가는 모양이 참으로 인상적이었다.

그와는 달리 당시 우리 대학의 교과목 운영은 적지 않게 부실한 면이 있었다. 당시 우리 주변에서는 전공 서적 출판이 제한되어 있었고 교양 교재 개발도 걸음마 단계를 면치 못했다. 상당수의 선생님들이 일어판이나 미군 부대에서 흘러나온 EM판 원서를 대본으로 사용하면서 강의가 진행되었다. 몇몇 교강사들은 입학식이 있고 나서도 한 달 가까이 강의실에 나타나지 않는 예가 있었다. 뿐만 아니라 우리 또래가 적지 않은 기대를 가지고 임한 교양과목들 강의 수준은 그보다 더욱 허술했다. 그 내용이 우리가 자습 상태로 땜질하거나 천막으로 된 가교사에서 배운 것보다 별반 나을 것이 없는 수준이었다.

내가 김창진 형과 처음 자리를 마주하고 이야기를 나눈 것도 바로 그런 입학 초기의 어수선한 분위기 속의 어느 날이었다. 그날 나는 수강 신청도 하지 않은 채 전공과목에 속하는 한국 현대문학사 강의를 들으려 해당 강의실에 들어갔다. 그 담당 교수는 우리 대학의 전임이 아니라 외부 대학에서 우리 학교에 출강하는 B교수였다. 시작 벨이 울리고 나서 30분 이상이 지나도 그는 우리 앞에 나타나지 않았다. 뒷자리에서 누군가가 "또 휴강이야, 휴강!"이라고 투덜대는 목소리를 내었다. 그것을 신호탄 삼아 7, 80명 정도의 수강생들이 자리에서 일어났다. 그 가운데 일부가 우리 학과의 공동 연구실이 있는 중앙도서관 서쪽으로 향했다.

그렇게 우리가 헤쳐 모이기를 하고 난 다음 공동 연구실의 나무 의자에 앉게 되어도 뚜렷한 화제들이 없었다. 거기서 빚어진 무료를 달래기 위해 나는 며칠 전 청계천 쪽 고서점에서 구한 책 한 권을 꺼내어 들었다. 그 책이 바로 그날 휴강의 주인공이 된 B교수의 『조선문학사조사 현대편(朝鮮文學思潮史現代篇)』이었다. 내가 책을 펼치게 되자 바로 내 앞에 자리를 잡은 선배 한 분이 반색을 하면서 말을 걸어 왔다. "하! 좋은 책 구하셨구나. 그것 어디서 샀습니까?"

그의 표정이 사뭇 맑고 밝게 생각되어 나도 즐거운 마음으로 답했다. "아, 이거요. 어제 청계천 쪽에서 샀습니다. 본래 고등학교 때 신간으로 사서 본 것이 있었는데 피난길 북새통에 잃어 먹어 버렸어요. 그래 어제

들른 고서점에서 눈에 뜨이길래 산 것인데 보시겠습니까?" 좀 수다스럽게 생각되었을 내 말에 앞자리의 선배가 격의 없이 손을 내밀었는데 그가 바로 김창진 형이었다.

3

당시 우리 대학의 국어국문학과에는 세 갈래로 대별되는 전공 분야가 있었다. 그 하나가 국어학 분야였고 다른 갈래가 고전문학과 현대문학 분야였다. 우리가 입학했을 때 우리 학과에는 두 분의 전임교수로 일석(一石) 이희승(李熙昇) 선생님과 심악(心岳) 이숭녕(李崇寧) 선생님이 계셨다. 두 분의 전공은 다 같은 국어학이었다. 특히 심악 선생은 국어학이 학교 문법이나 맞춤법 언저리에 맴돌아서는 안 될 것이라고 주장하셨고 그 방법의 하나로 비교언어학이나 일반언어학이 수용되어야 할 것이라고 역설하셨다. 그런 심악 선생의 지도하에 국어학 분야에는 일종의 신흥 기분이 형성되어 있었다.

그와 아울러 고전문학 분야에서도 6·25 직전까지 도남(陶南) 조윤제(趙潤濟) 선생과 가람(嘉藍) 이병기(李秉岐) 선생이 전임으로 계셨다. 6·25를 거친 다음 두 분은 타교로 자리를 옮긴 터였지만 환도 직후의 우리 연구실에는 그 무렵까지 은연중 그분들의 여훈이 남아 있었다. 그러나 현대문학 전공 지도교수는 일찍부터 공석으로 비어 있었다. 대학원 과정에서는 아예 한국 현대문학 전공의 이름이 올라 있지도 않았을 때다.

그런 상황 속에서 학부에 진학한 다음 현대문학 전공을 마음 먹은 우리 몇몇은 일종의 소외감 같은 것을 가졌다. 나는 본래 몸과 마음이 튼튼한 편이 아니어서 어느 정도라도 낯이 익지 않은 분야를 새롭게 개척할 때 요구되는 과단성이나 진취적 기질을 갖지 못한 편이었다. 그런 나에게 인사를 나눈 첫 자리에서 김창진 형은 장차의 전공을 현대문학으로 할 것이라고 선언했다. 그와 아울러 전공에 부수해서 시 창작도 겸해 볼 것이라는 포부도 피력했다. 그런 말이 조용한 목소리를 타고 이야기되자 나는 후미진 산길에서 어릴 적 고향 친구를 만난 심경이 되었다. 여기서 또 한 사람의 이야기가 통하는 동창을 만났구나 하는 생각을 갖게 된 것이다. 그러면서 김창진 형의 얼굴을 쳐다본 기억이 지금도 새삼스럽다.

사이 길로 이야기가 빠져 버리지만 첫인사를 나눈 다음 나는 곧 김창진 형이 우리 주변에서 화제의 주인공이라는 사실을 알았다. 그 까닭이 된 것이 또한 이색적이었다. 그의 동기로 우리 학과에는 여학생들이 있었는데 그 가운데 한 사람과 김창진 형이 각별하다는 이야기가 그 내용이었다. 그 무렵까지 우리 주변에는 남녀칠세부동석(男女七歲不同席)의 계율이 완강하게 뿌리를 내리고 있었다. 남녀 학생이 어깨를 나란히 하고 걷는 일 자체가 일급 화젯거리가 될 수 있었다. 그런데 두 사람은 이따금 짝이 되어서 우리 학교 교정을 산책하고 다방에도 들러 차를 마신다고 했다.

그런데 전혀 국외자에 지나지 않는 우리가 듣기에도 민망한 그런 소문을 김창진 형은 전혀 아랑곳하지 않았다. 상당 기간 화제의 여주인공인 여학생과 커플이 되어 교정을 산책했고 때로 도서관과 강의실 출입도 그렇게 했다. 우리 가운데는 그런 두 사람을 두고 졸업과 함께 결혼에 골인할 것이라는 단정을 내리는 예도 있었다. 그러나 김창진 형과 그 짝의 관계는 그 다음 단계에서 전혀 우리의 예상을 빗나가게 만들었다. 그 여학생은 졸업을 하고 나자 우리 대학 출신이 아닌 다른 단과대학 졸업생을 신랑으로 택해서 웨딩마치를 올렸다. 김창진 형은 그 자리에 나가서 마음속에서 우러나는 축하의 말을 하고 아낌 없는 박수를 쳤다고 들었다. 이것은 학생 때부터 김창진 형의 성품이 조금도 잡스럽지가 않고 순백하기 까지 했음을 말해 주는 단적인 증거가 될 것이다.

4

이제는 고인이 된 김창진 형의 인간성을 저대로 파악하려는 자리에서 지나쳐 버릴 수가 없는 또 하나의 사실이 있다. 그가 태어나서 자란 고장 이 낙동강 하구 쪽 을숙도임은 이미 밝혀진 바와 같다. 그는 소학교를 그 곳에서 다녔고 중학교는 기차를 이용해야 통학이 가능한 부산 초량에 위 치한 부산중학교를 다녔다. 그런데 그와 같은 마을에서 또 하나의 통학생 으로 경남여중에 다니는 여학생이 있었다. 거의 날마다 같은 열차를 탔 으므로 사춘기에 접어든 무렵의 두 사람 사이에 얼마간 아련한 감정 같은 것이 생길 수밖에 없었다.

그런 그를 두고 김창진 형은 한 번도 이름을 제대로 말한 적이 없다. 대 개 3인칭을 써서 '그 애'라고만 불렀다. 학년이 거듭되면서 '그 애'와 김창 진 사이에는 그런 감정이 알맞게 성숙되어 갔을 것이다. 그럼에도 그런 경우 반드시 따르기 마련인 두 사람만의 대화나 편지 주고받기는 전혀 이 루어지지 않았다. 다만 예외가 있었다면 중학교 과정을 다닐 때 한 번 약 속이라도 한 듯 낙동강가 모래밭에 나가 강물을 보다가 말았다는 사실이 있었을 뿐이다. 다음은 그의 산문에 나오는 한 부분으로 그 사이의 사정 이 어느 정도 내포된 것이다.

> 그 만남의 기억도 두 번의 그것만이 기억될 뿐인데, 그 하나는 낙동강 기슭에서 갈숲을 뒤로하고 모래 바닥에 물결이 왔다 갔다 하는 것을 내내 둘이서 보았다는 것. 그리고 나머지 하나도 이날에 이어진 것일 텐데 그런

그 애를 바래 주기 위해서 역으로 가는 산모퉁이를 열심히 뛰었던 그것뿐이다.

다른 사람에게는 싱거워 빠진 것으로 들릴 이런 체험을 그가 했을 때 김창진 형의 나이는 이미 17, 8세였다. 그 무렵이 되면 우리는 여러 권의 국내외 애정물 소설을 읽을 나이가 된다. 그와 함께 포옹이라든가 접순 등의 용어를 익히고 많은 경우 이성 간에서 이루어지는 그런 사랑을 동경하기까지 한다. 상당수의 학생들이 그 구체적 절차를 밟기에 들어가고자 한다. 그럼에도 중학생 김창진은 이런 물실호기(勿失好機)의 자리에서 전혀 그런 유의 언동(言動)을 하지 않았다.

어렵사리 이루어진 강가의 데이트가 있고 난 다음 얼마 되지 않아 그와 '그 애' 앞에는 고등학교 졸업이라는 중대한 고비가 몰아닥쳤다. 그것은 그들에게 대학에 진학하여 고향을 떠날 것이라는 엄연한 현실을 뜻했다. 이것이 그에게 '그 애'와의 관계가 영영 단절될지도 모른다는 위기감을 안겨 주었다. 일단 그런 생각에 휩싸이자 고등학생 김창진은 무슨 수를 써서라도 그것을 막고 싶었다. 그 다음 날 그는 경남여고의 하학 시간을 기다려 초량역에서 '그 애'를 기다렸다. 천만다행으로 그 앞에 '그 애'가 나타나자 같은 열차를 탔다. 그랬으면서도 열차가 출발하여 목적 역에 도착할 때까지 그는 '그 애'에게 한마디 말도 건네지 못했다. 그저 '그 애'의 뒤를 따라 그의 집이 있는 시골 한역(寒驛)인 M역에서 내렸다. 마침 그날 하늘에는 궂은비까지 내렸다.

……고등학교 3학년이라는 내 나이는 어렸던 것인가.
다섯 시간여의 귀로는 그야말로 장대같이 퍼붓는 빗속이었다. 끝없이 '왜'에 사로잡힌 칠흑같은 어둠이었다.

헐리지 않는 것이 없는데

모두 잠든 내 집에 돌아와서 내 골방에 불을 밝혔을 때, 온통 일그러진 낯선 얼굴이 거울 속에 있었다.

5

국문학과 공동 연구실에서 첫 대면을 한 후에도 고인과 나는 몇 번인가 자리를 같이하고 이런저런 이야기를 주고받았다. 전공의 방향이 같았고 서로의 체질도 비슷해서 그 자리에는 서로의 근황과 함께 가정 사정, 그 무렵의 세태 풍속과 동창들의 소식이라든가 읽고 있는 책들의 독후감 등 갖가지 화제가 꼬리를 물었던 것이다.

우리 둘의 한담 자리에서 언젠가는 내가 대학신문에 투고하여 활자화된 토막글들도 끼어든 적이 있다. 한때 나는 문리대 문학회가 발간하는 『문학』 2집의 간행 실무를 맡은 적이 있다. 명색이 대학의 문학회 회지였으나 학교 당국에서는 학생들의 임의 활동이라고 하여 회지의 발간비를 전혀 지원해 주지 않았다. 소요 경비를 마련하기 위해 우리가 선배들을 찾아다니며 원조를 청하는 과정을 거쳐서 어렵사리 책을 낼 수 있었다. 그런 터수였음에도 책이 나왔을 때 나는 『문학』 2집의 서평을 썼다. 그 내용에 일부 학우들의 작품이 의욕만 앞섰을 뿐 한계가 있다는 지적이 포함되었다. 그러자 내 글에서 비판 대상이 된 일부 학우들로부터 불만의 목소리가 일어났다.

그 가운데는 김창진 형의 부산고등학교 동기이며 불문과 소속인 K형이 있었다. 내가 쓴 글에 대해 그가 몹시 화가 나 있다는 소식을 듣자 나는 난감했다. 그때 내가 어떻게 처신해야 할지를 문의한 상대역이 바로 김창진 형이었다. 좀 장황한 내 말을 끝까지 조용히 들은 다음 그가 말했다. "그런 일들 우리 사이에서 무슨 큰 문제가 될까. 이제 시간이 지난 다음 진아춘에라도 가서 짜장면이나 먹지 뭐." 그의 말대로 그 후 K형과 내 관계는 적당한 선에서 복원되었다. 두어 번 만난 자리에서 서로 무관하게 이야기를 주고받는 사이로 돌아간 것이다.

그런데 그렇게 흉허물이 없는 사이로 지냈는데도 김창진 형이 끝내 나에게 말하지 않고 마음속으로만 간직해 간 일이 있었다. 비 오는 밤의 이별 이후 '그 애'에 대한 그의 감정을 일체 말하지 않은 것이 그것이다. 학부를 졸업하고 직장을 얻어서 근무하는 곳이 달랐음에도 우리는 생각나기만 하면 전화를 하고 또한 만났다. 그런데 그때 우리가 주고받은 이야기들 어느 갈피에도 고인이 나에게 '그 애'에 대한 감정을 피력한 기억이 나지 않는다. 그것으로 나는 '그 애'에 대한 그의 감정이 청소년기에 한때 일어났다가 물거품처럼 사라져 버린 추억담에 그친 줄 알았다.

> 여름방학이 되어 고향에 내려갔다. 수십 년 만의 기록을 갱신하는 대단한 폭설이 온 산하를 누르고 휘덮었다. 전봇대가 곳곳에 쓰러지고 도로는 들판과 산자락에 파묻혀 버렸다. [……] 더더욱이나 내가 찾아가는 지리산 자락은 공비 출몰이 심해서 낮에는 태극기가 밤에는 인공기가 펄럭인다는 곳이었다. [……]
>
> 내가 그 학교 교정 한가운데서 잔설(殘雪)이 흩날리고 있는 그 방학 동안의 텅 빈 뜰에서 그녀를 만났을 때 내가 아무말도 못한 것은 그리고 전혀 억울하지 않았던 것은.
>
> 까만 비로드의 스카프를 쓰고 있었다.
>
> 아무 말도 없이 서 있는 그 여자의 큰 눈동자의 속눈썹에도 눈이 내려앉는 것이 보였다.
>
> 나는 아무 말도 못했지.
>
> 내가 무어라고 할 수 있었겠어.
>
> 그래서 돌아섰다.

헐리지 않는 것이 없는데

문면으로 드러나는 바와 같이 이것은 학생 김창진이 학부 2학년 때 어느새 그 호칭이 '그녀'로 바뀐 '그 애'를 만나기 위해 엄동설한의 지리산으로 찾아갔을 때의 이야기다. 당시 지리산은 일급 통비지역(通匪地域)으로 남로당 유격 조직의 최강 부대인 이현상의 남부군이 반거한 곳이었다. 그에 맞선 국군도 정규 사단 규모였고 그와 함께 연합 작전을 편 경찰 병력들까지가 삼엄한 경계 태세를 펴고 있었다. 다소간이라도 수상한 자가 나타나면 검문, 검색이 이루어지고 조금이라도 의심쩍은 기미가 보이는 자에게는 연행, 구금과 가차 없는 취조가 그 뒤를 따랐다. 그런 지리산 지구를 학생 신분이어서 아무런 보신 장치도 갖지 못한 김창진이 '그 애'가 보고 싶다는 일념만으로 적수공권 혼자서 찾아간 것이다.

　이때 그는 눈길을 헤치고 몇 번이나 군경의 검문에도 걸린 다음 '그 애'가 근무하고 있는 학교 교정에 서기는 했다. 그 자리에서 적어도 몇 해 동안을 무시로 그려 보았을 '그 애'를 만난 것이다. 김창진이 아닌 여느 경우였다면 그 순간 그가 어떻게 했을까. '그 애'를 보는 순간 불문곡직 두 팔을 벌려 껴안았을 것이며 온 산골짜기가 울릴 정도로 '보고 싶었다'를 연발하지 않았을까. 그런데 이때 김창진은 전혀 그렇게 하지 않았다. 그저 '그 애'와 마주서서 그 속눈썹에 눈송이가 떨어지는 것을 보았을 뿐이라는 것이다.

　흔히 우리는 사랑을 두 유형으로 구분하여 에로스형 사랑과 아가페형 사랑으로 나눈다. 에로스형 사랑이 육신의 욕망을 곁들인 것임에 반해 아가페식 사랑에서는 그런 것이 사랑의 왜곡이며, 모독이라고 단호하게 부정, 배제되어 버린다. 거기에서는 일체의 세속적인 욕망이나 이식산이 부정되고 정신주의의 차원에서 순수한 애정만이 인정된다. 청소년기의 한때 우리는 거의 모두가 이런 아가페형 사랑에 매력을 느끼고 그 주인공이 되고자 했다. 그러나 20대에 접어든 다음 세속적인 이해타산을 익히게 되자 지고(至高) 순수만을 지켜 나가는 사랑이 현실적으로 가능하지 않은 것임을 알기 시작했다. 나이를 먹으면서 우리는 어쩔 수 없이 진선미(眞善美)한 차원의 사랑을 버리고 수성(獸性)에 물들게 된 것이다.

그런데 이 도도한 세속의 탁류 속에서도 김창진 형은 끝내 소년 소녀들이 읽는 동화 속의 주인공처럼 순진무구 자체인 사랑을 간직하고 살았다. 여기에 이르러 우리가 더 무슨 말을 덧붙일 수 있을 것인가. 살아생전 김창진 형이 간직하면서 살다 간 사랑은 그 자체로 아가페형 사랑의 극치였다. 남들은 철들기 전 한때 그것도 한두 번 정도만 가져 보는 이런 차원의 내면세계를 한평생 그는 한 마음으로 가꾸고 섬기기까지 하면서 살다가 돌아갔다. 그러면서 그런 사랑을 조금도 훼손하지 않는 차원에서 30대에 이르자 이상적 반려를 만났다. 그분은 우리 시대에는 보기 드문 예지와 숙덕(淑德)을 아울러 지니고 있었다. 김창진 형은 그런 반려와 우리 입에서 절로 탄성이 일어날 정도로 단란 자체인 가정을 꾸렸다.

그런 가운데 고인은 이화여대와 숭실대에 출강했으며 가톨릭대 국어국문학과 교수로 열과 성을 다하여 후진들을 지도했다. 학생 때 선언한 학문과 창작 병행론을 실행에 옮겨 「개화기 문학의 문체론적 연구」 이하 중후한 연구논문과 『그대 우리 자유로울 수 있는가』 『오늘은 자주조희풀 네가 날 물들게 한다』 『저 꽃들 사랑인가 하여하여』 등 여러 권의 시화집도 끼쳤다.

> 날 언덕에
> 세워 보아라
> 바람 속에 놓아 보아라
> 네가 흔들릴지니

헐리지 않는 것이 없는데

꽃은 가만 있어도
네가 언덕을 넘고
바람에 몰릴 테니
열에도
그랬고
쉰쉰 지금도
그러하거늘
꽃이여
너는 가만
있거라

  이것은 고인이 『들꽃시집』 첫째 권에 수록한 연작시 「물매화」의 둘째 수다. 여기서 단적으로 드러나는 바와 같이 시인 김창진의 작품 세계에는 세속적인 존재로서의 '나' 자체가 아예 나타나지 않는다. 뿐만 아니라 우리가 자연이라고 하는 사물들도 독자적인 존재 의의를 갖지 않는다. 그런 것이 완전하게 사상된 차원에서 순수 영혼의 세계만이 노래되어 있을 뿐이다. 이것으로 우리가 내릴 수 있는 결론은 단순 명백해진다. 이제 우리 곁을 떠나간 고인은 비속과 잡색이 난무한 이 시대에 맑디맑은 영혼이 어떤 것인가를 보여 준 인간성의 소유자였다. 그 누구에게나 정다운 손길을 느끼게 만들어 준 친구 중의 친구이기도 하였다.

덩굴닭의장풀

종이학
천년의 꿈
그 비상
온 세상의 긴장이여

김창진

- 나신을 스치겠지요

- 누옥(陋屋), 누옥(漏屋)

- 하늘과 땅 사이가 너무 넓구나

나신을 스치겠지요

요새 초우재(草友齋)에는 동산(動産)이 하나 늘었습니다.

헌 중고(中古)의 자전거 한 대입니다.

거의 다 벗겨져 가는 빨간빛의 도장(塗裝)입니다. 그런데도 모습이 언뜻 보아서는 그리 낡아 보이지는 않습니다. 키가 큰 데다가 뼈대와 바퀴가 가늘어서 제법 모던한 모양새입니다.

과천(果川)에 내 외종형이 한 분 있습니다.

이분이 용인 어느 시골에 살 때에는 집 뒤의 텃밭 가장자리에 옥수수 며 호박 모종을 심어 놓고, 새벽에 잠이 안 와서 매양 이것들을 보살피면 서 훤히 트는 아침 햇빛을 맞는다더니 요새는 어두컴컴한 새벽에 서울대 공원에 가서 몰고 온 자전거를 한참 타다 보면 동이 트기 시작한다는 것 입니다. 그러니까 형은 자전거 바퀴를 돌리면서 자기의 하루를 애써 엽 니다.

그런데 이 형이 하루는 아침 일찍 저에게 전화를 하기를 자전거를 하나 주웠다면서 쓸 만하니까 네가 가지고 가서 타라는 것입니다. 알다시피 초우재는 산 중턱 가까워서 자전거를 타기에는 경사가 심해서, 이런 산길에서도 경기용 사이클을 몰고 다니는 젊은이를 보면 부러워는 했으나 자전거가 있었으면 하고 그걸 부러워한 일은 없었지요.

그런데도 나는 이 형의 이 분부를 쉽게 거역하지는 않았습니다. 형의 그 갸륵한(?) 마음씀을 거절할 넉살이 없었고, 조금은 이제는 아주 잊어버린 내 자전거 시절에 대한 향수 같은 게 내 마음 밑바닥에서 그때 비집고 올라오고 있었던 모양입니다.

내가 그 자전거를 처음 본 순간에는 그것이 초라하다는 생각도 들었고, 그런데도 쓸 만하겠다는 애착도 들었습니다. 그래서 자전거포에서 브레이크 등의 허술한 데를 고쳐서 내 차 뒤 트렁크에 어중간하게나마 억지로 싣고서는 밤중에 초우재 뜰에 들어왔습니다.

그런데 말입니다.

아침에 일어나자마자 창을 통해서 그것이 내 눈에 들어왔는데, 밤의 어둠을 지새고 아침 햇살에 은륜(銀輪)으로 내 눈에 다가서는 그것이, 아니 그것으로 해서 초우재가 그리 평화롭게 보일 수 없었습니다. 그리 여유 있게 느껴질 수 없었습니다.

나는 자전거가, 외종형의 마음씀이 고마워서 마지못해 이를 초우재에 데리고 온 중고품이 이런 상황을 연출할 것이라고는 전혀 상상하지 않았습니다.

이후 자주 이 자전거에 내 마음이 머뭅니다.

우거(寓居) 초우재에 가득한 평화와 여유를 만끽합니다.

마당을 비추는 외등(外燈)을 밤 내내 켜 놓습니다.

그리고 요새는,

헐리지 않는 것이 없는데

그것이 왜 그런 연출을 할 수 있는지 자꾸 생각해 보려 합니다.

그것이 서 있는 곳이 흙마당 위라는 것과 어떤 연관이 있는지요.

또 그 배경이 비록 손바닥만 하지만 열무밭이어서 연둣빛의 색감이 주는 시골스런 분위기와의 관련에서인지요.

자동차와 자전거는 둘 다 차(車)이지만 한쪽은 수레 거로 읽는 이름의 다름에서도 알 수 있듯이, '차' 쪽은 내 의지를 뒷받침하는 배터리라든지 휘발유 등의 매체를 통해서만이 움직일 수 있으나 '거' 쪽은 바로 내 몸이 갖는 움직임에 오로지 연유해서만 가고 섭니다. 그러니까 내 감각이 그것에 닿는 직접성과, 그것이 갖는 복잡하지 않는 기계 구조의 너무 뻔한 단순성 등이 사람의 세계와 쉽게 닿는다는 어떤 혈연성(血緣性)의 동질감을 주어서 그런가요.

오늘날 자동차 문화가 주는 우리들 몸이나 마음에 던지는 폭력성이나 경제적 압박 같은 게 전혀 없습니다.

중학교 다니는 나이 때 자전거를 몰고 다녔던 신작로(新作路)나 풀섶 사이의 좁은 흙길의 배수로를 생각합니다. 이슬들이 바퀴를 간지럽게 적십니다. 잠자리가 날면서 핸들 위에 앉아서 저와 동행합니다.

아침마다 한 시간 넘어 자전거를 타고는 산 밑의 기차역에 이르는 긴 낙동강 둑길의 자전거 전용의, 통학길의 행로(行路)를 생각합니다.

그리 좋아하던 매형(妹兄)이 새 자전거를 타고 누나가 있는 저의 집을 찾던 유년 시절의 그 반가운 날을 기억합니다.

때론 집에 어른이 앓아누워서 10리 밖의 양의(洋醫)가 까만 진료 가방을 달고 마당에 들어오는 낯선 자전거가 있었긴 하지만, 대개는 반가운 분들의 내왕(來往)이라는 징표로 나에게는 떠오릅니다.

멀리서 큰댁의 형이 와 있습니다.

내가 학교에서 책보를 들쳐메고 집 마당에 들어서면 그 낡은 자전거는 누가 우리 집에 와 있다는 것을 대번에 말해 줍니다. 10리 윗길의 사촌 매형이거나 10리 아랫길의 이종형의 것도 눈에 익은 자전거입니다. 나는 그 자전거의 핸들에 붙어 있는 요령을 한 번 울리고는 대청마루에 오릅니다.

이런 어린 날의 기억들 때문일까요.
외사촌이 요새 사람들이 걸핏하면 버리는 중고품의 자전거를 하나 주워 와서, 그것을 나에게 주어
산자락의 내 초우재 앞뜰에
세워 놓았더니
이렇게 내 마음이
편해지는 것은.

내일쯤에는 저걸 사립문 밖으로 몰고 나가서 호젓한 산길을 찾아서 한 번 타 보렵니다.
이팝나무의 우수수 떨어지는 낙엽들을 저것의 은륜이 감촉할 것입니다. 그리고 내 반백(半白)의 머리카락들은 나뭇가지들의 나신(裸身)을 스치겠지요.

별 얘기 아닌 것을 갖고 길게 늘어놓았습니다.
시월이 저물고 있습니다. 초우재에도 가을이 와 있습니다.
너무 짙어서 답답하기까지 했던 수목들의 무성한 잎새들도 이제는 성기어져서 내 생각이 나무와 나무 사이를 갈 수 있게 되어 갑니다.
며칠 전에는 초우재 뒤에 있는 은행나무를 털었습니다. 초우재 주인은

헐리지 않는 것이 없는데

은행 알의 산탄(散彈)을 맞으면서도 그것을 줍는 욕심에 정신이 없었습니다. 농사짓는 이의, 돈으로 따질 수 없는 행복을 생각하면서요.

좋은 가을 되십시오.

무인(戊寅) 만추(晚秋) 초우재 주인

누옥(陋屋), 누옥(漏屋)

M형,

형이 구랍에 멀리 미국에서 보내준 연하장(Season's Greetings)에는 저쯤 한 두 채의 집이 있는 쪽으로 우산으로 눈을 맞으며 언덕을 끼고 걸어가고 있는 서넛 사람 뒷모습의, 어느 마을 어귀 눈길 풍경이 있었습니다. 클로드 모네의 1875년 유화(油畵)라는 설명이 있습니다. 이 엽서의 그림을 요새 내 서안(書案) 근처에서 자주 봅니다. 보내 준 사연 때문에 이제는 이에 눈이 갈 때마다 미국의 형이 사는 마을 어귀가 이리 멋스러운 것이 아닌가 하고 상상합니다.

지난 10월엔 33년 만에 만나서 '유서 깊은 봉원사(奉元寺)를 함께 산책하면서 흘러내린 세월을 되찾을 수 있어서 무척 기뻤다'는 감회가 그 그림 뒷면에 있습니다.

그날 절간에서 내려오면서, 제 집이 거기 어디쯤인지 물어 주었는데, 저는 얼버무리면서 형을 가까이의 저의 우거(寓居)로 안내하지 않았습니다. 우리 또래의 사람들에게 있어서의 친구란 배경에는 언제나 그 집이

　　　　　　　　　　　　헐리지 않는 것이 없는데

떠오르는데 말입니다.

그가 사는 동네의 어귀며 고샅, 그리고 바자울이나 돌담의 울타리, 찾아갔는데 친구는 어디 가서 아직 안 돌아오고 빈집의 대청마루, 그 마루의 골, 그 밑에서 졸고 있는 강아지의 얼굴에서 느끼는 친구 집안의 가족성(家族性), 이런 것 없이 그는 떠오르지 않습니다.

우리는 4년 동안을 같은 캠퍼스에서 지냈지만 나에게 떠오르는 형의 배경은 한두 번 찾아갔을까 말까 한 형의 하숙집입니다. 차가 다니는 한길에서 접어드는 길에는 나지막한 기와지붕들의 고옥들이 줄지어 따르고 그 끝에 J고등학교가 있었고 그 학교 정문 가까이의 제법 번듯한 한옥(韓屋)이었지요. 그러나 그 집의 안은 그리 밝게 기억되지 않습니다. 아무도 못 보았고, 책상과 책꽂이가 있었던 형의 방도 어두웠던 듯합니다. 묘하지요. 이런 것들이 형의 젊은 날 마음 세계의 배경인 듯 떠오르니 말입니다.

형과 그날 점심을, 그것도 형의 고집으로 내 지갑은 꼼짝 못 했고, 그러면서 미국에 오거든 자기 집에 꼭 들르라는 당부마저 주었습니다.

절간에서 내려오면서 말했을 것입니다. 그 아랫동네에서 35년이나 한집에서 살다가 수년 전에 산 위쪽으로 옮겼다고요. 여름철에는 나뭇잎과 풀들이 하도 무성해서, 이름마저 초우재(草友齋)가 되었다고요. 처음에는 그 풀들을 그냥 팽개쳐 둔다는 것이 아까워서 안타까워까지 했습니다. 저걸 베어 넘겨 말려서는 건초를 만들고 그래서 소 한 마리를 키워야지ー그 움메 하는 울음소리라니ー이리 내 마음은 한껏 부풀었습니다.

그러나, 그것은 꿈으로 남고, 어느새 여름날이 두려워지기까지 한 것입니다. 울타리 저쪽에서 넘어오는 여름날 풀들에 조금씩 질리기 시작한 것입니다. 내가 좀 느슨해지면 그 기세는 서창(書窓)마저 어둡게 할지 모르니까요. 이상(李箱)이 눈 뜨면 보이는 거라고는 풀빛밖에 없는 여름날 농촌의 녹색에 권태를 느낀다는 것이 실감됩니다.

장마가 걷히고 매미 울음이 골짝을 메우고, 그러면 우산대풀의 살들이 눈에 띄면서 가을이 오기 시작합니다. 풀들은 시들 때라야 여유를 찾으며 저들 내음을 보입니다. 베어 넘긴 풀들이 가을 햇살에 마르면서 풍기는 건초 냄새를 기억합니까. 초식동물이었던 우리들에게 이것처럼 좋은 약초는 없을 듯합니다.

가을날 산자락 마을에 흔한 것은 낙엽입니다. 산으로 오르는 오솔길이 시작되는 집 뒤에서 이들을 긁어모아 태우면서 누구 말마따나 '갓 볶아낸 커피' 같다는 그 내음에 빠지다가 한 분의 산책객에게 심하게 혼난 일이 있습니다. 낙엽을 태우는데…… 라면서 자랑스레 말하다가 '그걸 소각하면 되느냐'의 일갈에 움찔했던 일이 있습니다. 불길이 번지면 어떻게 되는지 알지―라는 걱정에서가 아니라, '낙엽을 태우면서'도 소각되는 오물의 냄새로 역겨워지는 모양입니다. 나는 사람들의 각기 다른 후각에 대해서 그때 매우 연민했을 것입니다.

M형, 나무와 나무 사이, 줄기와 줄기의 틈에 생각이 지날 수 또는 머물 수 있는 겨울철의 내 우거에 나는 더 편해합니다. 나목(裸木)들의 실핏줄 같은 가늘은 가지들에 눈이 나리면 연필화(鉛筆畵)의 멋에 겨워합니다. 더욱이나 낙목한천(落木寒天)에 걸린 초생달이나 그믐달을 만나면 나는 대단한 착각에 사로잡힙니다. 저 달을 이 큰 도시 주민 가운데 나 혼자만 즐기고 있다는 생각에서입니다. 하늘을 볼 수 있는 창을 가진 이 누구에게나 다가가는 달을 두고요.

'풍류는 추운 것이다'라고 말한 시인이 있다면서요. 일본의 어느 작가는 「陰翳禮讚(음예예찬)」이라는 그의 단편에 이 시인의 말을 옮기면서 다음과

헐리지 않는 것이 없는데

같이 잇고 있습니다.

> ……한적한 벽과 청초한 나뭇결에 둘러싸여 푸른 하늘이나 신록의 색을 볼 수 있는 곳은 일본의 변소만큼 알맞은 장소는 없다.
> 그리고 그곳에는 어느 정도의 옅은 어두움과 철저한 청결함과 모기 소리조차 들릴 듯한 조용함이 필수 조건인 것이다. 나는 그러한 변소에서 부슬부슬 내리는 빗소리 듣기를 좋아한다. 특히 간토(關東)의 변소에는 밑바닥에 길고 가는 작은 창문이 붙어 있어서 처마끝이나 나뭇잎에서 방울방울 떨어지는 물방울이 석등롱의 지붕을 씻고 징검돌의 이끼를 적시면서 땅에 스며드는 침울하고 구슬픈 소리를 보다 더 가깝게 들을 수 있다. 실로 변소는 벌레 소리와 새소리에도 어울리고 달밤에도 또한 어울려서 사계절에 따라 나오는 사물의 정취를 맛보는 데 가장 적합한 장소라 할 수 있다. 아마 고래의 하이쿠(俳句)를 짓는 사람들은 이곳에서 무수한 소재를 얻을 것이다. 그렇다면 일본의 건축 중에서 가장 운치 있게 만들어져 있는 것은 변소라고 말할 수 있을 것이다. 모든 것을 시화(詩化)한 우리들의 선조는 주택 중에서 가장 불결한 장소를 오히려 아취 있는 장소로 바꾸고 화조풍월(花鳥風月)로 연결지어 그리움의 연상으로 포장하였다.

(다니자키 준이치로, 김지견 역)

초우재의 그것은 '본채에서 떨어져 있기 때문에 밤중에 다니기 불편하고 겨울에는 특히 감기에 걸릴 우려가 잇'는 그런 것은 못 됩니다. 열 평 남짓의 방의 한 편에 붙어 있습니다. 그런데도 여기서의 내 하루의 첫 일과(日課)는 그리 좋을 수가 없습니다. 열린 문을 통해서 방 안의 남녘 창에 간 내 시선은 그 너머의 마당이며 그것을 에워싼 숲의 넓은 스크린에 담깁니다. 그러니까 나의 아침마다의 '생물학적 쾌감'은 알게 모르게 이 자연 속에서 새의 울음소리라든지의 리듬이 만들어 줍니다. 나뭇잎들을 쓰담는 바람의 물결도 여기 어울릴 것입니다.

한 지기(知己)가 연전에 시골에 땅을 마련하고 집을 짓는다기에 이 경지를 애써 얘기해 주었습니다. 거기서 먼 산이 보인다든가 겨울에는 백설이 분분하다든가의 소식을 아직 나는 그 친구에게서 기다리고 있습니다.

M형, 내가 별소리를 다 하고 있네요.

지난해의 언제인가, 뒷산에서 내려오다가 나를 골목에서 만난 한 여자 제자가 내 우거에서 차를 마시고 간 일이 있습니다. 이후 내 가족들은 나를 많이 일깨웠어요. 내 서실(書室)의 어수선함은 둘째이고 화장실의 낙후성에 대해서 특히 그랬습니다. 기본적인 건 다 갖춘 것으로 알고 있는데 그게 아닌 모양입니다. 세상은 얼마나 아름답게 그 공간이 꾸며지고 있는지를요. 내 눈으로는 그냥 지나칠 수 있을 것이, 얼마나 미의식의 후진성 아니 몰감각성으로까지 비쳤을까였습니다.

이후 나는 자신이 좀 없어져 가고 있습니다.

갑자기 비가 오면 나는 비설거지에 바쁩니다. 내 방 앞 축담에 벗어 놓은 신발부터 치워야 합니다. 그리고 안채에 건너갈 때는 우산으로 낙숫물을 받아야 합니다. 비가 많이 쏟아지면 천장도 살핍니다. 한 5년 전에 이리 올 때는 돈 들여 깨끗이 했는데, 어느새 누옥(陋屋)의 모습으로 되돌아가 버렸습니다.

나는 비록 누옥(漏屋)에 앉았을지라도 그게 그리 대단한 불편은 아닌데, 세상은 흉볼 것이라는 생각에 요새 많이 사로잡힙니다. 한동안은 마당까지 너무 어수선했습니다. 노모는 빈터만 있으면 그곳이 침실의 창밑이라도 호박 넝쿨을 올립니다. 세 마리의 개들, 고양이, 병아리, 그리고 토끼 한 마리까지 등장했는데 요새는 한 마리의 개와 고양이만 초우재 뜰을 단출하게 지킵니다. 그래서 가끔 산 속의 장끼가 아름다운 모습으로 이들 바로 가까이까지 다가오기도 합니다.

M형,

헐리지 않는 것이 없는데

아까의 일본 작가는 음예공간을 예찬했지만, 내 중학교 때의 국어 선생님의 한 분—나중에 알고 보니 그분은 대단한 작가였는데 그즈음은 오랫동안 침묵하고 있을 때였습니다—은 우리들에게 자주 '개떡 예찬'론을 펼쳤습니다.

너희들, 운동회 때 시골의 어머니가 오셔서 너에게 건네는 개떡을 부끄러워하지 말라는 것입니다. 도시 애들의 케이크 자르는 자리에서 너희 어머니의 사랑과 정성을, 거기 담긴 아름다움을 자랑하면서 맛있게 먹으라는 것이었을 테지요.

M형이 그 절간에서 내려오면서 내 집을 물었을 때, 왜 퍼뜩이나마 그 꿈 많던 중학 시절의 국어 선생님의 이 개떡 이야기가 머리에 떠오르지 않았는지요. '풍류는 추운 것'(사이토 료쿠)이라는 말에 동감하면서 말입니다.

아, 이 이야기는 빠뜨렸네요.

내 음예공간에서 비 오는 날 앵두나무 아래의 배흘림의 장독들을 바라보면 그것이 얼마나 운치 있고 아름다운지를 말입니다.

모네는 어느 동네의 어귀 모습을 형이 보낸 그 연하장 표지에 그리 잘 그렸는데, 그리고 말러는 그가 머무는 산장(山莊)을 둘러싼 자연을 제가 지금 듣고 있는 저 음악에 다 담았다는데, 다행히 그곳들은 이 풀섶 주민의 영토와는 딴 세계입니다.

M형,
언제 또 서울에 들르나요.
그땐 초우재에서 차 한잔 해요.
겨울처럼 차고, 개떡 같아도요.

그런 연후라야, 미 대륙 서부 해안가 어디쯤에 있다는 형의 마을을 찾을 수 있을 것 같네요.

좋은 꿈이 또 하나 생기는 기분입니다.
잘 있어요, 친구여.

초우재 주인(2003년 2월)

헐리지 않는 것이 없는데

하늘과 땅 사이가 너무 넓구나

내 새벽길의 통학, 그 총총한 별들의 새벽, 시계도 없던 깜깜한 밤에, 방에서 마루를 걸어 나오시고 죽담에 내려서고 부엌문을 열고, 정지에서 화덕의 아궁이에 짚뭇의 불을 지피고, 아마, 이때쯤 하품을 하셨는지 몰라, 어머니는.

그래서 밥을 짓고, 날 멕이고 여전히 깜깜한 어둠의 삽짝문 밖으로 날 내보낸 것이다.

이 어둠은 낙동강 둑에 올라서자 그때 동녘의 희부연 여명(黎明)으로 걷히기 시작한다. 언제나 넉살 좋은 늙은 사공도 을씨년스런 표정으로 우리들의 웅크린 인사에 심드렁했고, 며칠 계속된 강추위로 기슭이 얼고, 그 얼음 때문에 우리를 싣고 선창을 뜨는 첫 배의 노 젓는 소리가 버스럭거리며 그 출렁거림이 둔탁했다.

이런 겨울철의 나룻배 통학은, 특히 해가 저문 후에 돌아오는 길의 스산함이라든지, 뼈에 스미는 추위—그런 것 못지않은 고독 같은 게 짙게 있었다.

어쩌다가 빨리 서둘러야 되는 중간 시간대의 열차를 놓쳐서 다음 한두 시간 후의 퇴근 시간의 열차를 타고 아침의 그 역에서 내리고, 산모롱길을 돌아 내려와서 집집마다 전등 빛이 밝아지기 시작하는 아랫마을을 지나 둑에 이르면 어느새 강바닥에 어둠이 깔린다. 갈잎이 갈리는 스산한 소리는 겨울철에 더 심하지. 그걸 들으면서 혼자 강가에 닿으면, 아무도 없고, 나룻배도 없고, 이럴 때는 잔잔하던 강물의 물결 소리도 더 높고, 강바람은 모래바람을 몰고 오기도 하지.

어둠이 덮인 강을, 강물을, 멀리 강심(江心)을 보았느냐.
거기엔 어둠과 물밖에 없지,
세상에 아무것도 없지, 무엇이 있어?

믿음도 사랑도 정의도 문명도, 꿈도 그런 것은 아무것도 떠오르지 않아. 시꺼먼 어둠이 있고, 그걸 물어뜯으려는 지구의 이빨, 노도(怒濤)만 있는 것 같아, 그리고 올올 떠는 내 두려움의 눈만 있었겠지.

오오이, 오호이, 나룻배,
사공아, 사공아,
할아부지, 할아부지,

아, 이 물결과 어둠과 바람 속엔 아무 메아리도 남겨 주지 않고 비껴 갈 뿐, 나는 한 번도 내 목소리로 그 물결을 어둠을 바람을 걷어 본 적이 없었으니, 사람에겐 소월(素月)의 부르짖음처럼 '하늘과 땅 사이가 너무 넓'은 것.

헐리지 않는 것이 없는데

그래서 우리들은 사람들이 웅성거리는 도시에 모여 사는 게지. 바닷가에도 산간(山間) 분지(盆地)에도 왜 아파트라는 공동주택이 들어서고 그 속에 다들 우글거리려고 하는지 알겠다. 우리들의 목소리보다 하늘과 땅 사이가 너무 넓기 때문이지. 더욱이나 어둠 속에서는.

어둠이 깔리는 도시의 지붕을 보고 있으면, 맨 먼저 불을 켜기 시작해서 스카이라인을 이루는 저 많은 교회들이, 왜 그리 불을 밝히는 줄 아니?

하늘과 땅 사이가 너무 넓어 도시에 옹기종기 모여 있어도, 자기들의 웃음소리로도 메꾸어지지 않는 하늘과 땅 사이가 너무 넓으니까, 교회들이 그 어둠들을 몰아내는 등렬(燈列)을 이루는 게지.

목소리에 자신이 있는 사람이여,

자신이 있으면, 그 나루터를 찾아가 보아라.

어둠과 물결만 있는, 그리고 강심(江心)과 바람과 네 올올 떠는 눈만 있는 그곳에 가서 소리 질러 보아라.

얼마나 하늘과 땅 사이가 넓은지 알 것이다.

거기서는 네 허리띠의 핸드폰도 대꾸하지 않을 것이니.

한 10년 전의 내 어떤 글의 끝 부분입니다.

내일 아침은 느닷없이 한파(寒波)가 밀어닥칠 것이라는 예보가 있네요.

초우재 주인(2003. 12. 6)

왜박주가리

호젓함
뒤에는
날고 기는
분주(奔走)가 있어
꽃을 피웠지만
나는
여전히
호젓하다

이상옥

- 2015 유럽 여행 이삭 줍기

- 못 말리는 들꽃 시인 남정

2015 유럽 여행 이삭 줍기

중세도시 뮌스터에서 느낀 생각들

이번 유럽 여행에서 제가 굳이 독일 북서부의 뮌스터(Muenster)를 골라서 가장 먼저 찾아간 것은 그곳이 뮌스터 치즈로 이름이 난 중세 도시요 대학 도시이기도 하지만 무엇보다 그곳의 오래된 대성당이 궁금했기 때문입니다. 여기서 '대성당'이라 함은 독일어로 Dom인데 영어의 cathedral에 상당하는 낱말인 줄로 압니다.

저는 기독교도가 아니면서도 유서 깊은 유럽 도시를 찾아갈 때면 으레 탐방 리스트의 맨 위에 그곳 대성당을 올리는 버릇이 있거든요. 오래전에 영국에서 공부하던 시절에 저는 런던의 성(聖) 바울 대사원과 요크의 요크 민스터를 비롯하여, 솔즈베리, 바스, 웰스, 치체스터, 글로스터, 에든버러 등지의 오래된 대사원들을 탐방한 바 있었고, 훗날 영국을 몇 차례 더 찾아갔을 때에도 시간을 내어 캔터베리 대사원을 비롯하여 코벤트리, 일리, 우스터, 리치필드, 길퍼드 등지의 대사원을 일삼아 찾아다니곤 했습니다.

독일에도 유명한 돔이 여러 곳 있지만 그중에서도 두 개의 고딕 양식

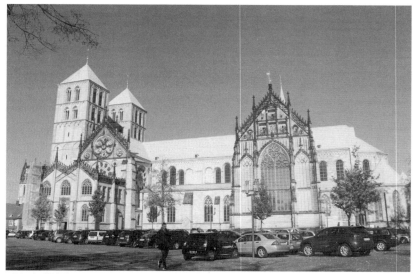

뮌스터 대성당

첨탑을 뽐내는 쾰른의 대성당이 가장 크고 유명하지요. 제2차 세계대전 때 연합군의 폭격기들이 쾰른 시가지를 맹폭해서 폐허로 만들었을 때도 이 성당만은 너무 아까워서 폭격하지 않았다는 실화가 전해 내려오고 있습니다. 아무튼 저는 이런저런 일로 그간 쾰른에 다섯 차례나 들렀는데, 그때마다 그 우람한 성당을 다시 찾아가서는 그 위용에 압도당하곤 했답니다.

뮌스터 대성당은 이름이 성 바울 돔인데 그 외모가 아주 특이했습니다. 12세기 말엽에 세워진 로마네스크 양식의 서편 출입구에 13세기 중엽에 지었다는 고딕 양식의 본당이 합쳐져서 한 건물을 이루고 있었지만 위화감을 주지는 않았습니다. 오늘날 우리가 볼 수 있는 것은 물론 제2차 세계대전 중에 폭격으로 많이 상했던 것을 전후에 말끔히 복구해 놓은 것이지요. 성당 건물은 전체적으로 소박하다는 인상을 주었고 스테인드글라스

헐리지 않는 것이 없는데

도 그 채색이 비교적 수수한 편이었습니다. 마침 일요일이라 오전 예배가 진행 중이어서 성당 내부는 조심스럽게 살펴보아야만 했습니다.

이 대성당 인근에 있는 또 하나의 커다란 교회는 성 람베르트 교회인데 그 높은 고딕 첨탑에는 세 개의 네모진 쇠광주리가 보였습니다. 1536년에 이른바 재세례파 교인들을 처형하여 그 시신을 담아서 매다는 데 쓰이던 광주리라는데 아직도 치우지 않고 그냥 걸어 두고 있는 저의가 무엇일까 궁금하더군요. 역사의 유물이니 원래 있던 대로 존치해 두자는 것일까요? 설마 아직도 가톨릭에서는 유아세례의 타당성을 반대한 사람들을 용서하지 못하겠다는 뜻은 아니겠지요? 그 진의야 어떠하든 한 종교에서 특정 종파가 다른 종파의 신자들을 '이단'으로 몰아 살육하는 행위가 오늘날까지 자행되고 있는 것을 보면 우리가 그 쇠광주리를 타산지석(他山之石)으로 삼을 수 있지 않을까 싶습니다.

앞서 말했듯이 제가 뮌스터를 찾아간 것은 그곳 돔을 보자는 것이었지만 가서 보니 그 고장은 놀랍게도 베스트팔리아 조약이 체결된 역사의 현장이더군요. 오늘날 '역사적 시청 청사'라는 이름으로 남아 있는 건물에서는 1648년에 유럽 각지에서 군주와 통치자들이 보낸 수십 명의 사신들이 유럽의 평화를 논의했다고 합니다. 그리고 그때 맺은 조약은 신성로마제국 내부의 30년전쟁 및 80년에 걸친 스페인과 네덜란드 사이의 불화를 종식시켰다고 합니다. 조약을 체결했던 방에는 오늘날 사신들의 초상화가 걸려 있고 그 당시에 제정되었다는 '평화의 기(旗)'가 재현되어 있었습니다.

사실 그간 저에게는 베스트팔리아 조약이라는 것이 고등학교 시절의 역사 교과서 속에서 슬쩍 언급된 채 넘어간 한 대목이었을 뿐입니다. 그러므로 유럽이 오늘날 같은 민족 자결을 존중하는 국가들로 발전할 수 있는 계기가 바로 그 조약으로 인해 마련될 수 있었다는 사실을 알게 되고는 크게 놀랐습니다. 모든 새로운 지식이 그렇듯이 그날 그 역사적 현장에서 얻은 지식도 제게 적잖은 충격을 주었다는 뜻입니다.

그래서 그렇겠지만 그 평화조약을 맺은 현장에서는 여행 특히 사적지 탐방의 일반적 의미에 대해서 새삼스럽게 생각해 보게 되었습니다. 그리고 여행은 되도록 젊어서 하는 것이 좋다는 그 자명한 진실을 재삼 절감했습니다. 여행에서 얻은 생생한 지식과 감흥은 일생을 사는 데 있어 커다란 지적 · 정서적 자산이 되어 오랫동안 값지게 쓰일 수 있을 것이니까요. 이런 의미에서 젊은 시절 자유로운 해외여행과는 거리가 먼 삶을 살아야 했던 우리 세대 사람들은 사실 많은 것을 놓치고 말았던 셈이니 너무 불행했다고 할 수밖에 없습니다.

브뤼겔의 〈이카루스의 추락〉 상면기

2015년 올해의 제 유럽 여행은 2007년 이베리아 반도 여행 이후 처음 있는 일이니 실로 '8년 만의 외출'이라 할 수 있습니다. 여정을 구상하면서 가장 먼저 떠오른 생각은 "이번에는 기어이 브뤼셀을 찾아가리"였습니다. 제 오래된 꿈 중의 하나를 실현하고 싶었기 때문이지요. 이런 말을 한다면 더러는 의아해하겠지만, 그 소망의 씨앗은 1970년대 초엽에 그러니까 지금부터 40년도 더 지난 예전에 뿌려졌던 것입니다. 미국 대학의 도서관에서 20세기 영국 시인 W. H. 오든(Auden)의 「미술관(Musée des Beaux Arts)」이라는 시를 읽다가 저는 그만 그 시에 빠지게 되었고, 시인에게 그 시를 쓰도록 부추긴 한 폭의 옛 그림이 있다는 사실을 알게 되었습니다.

그 그림인즉 플랜더스의 화가 피터 브뤼겔(Pieter Bruegel, 1527?~1569)이 그

브뤼겔의 〈이카루스의 추락〉

린 유화 〈이카루스의 추락〉이었습니다. 저는 읽고 있던 영시 사화집(詞華集)을 덮어 두고 유명 화가들의 화첩이 꽂혀 있는 서가 쪽으로 가서 브뤼겔의 그림을 뒤져 보았습니다. 그 그림은 화폭의 4분의 1쯤 되는 윗부분에 하늘이 그려져 있었고 아래쪽 4분의 3은 바다와 땅이 대충 대각선으로 구분되어 있더군요. 그림의 오른쪽 하단에는 하늘에서 떨어진 사람이 거꾸로 바닷물 속으로 빠져들고 있는 듯 두 다리만 그려져 있었답니다.

그 순간 "내 언젠가는 이 그림의 원화를 보러 가리라"라는 생각이 들었습니다. 지금 회고하건대, 오든의 시가 마음에 들어서 그 그림을 좋아하게 되었는지 아니면 그 그림이 저로 하여금 그 시를 더 좋아하게 했는지 잘 분간되지 않습니다. 하여간 그 그림을 보겠다는 생각이 하나의 집념처럼 제 평생을 따라다닌 것만은 분명합니다.

의외로 벨기에의 수도 브뤼셀은 제가 '베이스캠프'를 치고 있던 독일

부퍼탈에서 그리 멀지 않았습니다. 이웃 쾰른에서 테제베(TGV)로 갈아타면 두 시간 안에 갈 수 있는 곳이었으니까요. 벨기에의 수도에 도착하던 날은 이따금 비가 부슬거렸는데 마침 대규모 파업이 진행 중이라 거리에는 삼삼오오 몰려다니는 시위꾼과 경찰관들이 많이 보였고 대낮에 폭죽이라도 터뜨리는지 도처에서 폭음 소리가 빈번히 들려왔습니다. 음습한 날씨인지라 따끈한 국물이 있는 음식이 당기더군요. 그래서 널찍한 시청 광장의 어느 식당에 들러 그 지방산의 맥주를 한 잔 놓고 부야베스라는 프랑스식 해산물 수프와 빵으로 점심을 먹고는 곧장 미술관을 찾아 나섰습니다.

벨기에왕립미술관(Musées Royaux des Beaux-Arts de Belgique)이라는 명칭은 여러 미술관의 복합체를 일컫는 듯했습니다. 홀 입구에서 나이가 든 안내원에게 영어로 브뤼겔의 그림을 보러 왔다고 했더니, "아, 올드 마스터즈!(Ah, old masters!)"라고 하면서 위층으로 올라가라며 계단 쪽을 가리켰습니다. 계단을 올라가는데 혹시 어떤 사정으로 인해 내가 원하는 그림이 전시되어 있지 않으면 어쩌나 하는 걱정이 엄습해 오더군요.

위층은 소위 '올드 마스터즈', 즉 '옛 거장(巨匠)들'을 위한 공간인 듯 브뤼겔 동시대의 플랜더스 화가들 그림이 주로 전시되어 있었는데, 그중에서도 브뤼겔에게는 별도의 방이 하나 지정되어 있었습니다. 그 방에 들어가자마자 〈이카루스의 추락〉은 쉽게 눈에 띄더군요. 나는 안도의 한숨을 쉬었고 약간의 감격을 느꼈을 뿐 이상하게도 가슴이 쿵쿵거리거나 흥분하지는 않았습니다. 가로가 1미터 남짓이고 세로는 80센티쯤 되는 비교적 작은 액자 앞에 서서 나는 차분히 그림의 요모조모를 뜯어본 후 동행한 외손녀에게 그림 설명이랍시고 해 주었습니다.

"옛날 옛적에 희랍 땅에서 장인(匠人) 다이달로스와 그의 아들 이카루스

헐리지 않는 것이 없는데

가 미로에 갇혀 고통을 당하게 되었단다. 다이달로스는 솜씨를 발휘해서 아들에게 밀랍으로 날개를 붙여 주고는 하늘을 날아 도망치게 했지. 탈출에 성공한 이카루스는 너무 기분이 좋아진 나머지 태양 가까이 날지 말라는 부친의 경고를 무시하고 너무 높이 날아 올라갔던 거야. 뜨거운 태양열에 그만 밀랍이 녹아 버리자 날개는 떨어져 나갔고 이카루스는 바다에 추락해 죽고 말았다는구나……."

물론 그 순간 오든의 구절들이 생생히 떠올랐고, 그 의미를 어린 초등학생 외손녀에게 설명해 주려 했지만, 얼마나 알아들었는지는 모르겠습니다.

인간의 고통에 대해 그들은 틀린 적이 없었다.
옛 거장들—그들은 참으로 잘 알고 있었다.
고통의 인간적 입장과, 고통이 일어나는 동안에도
다른 누군가는 밥을 먹거나 창을 열거나 그저 멍하게 걷고 있음을.
연로한 분들이 경건히 또 열심히
기적적인 탄생을 기다리고 있는 동안에도
그 출산을 별로 원하지 않은 아이들은
숲가의 연못에서 얼음지치기나 하고 있음을.
옛 거장들은 잊은 적이 없었다.
한쪽 구석에서는 순교자들이 무서운 고통을 겪고 있는데,
어떤 지저분한 곳에서는
개들이 개 같은 삶을 살고, 가해자들이 타고 온 말은
죄 없는 엉덩이를 나무에 대고 긁적이고 있음을.

가령, 브뤼겔의 그림 〈이카루스〉를 보자.
어찌하여 모든 것이 그 재앙을 태평스럽게 외면할 수 있단 말인가.
쟁기 잡은 농부는 그 풍덩 소리와 고독한 비명을 들었으련만
그것을 하찮은 실패로 여겼을 뿐이다.
태양은 푸른 물속으로 사라지는 하얀 다리를 속절없이 비추었고

값비싸고 우아한 배는 소년이 하늘에서 떨어지는
그 경이로운 광경을 보았을 테지만
어딘가 갈 곳이 있는지 침착히 항해하고 있었다.

이 시의 요지는 한 인간이 고통을 당하고 있는 순간에도 대부분의 이웃들은 그 고통을 외면하고 자기네 일상생활에만 몰두한다는 것입니다. 이카루스의 비명을 들었을 농부는 그것을 "하찮은 실패"라고 여기며 밭갈이를 계속하는가 하면, 돛단배 한 척은 그 추락한 사람에게 구조의 손길을 뻗기는커녕 아무 일도 없다는 듯이 어딘가로 향해 가고 있다는 것입니다. 이 그림에는 양을 치는 목동과 낚시꾼인 듯싶은 사내의 모습도 보이지만 모두들 하늘에서 사람이 바다 위로 떨어지는 그 엄청난 광경에는 관심이 없어 보입니다. 화가 브뤼겔은 이 사실에 주목하였고 이 냉혹한 인간 사회의 현실을 한 폭의 그림으로 그려 보이고 있습니다.

시인은 그림 〈이카루스의 추락〉에 대한 소감을 시의 후반부 여덟 줄에서 피력하고 있습니다만, 열세 줄의 전반부도 브뤼겔의 그림들과 관련이 있어 보입니다. 동방박사 세 사람("연로한 분들")이 예수의 탄생을 기다리는 동안 그 출산을 별로 원하지 않는 아이들은 얼음지치기나 하고 있다는 구절이 있습니다만, 이 대목은 〈이카루스의 추락〉과 같은 방에 전시되어 있는 〈스케이트꾼과 새덫이 보이는 풍경〉을 떠올리게 합니다. 또 순교자들이 고통을 겪고 있는데 가해자들이 타고 온 말은 엉덩이를 나무에 대고 긁고 있다는 대목은 헤롯 왕의 유아 박해를 주제로 한 그림 〈철부지들의 학살〉을 인유(引喩)하고 있지만, 저는 물론 영국 왕실에서 소장하고 있다는 그림을 복사본으로만 보았을 뿐 원화는 보지 못했습니다.

동북아시아 지역에서는 화가들의 그림에 문사들이 글을 지어 써 넣는 풍습이 하나의 전통으로 내려왔지만, 서양에서는 이렇게 화제(畫題)를 지

헐리지 않는 것이 없는데

어 붙이는 풍습을 좀처럼 볼 수가 없습니다. 아마도 이는 동양화와는 달리, 서양화가 여간해서는 여백을 두지 않는 것과 관계 있으리라 생각됩니다. 하지만 화가들이 그린 그림을 보고 시인이 시를 짓는 일이 전혀 없지는 않았으며, 오든의 「미술관」은 그 출중한 예입니다. 그 이외에도 미국 시인 윌리엄 칼로스 윌리엄스의 시 「이카루스의 추락이 보이는 풍경」 또한 바로 그런 제화시(題畵詩) 중의 하나로 간주될 수 있겠습니다.

아무튼 오든은 1930년대 후반기 즉 정치적 경제적 혼란이 전세계적으로 극대화되어 있던 시절에 이 시를 써서 그의 사회적 관심의 깊이가 범상치 않았음을 여실히 드러내고 있었습니다. 이런 시를 볼 때마다 시인의 발언은 개인적 차원의 서정에만 머물지 않으며 사회문제 쪽으로 관심을 넓힐 때에도 빛을 낼 수 있다는 것을 실감할 수 있습니다. 그리고 「미술관」에서 볼 수 있는 이런 시적 발언은 그 어느 생경한 정치적·사회적 논설이나 구호보다도 더 효과적인 설득력을 지니고 있을 것이라 믿습니다.

브뤼겔의 방을 둘러보고 나오니 이제는 다른 그림들을 더 보지 말고 미술관을 나와도 좋겠다는 생각이 들었습니다. 그래서 아무 미련 없이 미술관을 나오는데 문득 홀에 들어서면서 듣게 되었던 "아, 올드 마스터즈!"라는 말이 뇌리를 스쳤습니다. 이 '옛 거장들'이란 말은 한 특정 시기의 화가들에 대한 범칭만이 아니고 바로 오든의 시에 나오는 구절이기도 한데, 혹시 그 안내원이 내 심중을 헤아리고 즉흥적으로 그 구절을 인용했던 것이 아니었을까 하는 엉뚱한 생각이 떠올랐다는 뜻입니다. 어쨌든 그날 저는 그 옛 거장에 대한 오래된 소망을 그렇게 실현할 수 있었고, 마치 3박 4일 벨기에 여행에서 기하고 있던 목표를 첫날에 이미 반은 성취한 듯 기분이 아주 좋았습니다.

플랜더스의 중세 도시 브뤼헤

잘 알려져 있다시피 벨기에는 게르만어계의 말을 사용하는 플랜더스 지역과 불어의 한 방언을 쓰는 와룬 지역으로 양분되어 있습니다. 이번에 제가 찾아간 브뤼셀, 브뤼헤 및 겐트 같은 곳은 모두 플랜더스 지역의 도시이므로 엄밀히 말해 저는 벨기에를 찾아간 것이 아니라 플랜더스 지역을 돌아다녔다고 할 수 있겠습니다.

플랜더스라고 하면 우리에게 가장 먼저 떠오르는 것이 『플랜더스의 개』라는 동화이지요. 19세기 영국의 위다(Ouida)라는 여류 작가가 쓴 이 소설은 안데르센의 『성냥팔이 소녀』와 함께 어린 독서가들을 울리는 비극적 이야기들이지요. 제가 오래전에 미국서 공부하던 시절에 플랜더스에서 유학 온 한 공학도를 만난 적이 있는데 그에게 이 동화 이야기를 했더니 전혀 모르는 눈치인지라 자못 실망했습니다. 훗날 알게 되었습니다만 이 이야기가 벨기에를 비롯한 유럽 각국에서는 별로 읽히지 않으며, 오직 일본에서만—따라서 행인지 불행인지 우리나라에서도—필독 명작 동화로 대접되고 있지 않겠습니까.

브뤼헤(Brugge)—현지인들은 '브뤼흐'라고 발음하는 듯합니다—는 서부 플랜더스 지역의 중심 도시입니다. 브뤼셀에서는 급행열차 편으로 한 시간 거리에 있는 고장이지요. 바다에서 그리 멀지 않아 해안까지는 운하가 개설되어 있더군요. 예전에는 유럽 굴지의 해운·상업 중심지였지만 지금은 그런 명성을 잃은 지 오래되었다고 합니다. 어쨌든 그 운하가 구시가지에 이리저리 나 있는 물길과 연결되어 있었고, 그래서 그런지 브뤼헤는 '북녘의 베니스'라는 명성을 누리고 있습니다. 시내를 어느 방향으로 걷든 빈번히 운하를 건너는 다리에 이를 수 있고 다리에서 바라보면 물에

헐리지 않는 것이 없는데

잠긴 채 즐비하게 늘어서 있는 오래된 건물들이 눈에 들어오기 때문에 브뤼헤를 베니스에 비유하는 데에는 별로 무리가 없어 보입니다.

역에 내려 가장 먼저 찾아간 곳은 '큰 시장'이라고 알려져 있는 중심 광장이었습니다. 작은 돌로 포장된 좁은 길들이 꾸불꾸불 나 있었는데, 지나다니는 자동차가 적고 이따금 관광객을 실은 우아한 마차가 지나다닐 뿐이어서 걸어 다니기에 아주 쾌적한 도시라는 생각이 들었습니다.

광장에 이르니 브뤼헤 역사관, 맥주 박물관, 달리 전시관 등이 눈에 들어왔습니다만, 그 작은 도시 어디에서나 쳐다보이는 종탑부터 올라가 보았습니다. 탑은 그리 높지 않았지만 브뤼헤에서는 단연 으뜸가는 랜드마크였고, 그 꼭대기에서는 예상대로 도시의 전경을 내려다볼 수 있었습니다. 마침 날씨가 좋아 멀리 또는 가까이에 띄엄띄엄 교회의 첨탑이 보였고, 예상 밖으로 많은 집들은 빨간색 지붕을 이고 있었습니다. 알고 보니 그 고색이 짙은 도심 지역이 송두리째 유네스코 문화유산으로 등재되어 있었는데 그럴 만하다는 생각이 듭니다.

서양의 내력 있는 고장을 찾아갈 때마다 느낍니다만, 한 고장이 그 역사적 유산들을 보존하기 위해서 대체 얼마나 많은 공을 들이고 있을까 싶어집니다. 걸핏하면 도시 재개발이니 뭐니 하면서 오래된 세월의 흔적들을 지워 버릴 생각만 하는 우리들이기에, 많은 불이익과 불편을 감수하면서 자기네 고장의 옛 모습을 지키려고 애쓰는 백성들이 존경스럽습니다. 벨기에만 하더라도 오래된 도시들이 많지만, 브뤼셀이나 안트베르펜 같은 대도시보다는 브뤼헤나 겐트 같은 중소 도시에서 우리가 각별히 깊은 감명을 받는 것도 바로 그런 이유에서입니다.

종탑에서 내려와서는 광장에 늘어서 있는 식당 중의 하나를 골라 점심을 먹었습니다. '오늘의 특식'이라는 메뉴에 올라 있는 연어, 홍합, 치킨을 모두 한 접시씩 골라 보았습니다. 바다에서 멀지 않은 도시라 그런지 현지인들은 해산물들을 많이 먹는 듯했는데 어떻게 조리했는지 우리 입맛에도 딱 맞더군요. 특히 손녀가 고른 홍합 요리는 아주 별미여서 그 맛을 오래도록 잊을 수 없을 것 같습니다.

식당을 나와서는 운하로 가서 배를 탔지요. 수십 척의 작은 유람 보트가 운행 중인 듯 운하에서는 배가 빈번히 오가고 있었고 거의 전부가 만석이었습니다. 우리가 탄 배는 약 30명이 탈 수 있는 모터보트였는데, 물론 베니스의 곤돌라와는 달리, 칸초네를 부르며 삿대질을 하는 곤돌리에는 없었습니다. 선장이 좁은 수로 양쪽의 명소들을 짚어 가며 열심히 설명하고 있었지만 저는 듣는 둥 마는 둥했지요. 한자동맹 시절의 물류 중심지였던 그 고장 건물들이 고딕 양식뿐만 아니라 다른 지역의 문화적 영향까지 다양하게 받았다고 했는데 제 짧은 지식으로는 일일이 가려서 이해하기가 쉽지 않더군요. 그래서 저는 파란 하늘을 배경으로 하나씩 차례로 모습을 드러내는 고색창연한 건물들을 열심히 살펴보기만 했습니다.

보트 관광을 마치고는 사원 탐방을 했습니다. 브뤼헤에도 몇 군데의 큰 성당이 보였지만 여기서는 도심지에 있는 성모교회 이야기만 하겠습니다. 이 교회가 브뤼헤에서도 명소 중의 명소로 꼽히고 있는 것은 그 내부에 소장되어 있는 미켈란젤로의 성모 마리아 조각상 덕분이 아닌가 싶습니다. 두 무릎 사이에 앉힌 아기 예수를 왼손으로 붙잡고 있는 성모는 수더분한 시골 아낙의 표정으로 깊은 생각에 잠겨 있는 듯했습니다. 그 얼굴에 드러나 있는 차분한 심사를 헤아리기라도 했는지 교회의 내부 분위기도 소박한 편이었고 유럽의 웬만한 교회에서 으레 볼 수 있는 화려한 스테인드글라스도 색조나 무늬가 많이 절제되어 있었습니다.

미켈란젤로가 1505년에 카라라 대리석으로 조각한 그 좌상은 원래 시

헐리지 않는 것이 없는데

미켈란젤로의 〈성모와 아기 예수〉

에나 대사원에 모시도록 되어 있었지만 브뤼헤의 한 명문 집안이 구입해서 들여왔다고 합니다. 이탈리아 이외의 지역에서는 미켈란젤로의 조각을 좀처럼 볼 수가 없으므로 이 성모상은 각별히 귀한 대접을 받고 있는 듯했습니다. '성모교회'가 그 마리아 상 안치 이전부터 내려오던 이름인지 아니면 그 조각을 들여온 후에 개명된 것인지는 모르겠습니다만, 하여간 그 교회는 '성모'라는 명칭에 걸맞은 이름값을 단단히 하고 있음에 틀림없습니다.

교회에서 나오니 어느새 브뤼셀로 돌아갈 기차 시간이 가까워지고 있었습니다. 이곳저곳 기웃거리면서 정거장으로 돌아가는데 도중에 브뤼헤 콘서트홀을 지나게 되었지요. 한데 그 명칭이 현지어로 Concertgebouw라 표기되어 있지 않겠습니까. 그걸 보니 플랜더스 사람들이 쓰는 모국어는 독일어보다도 네덜란드어에 더 가까워서 국경을 맞대고 있는 두 지역이 많은 어휘까지 공유하고 있구나 싶었습니다. 인도유럽 계통의 언어에 대한 새로운 단서 하나를 얻은 듯해서 기분이 아주 좋았습니다. 낯선 곳을 탐방하는 사람들에게는 이런 자질구레한 지식의 현장 습득도 여행하는 재미의 소중한 일부라고 한다면 지적 호사가의 부질없는 주장에 불과할까요.

남독일의 주옥 같은 고을 로텐부르크

'Rothenburg ob der Tauber' ―타우버 강을 굽어보는 로텐부르크―는 독일 남부에 있는 한 고을의 공식 지명입니다. 혹시 독일의 다른 지역에 로텐부르크라는 지명이 또 있어서 그곳과 구별하기 위해서인지 아니면 타우버 강과의 인연이 깊어서 그런지는 모르겠습니다만, 하여간 그 고장에서는 이 긴 이름을 고집스럽게 내세우고 있었습니다. 지도를 보니 타우버 강은 북쪽으로 흐르는 작은 시내인데 라인 강의 지류인 마인 강으로 유입하더군요.

그 고장에 대한 관심의 단초가 어디에서 비롯되었는지 저에게는 기억나는 것이 없습니다. 언제부터인지 독일 하면 떠오르는 몇몇 가지 중에 그 고장이 으레 끼어 있었습니다. 아마도 TV의 여행 채널 따위를 통해 그곳에 대한 관심이 시작된 것이 아닐까 싶습니다. 어쨌든 이번 유럽 여행의 여정에 저는 그곳을 우선적으로 끼워 넣었습니다. 널리 알려진 대로 그곳은 남독일의 뷔르츠부르크에서 시작되는 이른바 '로맨틱 가도(街道) (Romantische Strasse)'의 한 명승지이기도 합니다. 저는 오래전에 뮌헨에서 프라하로 이동하는 도중에 딩켈스뷜이라는 곳에 잠시 머물며 점심을 먹었던 적이 있기에 그 유명한 길의 한 고장을 우연히 들렀던 셈이지만 그 가

헐리지 않는 것이 없는데

도의 한 고장을 일삼아 찾아보기는 이번이 처음입니다.

부퍼탈에서 ICE 특급기차 편으로 뷔르츠부르크까지 내려가서 다시 지
방선을 두 번이나 갈아탄 후에야 로텐부르크 역에 도착하니 정오가 지났
는데 마침 날씨는 쾌청이었습니다. 기찻간에서 점심을 먹고 내렸기에 미
리 예약해 두었던 호텔에 들러 여장을 내려놓고는 곧 시내로 들어갔지요.
가장 먼저 들른 곳은 시청 청사의 종탑이었습니다. 종루로 올라가는 계단
길이 협착해서 한꺼번에 20명 이상의 입장을 허용하지 않았지만 관광 시
즌의 피크가 사실상 지난 덕에 줄서기를 하지 않고 올라갈 수 있었고요.

종루의 꼭대기에 올라서서 밖을 내다보는 순간 입에서는 탄성이 절로
나왔습니다. 오랫동안 마음으로만 그리워하던 고장이 그림같이, 아니 그
림보다 더 아름답게, 눈앞에 전개되었기 때문입니다. 가장 인상적인 것은
작은 고가(古家)들이 이고 있는 빨간 지붕이었습니다. 남행 기차를 타고
내려오면서 뷔르츠부르크쯤에 이르니 이미 차창 밖에 빨간색 지붕이 보

로텐부르크 시내 풍경

여 남쪽 땅에 왔음을 실감할 수는 있었습니다. 하지만 높다란 종탑 전망대에서 작은 고을을 사방으로 조망하니 성벽을 따라 띄엄띄엄 서 있는 망루들이 눈에 들어왔고 붉은색 지붕들이 마치 동화 나라에 나오는 장난감 집처럼 오밀조밀 모여 있는 것이 꿈결에서나 볼 수 있을 법한 비현실적 풍경으로 보이지 않겠습니까.

종탑에서 두 개의 고딕식 첨탑을 가진 교회가 바라보이기에, 시청 광장으로 내려오자 곧장 그쪽을 향했지요. 그 교회의 경내에서 가장 먼저 눈에 띈 것은 한 청동상이었습니다. 현대 조각가의 솜씨로 빚어진 것임이 분명한 그 입상의 오른손에는 기다란 지팡이가 왼손에는 큼직한 가리비 껍질이 쥐어져 있었고 머리에 쓰고 있는 것은 챙이 넓은 수도승 모자였습니다. 알고 보니 그 교회는 이름이 성 야콥 교회였습니다. 예수의 열두 사도 중의 한 사람이요 훗날 순례자와 상인들의 주보 성자로 추앙되었다는 성 야콥(St. Jakob)—스페인어로 산티아고(Santiago)요 영어로는 세인트 제임스(St. James)—을 기리는 교회였고, 스페인의 산티아고 데 콤포스텔라에 있는 성 야콥의 무덤을 찾아가는 순례자들의 길목에 있는 교회 중의 하나로 꼽히고 있었습니다.

14세기에 공사를 시작해서 1485년에야 축성(祝聖)되었다는 그 오래된 교회는 2차 세계대전 때 연합군의 폭격 때 완파를 피했는지 창건 당시에 조성된 중세의 아름다운 스테인드글라스 창들과 여러 성자들의 목각상 같은 귀한 것들이 남아 있어서 볼 만했습니다. 뿐만 아니라 그 교회는 독일의 역사에도 흔적을 남긴 유서 깊은 곳이더군요. 16세기 상반기에 독일에서 종교개혁의 기미가 익어 가고 있던 시절에, 한때 그 개혁에 동참했다가 나중에는 농민반란을 이끌었던 플로리안 가이어가 바로 그 교회에서 반란 취지문을 낭독했다고 합니다. 가이어라는 인물이 궁금해서 뒤져

헐리지 않는 것이 없는데

보았더니 일찍이 프리드리히 엥겔스는 그를 두고 독일에서 계급투쟁을 시작한 '공산주의자'로 간주했다고 하며, 아돌프 히틀러도 그 농민 전쟁 지도자를 기려 그의 이름을 딴 부대까지 창설했었다고 하네요.

교회를 나오자 조금 떨어진 곳에 성곽이 보였습니다. 성곽과 망루를 쳐다보며 한참 걷다가 성문 밖으로 나가보니 아래쪽 깊은 골짜기에는 작은 강이 보였는데 타우버 강임이 분명했습니다. 어느새 가을빛이 살짝 감돌기 시작한 숲이 강 양편으로 드넓게 펼쳐져 있어서 바라보는 이의 마음을 시원하게 했습니다. 성 밖의 좁은 산책길에 표지판이 보이기에 읽어 보니 '야콥의 길(Jakobsweg)'라고 되어 있지 않겠습니까. 그곳에서 서쪽으로 슈파이어라는 곳까지 180여 킬로미터의 길이 나 있다고 하니 아마도 그 길의 명칭으로 보나 방향으로 보나 스페인의 산티아고 데 콤포스텔라로 가는 순례길임이 분명했습니다.

성안으로 되돌아와서는 유명한 범죄 박물관이라는 곳에 들어가 보았습니다. 지상과 지하를 합쳐 5, 6층 높이의 큰 건물이 송두리째 고금의 범죄와 처벌 및 처형의 역사를 일목요연하게 볼 수 있도록 꾸며져 있었습니다. 죄인에게 모욕을 주거나 고문을 가하거나 처형을 하기 위해서 쓰인 온갖 도구 및 장치들이 전시되어 있어서 보기에 섬뜩했습니다만, 저에게 가장 깊은 인상을 주었던 것은 마녀 재판에 대한 기록이었습니다. '정통' 기독교의 이름으로 '이단자'들을 처벌한답시고 오랫동안 자행되어 온 그 재판은 수없이 많은 무고한 사람들의 목숨을 빼앗음으로써 서양 역사에 오명을 남겼지요. 벽에 걸려 있는 한 지도에 의하면 마녀 재판으로 희생된 사람들의 밀도는 오늘날의 독일 지역에서 가장 높았고, 그 지역에서만 수천 명이 이른바 '마녀'로 몰려 애매하게 목숨을 잃었다고 하니 참으로 기가 막힐 일이었다고 하지 않을 수 없습니다.

박물관에서 나오자마자 한 과자점에 들렀습니다. 무거워진 기분을 일신해 보자는 뜻도 있었습니다만, 그보다는 여행에 동행하고 있던 외손녀에게 '슈네벨레(Schneebälle)'라는 로텐부르크 고유의 명과를 사 주기 위해서였습니다. 초등학교 졸업 여행을 다녀와서 가을방학을 맞이하자마자 쉴틈도 없이 외할아버지의 강행군 여행에 따라나선 지 엿새째가 되는 날인데도 고달프다는 불평을 한마디도 하지 않는 어린것이 딱하기도 하고 귀여웠기 때문입니다. 슈네벨레는 이름 그대로 주먹만 한 공처럼 다진 눈뭉치를 연상시켰는데, 주로 크리스마스 때 먹는다는 그 이름난 과자를 사려는 관광객들로 가게는 꽤나 북적거렸습니다.

과자점을 나오니 해가 많이 기울었는지 조각돌 포장길에는 땅거미가 들고 있었습니다. 호텔로 돌아가는 길에 외손녀가 한 인형 가게에 관심을 보이기에 따라 들어갔지요. 이틀 후면 아이의 생일이라는 생각이 나기에 "뭐든지 골라라. 네 생일 선물로 사 주마"라고 했더니, "생일 선물이 아니고 이곳에 온 기념으로 사 주세요"라고 대답했습니다. 그래서 "그래, 그렇게 하자. 하지만 생일 선물은?" 하고 되물으니, 글쎄, 이 녀석이 뭐라고 한 줄 아세요? "할아버지가 한국에서 저를 보러 오신 게 선물이잖아요?"라고 하는 거예요. 그 순간 "다 컸구나" 싶어지면서 8년 전 첫 상면 때 낯을 가리며 울던 기억이 떠오르며 하루의 피로가 말끔히 가시는 듯했습니다.

우리 호텔 아래층의 작은 식당은 어느새 늙수그레한 독일 관광객들로 꽉 차 있었습니다. 그래서 저녁을 밖에서 먹기로 하고 호텔을 나왔습니다. 시청 광장 주변을 거닐며 산책을 하는데 여기저기 현란하게 조명된 목골(木骨) 구조의 건물들이 눈에 들어왔습니다. 현지에서 Fachwerkhaus라고 부르는 이 오래된 건물들은 영국의 시골에서 심심찮게 볼 수 있는 frame house라는 목골 건물들을 닮았습니다. 하지만 그 구조나 장식이 더

헐리지 않는 것이 없는데

정교했고 낮보다도 밤에 불빛에 비친 모습으로 보니 훨씬 더 화려해 보였습니다.

한 식당에 들러 각종 소시지를 곁들인 저녁을 먹었는데 물론 맥주도 한 잔 했지요. 동그란 잔받이에 찍힌 글을 읽어 보니 치른도르프라는 이웃 고을에서 1674년부터 양조되기 시작한 맥주였는데 '이 지방에서 만든 상쾌한 맥주'라는 문구도 보이더군요. 유서 깊은 고장에 와서 350여 년이라는 긴 전통을 가진 맥주를 마신다 생각하니 저처럼 술맛을 제대로 모르는 사람까지도 감개가 무량했습니다. 사실 독일이나 벨기에 같은 맥주로 이름을 떨치는 나라를 쏘다닐 때는 끼니때마다 그 지방 맥주를 맛보는 것도 여행하는 즐거움의 빼놓을 수 없는 일부가 아닐까 싶습니다.

남독일 여행의 첫날은 그렇게 저물었습니다.

부퍼탈의 게마르커 교회에서

독일에서 보낸 마지막 날—이날은 부퍼탈 인근의 어느 고성을 찾아가도록 예정되어 있었습니다. 하지만 아침부터 추적추적 내리기 시작한 비가 종일 그치지 않을 거라는 예보가 있어 선뜻 나설 엄두가 나지 않았습니다. 어쩌나 하며 머뭇거리고 있는데 곁에서 아이 어미가 시내에 있는 '고백교회'를 찾아가 보는 게 어떻겠느냐고 하더군요. 이 뜬금없는 제안에 어리둥절해하니까 이번에는 사위까지 나서서 그게 좋겠다고 했습니다. 교회에 나가지도 않는 그들이 역시 기독교도가 아닌 저에게 그런 제안을 하는 것을 보니 필경 그 교회에는 무슨 의미심장한 역사적 곡절이라도 있을 것 같았습니다.

궁금해하던 제가 듣게 된 예비 지식은 의외의 것이었습니다. 시내의 바르멘 구역에 있는 게마르커 교회(Gemarker Kirche)는 제가 즐겨 찾아다니는 오래된 중세 교회가 아니요 웅장한 건축미를 자랑하는 교회도 아니며, 오직 나치 정권 등장 초기부터 신학 이론으로 나치에 저항하다가 박해받은 교회라고 했습니다. 이 말에 구미가 동한 저는 그 자리에서 그 교회 탐방에 동의했습니다.

외손녀 모녀와 함께 가장 먼저 찾아간 곳은 부퍼탈 신학대학이었습니다. 제가 맨 먼저 그곳으로 안내된 데에는 이유가 있더군요. 학풍이 개혁적이요 진보적인 편이라고 알려진 그 대학 옆에는 '디트리히 본회퍼 길'이라는 한적한 도로가 있었는데 그 길 입구에는 대리석에 부조(浮彫)된 안면상(顔面像) 하나가 비를 맞고 있었습니다. 여느 도로와는 달리 그 길의 명패에는 작은 표지패가 매달려 있었는데 "디트리히 본회퍼(1906~1945), 복음주의 신학자, 국가사회주의의 희생자"라고 새겨져 있더군요. 그 자리에서 들은 이야기에 의하면, 국가사회주의 즉 나치 정권 시절 독일 루터교회의 젊은 목사였던 본회퍼는 나치 정권과 그네들이 내세운 수상쩍은 기독교에 저항하다가 끝내 투옥되었고 종전 무렵에 처형당했다는 겁니다.

그 말을 듣자 반나치 저항운동의 한 온상이었다는 게마르커 교회가 더욱 궁금해지더군요. 그래서 본회퍼의 조각상을 살펴본 후 시내로 내려왔습니다.

게마르커 교회는 그 흔한 동네 교회 중에서도 작은 편이었습니다. 안으로 들어서자 40대의 젊은 목사가 우리를 맞았습니다. 그 교

본회퍼의 얼굴을 새긴 부조

헐리지 않는 것이 없는데

회의 역사가 궁금해서 찾아왔다고 했더니 그는 즉석에서 20분 동안 저를 안내해 줄 수 있다고 하더군요. 그는 유창한 영어를 구사하면서 맨 먼저 저에게 혹시 기독교 신자냐고 묻기에, 저는 당돌하게도 "아닙니다. 저는 무신론자랍니다. 하지만 모든 종교를 존중하지요. 특히 기독교와 불교를 존중한답니다"라고 대답했습니다.

교회 내부는 좁은 편이었지만 알찬 게시물이 아기자기하게 전시되어 있었습니다. 루터, 츠빙글리, 칼뱅 같은 초기 종교개혁 시대의 선구자들로부터 시작된 개신교의 역사와 그 교회의 신학적 계보에 대한 간단한 설명이 끝난 후 이야기는 이내 1930년대로 옮겨 갔습니다. 1933년에 나치즘의 기치를 내세우며 등장한 히틀러는 정권을 잡자 기독교를 통치의 수단으로 이용하려 했다는 겁니다. 나치는 내심으로 가톨릭과 프로테스탄트를 가리지 않고 정통 기독교를 적대시하고 있었지만, 겉으로는 '적극적' 기독교를 표방하는 '공화국 기독교'를 내세움으로써 기존 기독교의 영향력을 잠식하려 했습니다. 이 날조된 기독교 교단의 첫 전국 회의 때 내세워졌던 슬로건은 "아돌프 히틀러의 국가는 교회에 호소한다. 그러니 교회는 그의 부름을 들어야 한다"였다고 합니다. 따라서 나치 정권이 "한 민족, 한 총통, 하나의 신, 하나의 국가, 하나의 교회" 같은 모토를 표방했던 것도 놀랄 만한 일은 아니었지요. 얼핏 보아도 이 모토는 히틀러와 나치 정권을 신이나 교회와 혼동케 하고 기독교 정신을 비틀어서 통치의 도구로 삼음으로써 결국은 『나의 투쟁』과 하켄크로이츠로 성경과 십자가를 대체하려 했던 것이 분명합니다.

제가 이따금 던지는 질문에 격려를 받은 듯 목사님은 열띤 목소리로 안내를 계속했고, 화제가 1934년의 「바르멘 선언」 쪽으로 옮겨 갔을 때는 이미 20분이 지났습니다. 제가 약속된 시간이 다 지났음을 상기시켰지만 그

분은 제 말에 아랑곳하지 않고 이야기를 계속했습니다. 그도 그럴 만한 것이 그가 하고 싶은 말의 핵심은 바로 그 선언문에 있었고 사실 제 관심의 초점도 바로 거기에 있었습니다.

「1934년 바르멘 신학 선언」은 나치 정권이 들어선 다음 해인 1934년에 독일연방고백교회 연합체인 독일복음교회의 신학자와 목사들이 부퍼탈의 바르멘 구역에 있는 게마르커 교회에 모여 작성한 문서입니다. 그 내용이 신약성경 구절을 인용하면서 쓴 신학적 논술로 되어 있기 때문에 저 같은 문외한은 그 깊은 뜻을 알 수가 없었습니다. 하지만 칼 바르트 같은 당대의 대신학자가 집필을 주도했다고 하는 선언문의 대강을 살펴보건대 그 요지는 짐작할 수 있습니다. 전문(前文)을 제외한 나머지 부분은 모두 여섯 개 항목으로 나뉘어 있는데 각각 성경 구절 인용과 관련 신앙고백 및 나치의 '거짓 가르침'에 대한 배격으로 되어 있습니다. 나치 정권은 하느님의 말씀이 아닌 권세나 이미지 및 진리도 있을 수 있음을 인정해야 한다든지, 예수 그리스도를 통해 정당화될 필요가 없는 삶의 영역도 있다든지, 교회가 특정한 지배 이념이나 정치적 신조를 섬길 수도 있다든지, 교회는 사목 활동과는 별도로 특정한 통치권자 즉 총통을 받들 수도 있다든지, 국가가 인간 생활의 단일 질서 체계가 되어 교회 같은 역할을 수행할 수도 있다든지, 정권이 제 입맛대로 선정한 소망이나 목표를 섬기기 위해서 교회는 주님의 말씀을 이용할 수도 있다고 주장했지만, 선언문은 그 모든 주장을 '거짓된 가르침'이라며 배격합니다.

선언문의 내용을 짐작하게 되자 저는 1934년에 게마르커 교회에서 개최되었던 독일복음교회 회의에서 본회퍼가 어떤 역할을 했을까 궁금해지더군요. 오늘날 볼 수 있는 선언문 초안에 서명한 다섯 사람의 신학자 명단에는 그의 이름이 보이지 않습니다. 그래서 좀 더 알아보았더니, 목사

헐리지 않는 것이 없는데

안수를 받은 지 몇 해 되지 않았던 젊은 신학자 본회퍼는 1933년에 히틀러가 정권을 잡자마자 누구보다 앞서 닥쳐올 유대인 박해를 경고했다고 합니다. 하지만 이듬해인 1934년에 있었던 바르멘 선언에 그가 직접 관여한 일은 없었다고 하므로, 그의 사진과 어록이 오늘날 선언문과 관련된 브로셔 등에 빈번히 등장하는 것은 선언문의 실천에서 그가 살신성인의 역할을 했기 때문이 아닌가 싶습니다.

이른바 '독일 교회'가 나치즘을 추종하면서 히틀러를 우상화하자 본회퍼는 처음에는 방송을 통해 그리고 나중에는 신문을 통해 나치 정권에 저항했지만 매번 오래가지 않아 그의 활동은 탄압되었다고 합니다. 이처럼 정치적 박해를 받고 있을 무렵 뛰어난 신학자이기도 했던 본회퍼는 당대의 이름난 신학자 라인홀트 니버의 주선으로 미국의 유니온신학대학 교수로 초빙받았습니다. 하지만 그는 독일 국민들과 고난을 함께하지 않는다면 전쟁이 끝났을 때 독일 교회 재건에 동참할 수 없을 거라는 이유로 미국행을 거부했다고 합니다. 교회 전시실에 걸려 있던 한 액자에서 볼 수 있는 다음과 같은 어록이 그 당시의 그의 심경과 결의를 생생히 증언하고 있습니다.

> 사나운 폭력이 마구잡이로 횡행하고, 죄 없는 이들이 무수히 육체적·영적 고통을 당하고, 억압과 살인이 자행되는데도, 교회는 그 죄 없는 이들을 위해 목소리를 높이거나 그들에게 다가가는 길을 찾지 않고 지켜보고만 있음을 고백한다. 예수 그리스도의 가장 약하고 가장 무방비한 형제들의 삶에 교회는 책임을 져야 한다.
>
> 1940년, 디트리히 본회퍼

끝내 독일에 남아 있던 그는 위와 같은 '고백교회'의 믿음을 몸소 실천하면서 나치 정권에 질기게 저항하다가 1943년에는 투옥되었습니다.

1945년 종전이 가까워졌을 무렵 히틀러 암살 음모에 연루되었음이 알려지자 그는 처형되었고, 그가 남긴 유언은 "죽음은 끝이 아니라 영원한 삶의 시작"이라는 말이었다고 합니다.

교회 뒤뜰로 나온 목사님은 우리에게 교회 경내에 있는 유대교 '시나고그' 쪽을 가리켰습니다. 종전 후에 부퍼탈로 돌아온 유대인들이 자기네 교회를 재건하고 싶어 할 때 게마르커 교회에서는 교회 대지의 일부를 떼어 주고 시나고그를 지을 수 있게 했다고 하더군요. 그 말을 듣자 독일고백교회가 추구하는 종교적 가치의 한 단면을 보는 듯해서 가슴이 뭉클했습니다.

교회를 나오기 전에 시계를 보니 우리가 목사님의 안내를 받기 시작한 지 45분이나 되었더군요. 그렇게나 정성 어린 안내를 받은 것이 무척 고맙다는 느낌이 들면서 문득 제가 마치 자랑이라도 하듯 '무신론자'로 자부했던 일이 생각나며 슬며시 부끄러워졌습니다. 그래서 목사님과 헤어지기 전에 저는 "아까는 제가 무신론자라고 했지만 그 말을 고치고 싶습니다. 사실 저는 불가지론자랍니다"라고 말했습니다. 이 변명을 어떻게 받아들였는지 목사님은 저를 향해, "아, 그러세요?"라고 하듯 빙그레 웃음을 지어 보이더군요.

교회에서 걸어 나오니 조금 떨어진 작은 네거리에 사람 키 높이의 좌대에 놓인 작은 청동 조각상이 보였습니다. 약 스무 명쯤 되는 사람들이 옹기종기 모여 상반된 두 방향으로 서 있는 모습이 조각되어 있더군요. 한쪽에 서 있는 소수의 사람들은 기가 죽은 듯 고개를 숙인 채 교회 쪽을 향하고 있었고, 그들을 등지고 있는 나머지 다수의 사람들은 앞으로 뻗은 오른팔을 약간 치켜들고 있었습니다. 나치 통치하의 10여 년간 "하일, 히틀러!"를 외치던 다수의 나치즘 추종자들과 그것을 반대하던 소수의 독일

헐리지 않는 것이 없는데

인들을 각각 대표하는 군
상(群像)임을 대번에 알 수
가 있었지요. 한 작은 조
각 작품이 그 험악했던 시
절에 멋모르고 나치즘에
동조했던 독일인들의 참
회 어린 자기성찰을 숨김
없이 표현해 내고 있는 듯

나치 시대 독일인들의 자기성찰을 담은 조각상

해서 저는 깊은 감동을 받
았습니다.

그 조각상 앞에 서서 걸어 나왔던 길을 되돌아보니 불과 몇십 미터 앞
에 「1934년 바르멘 신학 선언」의 역사적 현장이 바라보였는데, 그 작고 수
수한 교회 건물이 저에게는 다른 어떤 이름난 대사원에 비해서도 손색없
이 크고 소중한 곳으로 보였습니다.

사족(蛇足) : 나중에 알게 된 사실입니다만, 교회에서 저를 안내했던 그
젊은 목사는 성함이 마르틴 엥겔스라는 이름난 신학자였습니다. 근자에
독일의 유력지(有力紙)『디 벨트(Die Welt)』에 난 기사에 의하건대 엥겔스 목
사는 2017년으로 다가온 루터의 종교개혁 500주년을 맞아 부퍼탈을 루터
시절의 비텐베르히(Wittenberg)나 보름스(Worms)에 버금가는 '유럽 종교개혁
도시'의 반열에 올리기 위한 사업에서 중심적인 역할을 하고 있다고 합
니다.

못 말리는 들꽃 시인 남정

— 한 사사로운 추념

내가 아직도 교직에 있던 1990년대 말엽이었습니다. 어느 날 나는 연구실로 배달된 두툼한 봉함편지 한 통을 받았습니다. 발신지는 서울 신촌동에 있는 초우재(草友齋)였는데 나에게는 생소한 당호였습니다. 봉투 속에서는 B5 용지에 복사된 「초우재통신」이라는 제목의 글 두 편이 나왔을뿐, 부대된 편지는 보이지 않더군요. 내가 지금까지도 간직하고 있는 수십 통의 통신문을 끄집어내어 다시 살펴보니, 「초우재통신(1)」은 탈고 일자가 '무인(戊寅, 1998) 만추(晩秋)'라고 되어 있고 「초우재통신(17)」에는 '우수절(雨水節, 1999년 3월 21일)'라고 기입되어 있으므로 이 두 통의 글을 받은 것은 아마도 1999년 2월 말경이나 3월 초순경이 아니었나 싶습니다.

통신문은 유려한 산문 에세이였는데 글쓰기 격식으로부터는 자유로운 느긋한 스타일이 무척 매력적이었습니다. 그 내용으로 보아 초우재의 주인은 국문학도이거나 적어도 책 읽기를 좋아하고 특히 시를 애송하는 분이며 스스로 시를 쓰기도 할 거라는 심증이 가더군요. 하지만 그분이 누군지는 짐작할 수가 없었습니다. 주변의 알 만한 동료들에게 혹시 신촌에 살면서 초우재라는 당호를 쓰는 분을 아느냐고 물어보았지만 허사였습니다.

초우재 주인의 정체에 대한 나의 궁금증이 처음부터 깊었던 것은 「통신⑰」이 두어 해 전에 나온 내 산문집 『두견이와 소쩍새』를 거론하고 있었기 때문이었습니다. 특히 졸문 「야생화 구경」과 「두견이와 소쩍새」가 소상히 언급되었고 더러는 긴 대목이 인용되고 있었지요. 자, 이쯤 되니, 마치 밤에 불이 환하게 켜진 방에 거처하는 사람이 유리창 바깥의 누군가로부터 규시(窺視)당하고 있다는 것을 번연히 알면서도 그쪽 정체를 몰라 답답해하는 심경이었다고나 할까요. 하여간 궁금해서 견딜 수가 없었습니다.

내 궁금증을 해소할 단서를 찾지 못한 가운데 1999년은 지나갔고 2000년도 지나갔습니다. 그새 나는 이따금 「초우재통신」을 배달받았지만, 그 미스터리 통신문 받아보는 데에도 슬슬 이골이 났는지 발송인의 정체에 대해서도 차츰 덜 안달하게 되었습니다. 그러던 중 2001년 4월, 그러니까 퇴임을 앞둔 내가 교단에서 마지막 학기를 보내고 있을 때였습니다. 그 무렵에 배달된 「통신(續·2)」(나중에 32로 개제된 듯함)와 「통신⑶」이 한 해 전에 출간된 내 번역서 『기싱의 고백』을 길게 인용까지 하며 거론하지 않겠습니까. 뿐만 아니라 그 책을 읽은 초우재 주인이 친지에게 새 책을 사서 보내기까지 했다는 구절을 읽고는 감동하지 않을 수가 없었지요. 그 순간 불의에 일격을 받은 듯한 느낌이 들며 몇 달 전에 그 책이 나오자마자 초우재로 한 권을 보내지 못했던 것이 후회되었습니다.

아무튼 기싱을 매개로 나는 초우재 주인에 대해 동지애랄까 연대 의식 같은 것을 느꼈습니다. 「초우재통신」을 처음으로 배달받은 지 두 해가 지나도록 고맙다는 내색은커녕 철저히 함구만 해 왔지만 이제는 어떤 식으로든 답을 해야 할 때가 되었다는 생각이 들더군요. 그래서 그 무렵에 나온 잡문집『문학·인문학·대학』한 권을 신촌 초우재 주소로 우송했습니다. 물론 편지 한 통도 동봉했지요. 이내 배달되어 온 답신에서 초우재 주인은 졸문「월유재(月留齋) 사연」까지 들먹이며 나에게 따뜻한 우의를 베풀어 주었습니다. 그때부터 나는 그분을 오래된 지기처럼 여기기 시작했습니다. 물론 여전히 서로 면식은 없었지요.

내가 초우재 주인을 만난 것은 그로부터 한 해가 더 지난 2002년이었습니다. 처음으로「초우재통신」을 접한 지 3년 이상이 지나서였지요. 마침 국문학도 주종연 형의 시집 출판 기념 모임이 있어서 동숭동의 어떤 한정식 집으로 나가니 낯선 이가 불쑥 나타나 자기가 초우재 주인이라고 하지 않겠습니까. 오래전 일이라 그날 그분의 헤어스타일이나 옷매무새가 정확히 생각나지는 않습니다. 하지만 전체적으로 풍기는 자유분방한 분위기가 그분의 산문 스타일과 일치하는구나 싶었던 기억은 있습니다.

우리가 조금이나마 가까이 지내게 된 것은 2003년에 아홉 사람이 모여 '숙맥' 동인지의 창간호『아홉 사람 열 가지 빛깔』을 내던 때부터였습니다. 그 무렵 나는 초우재 주인이 남정(南汀)이라는 아호를 쓴다는 것도 알게 되었습니다. 한편 그해부터 나는 디지털 카메라를 장만하여 들꽃을 찍겠답시고 산하를 누비고 다니기 시작했는데, 남정이 들꽃과 야생 조류에 대한 박물학적 관심을 가지고 있는 듯하기에 들꽃 사진을 이따금 그에게 보내 보았지요. 들꽃에 대한 평소의 각별한 애정 때문이었던지 남정은 사진 받아 보는 일을 그리 귀찮게 여기는 눈치는 아닌 듯싶었습니다.

남정이 꽃 사진에 시를 지어 부치기 시작한 것은 다시 여러 해가 지나고 난 후였습니다. 2009년 정월부터이니까요. 그 전해 연말에 남정은 들꽃 사진 동호인 단체인 인디카의 사진전을 관람한 적이 있는데 모산 이익섭 형이 출품한 작품 〈산작약〉과 내 〈덩굴닭의장풀〉에 대한 시를 지어 우리들에게 공개했던 것입니다. 이에 격려를 받은 모산과 나는 3월에 꽃철이 시작되자 남정에게 본격적으로 꽃 사진 보내기를 시작했고, 남정은 거침없이 시로 화답했습니다. 대부분 조탁(彫琢)과 퇴고 과정을 거치지 않은 즉흥시인 듯했습니다. 사진을 보내면 이튿날 화답시가 왔고, 더러는 보낸 지 몇 시간 안에 시가 되어 돌아오는 때도 있었습니다. 이처럼 그의 시적 영감의 샘은 거세게 솟구치기 시작했는데, 그때 시작된 꽃시 짓기는 그 후 7년 이상 계속되었습니다.

이렇게 꽃과 시가 오가는 사이 시가 1천 편쯤 쌓이게 되자 2012년에는 남정의 제자 중 한 분이 시를 선별해서 한 권의 가제본 시집으로 엮었습니다. 이를 나누어 본 우리는 정식 시집으로 내야겠다고 마음먹었고 그렇게 해서 나온 책이 『오늘은 자주조희풀 네가 나를 물들게 한다』(신구문화사, 2013)입니다. 사진 메기기는 모산과 내가 주로 했고, 오직 '건성으로만' 사진을 찍고 다니던 백초 김명렬 형은 멋진 「발문」을 썼지요.

남정은 2006년부터 해마다 거르지 않고 인디카 사진전을 관람했기 때문에 인디카 회원들에게도 잘 알려져 있었습니다. 그래서 시집은 인디카 회원들에게 널리 배포되었지요. 그 결과 인디카의 내로라하는 들꽃 사진가들까지도 남정에게 꽃 사진을 보내기 시작했고 남정은 일일이 화답했습니다. 그렇게 해서 쓰인 시가 100편을 넘기자 나는 남정의 두 번째 꽃시집을 낼 때가 되었다고 생각했습니다. 새 시집은 네 분의 인디카 회원들이 받은 시를 중심으로 편집되었고, 모산, 백초와 나는 '찬조 출품'을 했지요. 그렇게 해서 나온 것이 『저 꽃들 사랑인가 하여하여』(신구문화사, 2015)입니다.

한편, 첫 시집 『오늘은 자주조희풀 네가 나를 물들게 한다』가 나오자 한 시인과 세 명의 아마추어 들꽃 탐사가들이 늘그막에 합작해서 벌인 재주 부리기가 잠시나마 언론을 타기도 했지요. 그 결과였던지 우리에게 주간 지『노년시대신문』—후에『백세시대』로 개제—로부터 '재능 기부'를 해 달라는 제의가 들어왔습니다. 들꽃 사진에 시와 평설을 달아 달라는 것이 었습니다. 시인과 나는 그 제안을 받아들였고, "신문사, 시인 그리고 사진 가—이 삼자 중 어느 한쪽에서 '이제 그만!'이라는 신호를 보낼 때까지 연 재를 계속하자"는 데에 우리는 합의했습니다. 그렇게 해서 2013년 5월부 터「나를 물들게 하는 시와 꽃」이라는 제목 아래 연재가 시작되었고, 시인 이 세상을 떠날 때까지 한 주일도 거르지 않고 3년 이상 계속되다가 2016 년 8월 162회로 막을 내렸습니다.

남정은 평소에 몇 가지 약을 복용하고 있었고 가끔 병원 신세를 지는 눈치였지만, 그리고 이따금 그가 칭병하며 약속한 장소에 나타나지 않은 적이 있었지만, 그의 몸 상태가 그렇게나 나쁜 줄은 몰랐습니다. 하지만 이제 돌이켜 생각하니 올봄부터는 그 스스로 건강에 대한 자신감을 크게 잃어 가고 있는 듯한 조짐이 없지 않았습니다. 이를테면 지난 3월에 바위 틈에서 꽃을 피운 화사한 복수초 사진을 보냈더니 그는 다음과 같은 시로 화답하더군요.

무얼
석관(石棺)까지
생각느냐
꽃 피니
바위 벌고
내 넋은 어디 갔느냐
이끼
바위에 업혀 놓고

　　　　　　　　　　　　　　헐리지 않는 것이 없는데

어딜 갔느냐
오
초혼(招魂)
산이 울리는데
꽃이 울리는데

—「복수초」

　사람들은 복수초(福壽草)에서 항용 수복(壽福)을 찾는 법인데, 시인이 항
간의 통념에서 한참 벗어나는 생각을 떠올린 것을 보고 나는 움찔했습니
다. 하지만 내 놀람은 이내 시 자체의 아름다움에 가려지고 말았지요. 지
난 메일을 들여다보니 그때 나는 이 시를 '시인의 초혼굿'이라며 상찬(賞
讚)했고 시인은 겸허히 '과찬'이라고 답했네요. 뿐만 아니라 4월에는 근교
에서 찍은 연복초(連福草)를 보냈는데 시인은 그 작은 연두색 꽃에서 '잇달
은 복'은 연상하지 하고 자신의 일생을 색깔로 축약하는 시를 썼습니다.
삼원색의 어린 시절에서 시작된 삶의 노정이 청장년기의 연녹색 세계로
이어졌지만 이제 눈을 감으면 "무색의 우주"가 보인다는 것이었습니다.
바로 이 대목에서 나는 움찔 놀라면서도 그 차분한 서정시가 모종의 정신
적 갈등을 암시하고 있는 듯하다고 에둘러 평했습니다.

　지난 6월 하순 어느 날 남정이 약속한 냉면집에 나오지 않았을 때만 해
도 나는 그가 다시 병원 내왕을 시작했나 보다고만 여겼습니다. 참으로
미련하게도 나는 그에게 꽃 사진 보내기를 계속해 오고 있었고 그는 여전
히 지체 없이 화답해 주고 있었기 때문입니다. 그러나 7월 중순에 솔나리
를 보냈을 때는 즉각적인 화답커녕 여러 날 동안 솔나리 사진을 열어 보
았다는 흔적이 보이지 않더군요. 그래서 한 열흘 동안 조마조마 숨을 죽
이고 있는데 드디어 시「솔나리」가 배달되어 왔습니다. 제목에는 이례적

으로 '초고'라는 표시가 있었고요.

> 가을은 입신의 달
> 아니 현신의 시월
> 하늘의 구름 붙잡고
> 저 꽃으로 태어날 수 있을까
> 귀멀고 눈멀어가는
> 나에게
> 솔나리도
> 솔나리도
> 우주를 날으면서
> 첫 날파람 소리가 되겠다
> 그 세상 태어나서
> 시인의 나의 첫 꿈
> 솔나리 피다

―「솔나리」

남정은 「솔나리」를 끝내 고쳐 쓰지 못한 듯합니다. 그 무렵 그는 자기가 임종의 자리에 누워 있음을 절감하고 있었고 그래서 한 편의 절명시를 쓰는 심경으로 이 시를 읊고 있었으리라는 생각이 드네요. 나흘 뒤에 받은 메일에서 그는 「솔나리」에 대한 불만이 아주 크다는 말에 덧붙여 "요새 제가 살아 있다는 유일한 증좌는…… 들꽃을 만나고 시랍시고 쓰는 것"이라고 말했습니다. 이게 남정 명의의 마지막 메일인데, 나중에 들으니 그 무렵에는 이미 아드님이 부친의 메일을 병석에서 받아쓰고 있었다네요.

남정은 젊은 시절 그 나름의 '질풍노도'기(期)를 거친 분 같은데, 내가 그를 처음 만났을 무렵에도 자기 연배의 사람들에 비해서는 월등히 자유분방해 보였습니다. 그의 복식(服飾)과 헤어스타일뿐만 아니라 거침없는 문장 및 발랄한 시적 발언이 특히 그러했습니다. 그래서 그를 가까이한 많

헐리지 않는 것이 없는데

은 사람들이 그의 인품이나 글솜씨 혹은 과거 행적 등의 여러 측면에서 그를 기억하려 하겠지만, 나는 그를 무엇보다 뛰어난 들꽃 시인으로 기억하고 있습니다. 내가 부끄러운 줄도 모르고 어설픈 솜씨의 들꽃 사진을 그에게 보낼 때마다 그는 알뜰히 멋진 시로 화답해 주곤 했으니까요. 주변에서 몇몇 사진가들이 아무리 빈번히 꽃 사진을 보내도 그는 일일이 시를 썼습니다. 실로 그는 못 말리는 시인이었지요.

내 노년의 10여 년간 그는 나를 바쁘게 했고 그가 곁에 있어서 나는 참으로 푸근했습니다. 이제 그를 홀연히 떠나보내고 나니 내 노경(老境)을 꿋꿋이 받쳐 주던 한 축이 허물어진 듯한 느낌입니다. 이 상실감을 무엇으로 메워야 할지 막막합니다.

말나리

혼야의
혼란
닭이
꼬끼오
목안(木雁)이
푸드덕
촛불을 꺼야 하리
오
말나리
신부여

정진홍

■ 나이를 먹으면, 그것도 일흔이 넘으면

■ "네, 그렇게 하겠습니다."

나이를 먹으면, 그것도 일흔이 넘으면

1

나이를 먹으면, 그것도 일흔이 넘으면, 나는 내가 신선(神仙)이 되는 줄 알았습니다.

온갖 욕심도 없어지고, 이런저런 가슴앓이도 사라지고, 남모르게 품곤 했던 미움도 다 가실 줄 알았습니다. 그쯤 나이가 들면 사람들 말에 이리저리 흔들리던 것도, 내 생각이나 결정만이 옳다고 여겨 고집 부리던 일도 우스워지는 줄 알았습니다. 부럽고, 아쉽고, 시샘도 하고, 다툼도 하고, 체념도 하고, 부끄러운 변명을 하기도 했던 일도 '그것 참!' 하는 한마디 혼잣말로 다 치워지는 줄 알았습니다. 후회도, 안타까움도, 두려움도, 죽음을 예상하면서 처연해지는 절망도 아침 안개처럼 걷힐 줄 알았습니다.

사람이 살아간다는 것, 그것도 세월을 꽤 오래 산다는 것, 그것은 그만큼 사람이 '익어 가는 것'이라고 여겼던 터에 나이 일흔이면 그만한 성숙은 저절로 이루어지는 것이라 생각했습니다.

정직했노라, 성실했노라, 겸손했노라, 참았노라, 견뎠노라, 이루었노라 하는 우쭐거림도 당연히 내 삶의 자리에서 모두 치워지고, 거기서 한껏 유유자적(悠悠自適)할 수 있으리라 생각했습니다. 추구해야 할 가치라는 것도 실은 나를 얽매는 것일 수 있는 건데 그마저도 아름다움은 아름다워 넘어서고, 착한 것은 착해 넘어서고, 참된 것은 참되어 넘어서는 그런 넘어섬이 나에게 어떤 것에도 얽매이지 않는 자유를 만끽할 수 있게 해 주리라 여겼습니다.

그렇다면 나이 스물에 안 보이던 것이 서른에는 보이고, 다시 그때 못 보던 것을 마흔에는 보게 되고, 다시 더 나아가 마흔에 안 보인 것이 쉰에는 환해지고, 그렇기를 거듭해 일흔에 이르면 아픔은 아파 의미 있게 되고, 슬픔은 슬퍼 의미 있게 되고, 그래서 보람에 자만하지 않고, 성공에 도취해 스스로 걷는 길에서 넘어지지 않고, 활개를 쳐도 아무것도 다치게 하지 않고, 소리를 쳐도 소음이지 않으며, 보아도 드러난 것을 뚫고 깊은 구석까지 살펴 경망하게 사물을 판단하지 않게 그렇게 살게 되리라 믿었습니다.

남자는 남자이기를 그만두고, 여자는 여자이기를 그만두며, 아이와 어른을, 늙은이와 젊은이를, 높은 사람과 낮은 사람을, 있는 사람과 없는 사람을, 잘난 사람과 못난 사람을 나누어 생각하는 것이 다 쓸데없는 갈래 짓기라고 여겨 누가 그렇게 나누는 것이 옳고 실제적으로 불가피한 일이라고 하면 크게 한 번 웃는 것으로 답을 대신하게 되리라고 생각했습니다.

젊음은 분별을 배우는 계절입니다. 장년은 그렇게 얻은 앎과 판단에 근거하여 삶을 다스리고 보람을 낳는 계절입니다. 그렇다면 노년은 그 분별에 근거한 앎과 그것을 준거로 하여 낳고 쌓은 보람을 누리는 계절일지도 모릅니다. 그러나 그것도 예순의 마디에서나 옳은 말입니다. 일흔이 되면 그렇게 살아온 삶조차 다 넘어 이제는 이도저도 커다란 하나로 볼 수 있게 되는 계절이라 생각했습니다. 일흔이 바야흐로 그러한 계절인데, 그래서 나는 일흔이 되면 그렇게 갈래 짓기를 해 온 것이 참 현명한 인식을 키워 다듬어 온 세월이지만 그것이 아직은 어린 터득이었음을 빙그레 웃어 줄 수 있으리라 기대했습니다.

몸이 쇠하고 불편하고 아파도 그것이 자연스러운 것이라는 것을 오히려 고마워하며 곱게 받아들일 수 있으리라 생각했습니다. 일흔이 넘어 건강을 안달하듯 챙기면서 좋고 귀한 먹거리를 탐한다든지 억지를 부려 몸을 가꾸고 지키려 애쓴다든지 하는 것은 추한 몰골일 거라는 생각도 했습니다. 당연히 죽음이 두렵고 피하고 싶을 것임에 틀림없습니다. 하지만 죽음에 저항할 수는 없는 일입니다. 그래서 일흔이면 몸도 아픔도 죽음을 맞는 일도 모두 초연해질 수 있으리라 믿었습니다.

늙음이란 사람의 몸이 회복 불가능하게 퇴행 과정에 접어든 것을 뜻하는 것이라고 기술된 것을 본 적이 있습니다. 얼마나 당연한 진술인지요. 그러고 보면 나이 먹으면서, 그것도 환갑을 지나 고희에 이르면서, 몸 추스르느라 다른 삶의 겨를이 없이 산다는 것은 어리석음 중에서도 가장 큰 어리석음일 거라고 생각했습니다. 게다가 죽음이란 살아 있어 닥칠 뭇 생명의 필연적인 종국(終局)인데, 나이 일흔에 이르러서도 아직 그것이 불안하고 두렵고 피하고 싶다면 어려도 분수 없이 어린 것 아닌가 하는 생각도 했습니다.

나이 일흔이 넘으면 부모님 떠나신 것이 대체로 오래전에 있었던 일일 터인데, 그리고 어버이 노릇한 지도 충분히 오래되었고, 할아비나 할미 노릇한 지도 적잖은 세월 보냈을 터인데, 이제 그 자리에 이르면 부모님 생각에 마음 아플 일도 고이 접을 수 있을 거고, 자식 생각하면 섭섭해지거나 노여워지는 일도 그 자식들 때문에 행복했던 것을 회상하면서 잘 삭일 수 있으리라 생각했고, 형제 자매들을 생각하면 이러저러한 일로 티격태격하던 일이 떠오르지만 이제는 다 잊고 옛날 어렸을 때의 얼굴과 목소리만 보이고 들려 마냥 행복할 수 있으리라 여겼습니다. 나 없으면 고생하지 않았을, 또는 나를 그리도 애태우며 고생시켰던, 배우자 생각에 가슴이 저미듯 아픈 것도 예순 한 철 일이고, 이제는 옆에서 잠자는 얼굴만 보아도 그가 나인지 내가 그인지 모르는 경지에서 그저 서로 함께 있는 것만으로도 평안하기 그지없게 그렇게 되리라 믿었습니다. 친구들, 만나고 겪은 사람들, 좋은 사람도 있고 싫은 사람도 없지 않고, 내가 욕을 하고 싸우고 못되게 굴던 사람, 또 나한테 그렇게 했다고 여겨지는 사람 없지 않지만 나이 일흔이면 그런 마음조차 훌훌 털어 버릴 수 있으리라 생각했습니다. 그리하여 마침내 바람처럼 온 세상을 내 누리 삼아 휘젓듯 훨훨 날 수 있고, 깊은 산속의 낮은 계곡의 물처럼 세월을 작은 소리로 맑게 흐르리라 생각했습니다. 일흔이 되면, 그리고 그렇게 살게 되리라 생각하면, 어서 늙어 그 나이를 누렸으면 좋겠다는 생각도 했습니다. 신선의 경지가 바로 이런 것이지 별로 다른 것이 아니리라고 여겼기 때문입니다.

서른에는 이런 생각을 꿈에도 하지 않았습니다. 일흔이 된 나를 예상한다는 것이 그 나이의 내 현실에서는 매우 부적절한 일이었을 뿐만 아니라, 만약 누가 그런 것을 생각하라고 시켰어도 아마 현실적으로 나 자신이 일흔을 예상한 어떤 그림도 그릴 수 없었을 것입니다. 스물에는 더 말할 나위가 없습니다. 마흔의 나이에 이르면서는 이러한 생각을 조금 했던 것 같습니다. 막연하게 내 한살이가 반을 넘어서는구나 하면서 일흔이

헐리지 않는 것이 없는데

라는 숫자가 낯선 것이 아니라는 생각이 들기 시작한 것입니다. 서른에서 마흔으로 옮겨 가면서 서른에서는 전혀 들지 않았던 생각, 그러니까 제법 꽤 산 것 같은 느낌이 절실했기 때문입니다. 그러고 보면 서른에서 마흔으로 옮겨 마흔 대를 살아가는 세월은 예사롭지 않은 때였다고 지금 회상하게 됩니다.

쉰에 이르면서는 이런 생각들이 조금씩 다듬어지기 시작했습니다. 스스로 내 삶이 절정에 다다랐다 여겼기 때문입니다. 사실 그랬습니다. 마흔에서 쉰으로 넘어서면서는 내가 차지해야 할 앞의 공간, 내가 채우지 않으면 안 될 앞의 공간들이 여기저기 보였는데, 쉰 고비를 넘기면서부터는 그렇지 않았습니다. 앞자리는 이미 다 채워져 여백이 보이지 않는데, 그래서 더 나아갈 빈터가 다 막혀 더 채울 자리를 찾을 수가 없는데, 그래서 이제는 좀 지치기도 한 것 같아 쉬고 싶은데, 그럴 수 없었습니다. 언뜻 뒤를 바라보자 꽉 차게 밀고 올라오는 무리가 보이기 시작했습니다. 절정의 경험이란 그런 것이었습니다. 이제까지 살아온 목표의 성취가 이루어진 자리는 바로 그러한 것을 터득하는 자리였습니다. 고맙게도, 참으로 고맙게도, 세월은 그렇게 이른바 내리막길을 보여 주고 있었습니다.

예순에 이르러 불가불 삶을 다듬어야겠다는 생각을 하게 된 것은 당연한 것이었습니다. 그래서 그렇게 해야 했습니다. 그리고 그렇게 하면서 나는 일흔의 장에 들어섰습니다. 예순의 자리에서는 일흔이 조금 초조하게 겪게 될 세월이라 여기기도 했습니다. 다듬어야 할 일이 지천으로 쌓인 마지막 계절처럼 예상되었기 때문입니다. 실제로 그랬습니다. 일흔은 내게 '너 왜 그리 서두니?' 하는 물음을 묻고 있는 것처럼 나를 긴장하게 했던 것이 사실이었기 때문입니다.

하지만 서서히 일흔의 삶에 익숙해지면서 살아온 세월도 살아갈 세월도, 잘 논리적으로 설명은 되지 않지만, 모두 좋았다고 고백하고 싶어졌습니다. 일흔이 되면 그렇게 할 수 있으리라 생각했습니다. 갑자기 내 삶이 꽤 익어 가는구나 하는 느낌이 들었기 때문일 것 같습니다. 그렇게 일흔에 이르렀습니다.

그렇다면 나는 지금쯤 신선이 되고도 남아야 합니다.

2

그런데 일흔이 되어 이른바 일흔의 세월을 살아가면서 나는 이제까지 일흔이 되면 이렇게 살아갈 것이라고 생각한 것들이 조금도 지금 내 일흔의 삶과 어울리지 않는다는 것을 알았습니다. 신선이 되어 신선같이 살아갈 줄 알았는데 그렇게 되기는커녕 예순 때보다, 쉰 때보다 더 철저하게 사람 구실을 하나도 놓지 않고 더 질기게 하면서 살아가는 나 자신을 확인하곤 합니다.

욕심이 조금도 가시지 않았습니다. 가슴앓이도 삭지 않았습니다. 미움도 여전합니다. 고집은 신념이란 이름으로 더 질겨졌습니다. 후회도 점점 커지고, 초조와 불안과 분노는 일상을 충동하는 깊은 정서가 되었고, 죽음은 생각만 해도 서늘한 두려움으로 채색된 채 점점 그 색깔이 짙어지기만 합니다. 몸이 아프면 덜커덩 겁이 나고, 만사에 짜증이 납니다. 부모도, 형제도, 자식도, 배우자도 섭섭하고 원망스럽기 그지없습니다. 사회와 나라와 세상은 말할 것도 없습니다.

믿을 사람도 없고, 믿을 것도 없습니다. 생각할수록 혼자입니다. 열심히 살았다고 생각했는데 아무런 메아리도 들리지 않습니다. 헛살아도 이

헐리지 않는 것이 없는데

렇게 헛살았을 수가 없구나 하는 회한이 깊어집니다. 제법 성실하게 살았다고 느껴지는데 그런 삶이 요즘 다른 사람이 보기에는 오히려 의식이 없는 삶으로만 여겨지는 것이 현실임을 직면할 때면 그 배신감을 주체할 수가 없습니다. 살아온 긴 세월이 허탈해집니다. 이렇게 살 바에는 아예 내 마지막 힘을 다해 이러한 배덕(背德)과 부닥치고 스스로 깨져 버리는 것이 그나마 남은 자존심을 지탱하는 길이 아닌가 하는 생각마저 듭니다.

저리게 외롭습니다. 서글퍼집니다. 버림받았다는 느낌은 비단 내 마음에서 인 잔 물결이거나 소용돌이가 아닙니다. 이 고독과 슬픔과 소외는 철저하게 구체적이고 현실적입니다.

세상이 아무리 급변한다 해도 나 또한 그 급변의 여울을 흘러 이렇게 여기까지 왔는데, 그 변화의 양상에 비록 잘 적응을 하지 못한다 하더라도 변화 자체를 모를 까닭이 없습니다. 하지만 일흔이 넘은 늙은이를 세상은 처음부터 늙어 메마른 어쩔 수 없는 인간으로 태어난 그런 존재로 여깁니다. 예순일 적만 해도 그렇지 않다고 느꼈습니다. 그때까지만 해도 아직은 내 살아온 삶의 그늘이 그래도 긴 꼬리를 아직 잃지 않았었기 때문인지도 모릅니다.

일흔이 넘어 내 스물을 이야기하면 그것은 민속지(民俗誌)에 담겨 있는 민담(民譚)과 다르지 않습니다. 서른 마흔을 회상하면 과장이 심하다고 말합니다. 쉰 예순을 말하면 아직 당신 세대인 줄 아느냐고 말합니다. 내 삶의 증언은 아무 데도 깃들일 곳이 없습니다. 그런데도 나는 이른바 역사를 증언하고 싶다고 하면서 내 발언을 멈추려 하지 않습니다. 그래야 한다고 스스로 다지고 또 다집니다. 나는 내가 그래야 한다는 의식이 얼마나 정직하고 순수한 것인가를 자신할 수 있기 때문입니다. 그러나 그럴수록 나는 스스로 더 외로워집니다. 견딜 수 없이 서글퍼지고, 참을 수 없이 분해집니다. 하지만 탓할 것은 아무것도 없습니다. 따지고 보면 오직 하나, 세월이 흘렀기 때문입니다. 그런데 그것을 알고 어쩔 수 없이 이 모든 '굴욕'을 꿀꺽 삼켜야 하는 체념을 하기가 이렇게 어려울 수가 없습니다.

탄식이 저절로 나옵니다. 세상이 절망스럽습니다. 옛날에는 이렇지 않았습니다. 그렇다고 힘주어 말합니다. 되풀이 되풀이하여 그렇게 발언합니다. '요즘 세상은' 그렇게 내 발언의 서두를 꺼내는데 그것은 옛날 곧 '내가 살던 때'와 비교하여 지금 여기가 크게 잘못되었다는 것을 지적하기 위한 것입니다. 마찬가지 맥락에서 '요즘 젊은이는' 하고 말합니다.

이러한 어투는 이미 마흔이 거의 끝날 때쯤부터 비롯한 것입니다. 실은 그것은 나이를 먹으면서 누구에게나 점점 심해지는 현상이기도 합니다. 그런데 일흔에 이르면서 나는 그 상투적인 언어를 아예 일상화하고 있습니다. 그 말을 하지 않고는 삶을 묘사하지 못합니다. 하지만 마흔에 그렇게 발언할 때와 쉰이나 예순에서 그렇게 발언할 때, 그리고 일흔에서 그렇게 할 때는 그 발언에 대한 반응이 전혀 다릅니다. 일흔에서의 발언은 일흔을 함께 사는 사람 말고는 아무도 아예 반응조차 하지 않습니다. 저항도 증오도 연민도 없습니다. 종내 그러한 어투는 아무런 메아리도 없이 그저 내 안에서 나 아닌 세대와 내가 살아온 세상, 내가 여전히 살고 있는 세상에 대한 내 저주로 귀결합니다.

나는 이러한 생각을 하고 싶지 않았습니다. 지금도 그러합니다. 아니, 신선이 될 거라고, 그래야 한다고 다짐했기 때문입니다. 그런데 세상이 나를 그렇게 만듭니다. 일흔 넘은 늙은이는 사람 대접을 못 받습니다. 사회복지라는 것의 한 축인 노인을 위한다는 이런저런 제도는 늙은이를 교묘하게 소외시켜 공동체 삶의 자리에 덜 나타나 주었으면 하는 '분리의

　　　　　　　　　　　　　　힐리지 않는 것이 없는데

징표'로 기능하고 있다는 생각에 이르면서 일흔의 자의식은 극에 달합니다. 감히 쉰이나 예순에게는 '당신들은 짐작도 못 할 거라'고 말하고 싶기조차 합니다. 일흔의 고독과 소외는 그렇게 피해 의식으로 똘똘 뭉친 온갖 증상을 다 지닌 질병으로 일흔을 살아가는 삶을 온통 지배합니다. 이러한 구조에서 종교라는 이름의 사랑과 자비의 공동체도, 혈연이라는 가족도 결코 예외가 아닙니다. 여든에 이르면 이 사태가 얼마나 더 끔찍하게 펼쳐질지 생각만 해도 겁이 납니다.

미움도 털어야 하고, 한도 풀어야 하고, 이제는 싫은 사람 좋은 사람 나누는 일도 그만두어야 할 터인데 그게 잘 되지 않습니다. '눈에 흙이 들어가도'라고 하는 표현은 참 알 수 없게도 나이가 들면서 더 강해집니다. 일흔이 넘어도 다르지 않습니다. 옆에서 누가 '그 나이에 아직도 그럴 수 있느냐?'고 '이제 다 풀어야 하지 않겠느냐'고 하면 오히려 그러한 다정한 충고 때문에 어느 틈에 그 증오는 신념으로 승화하고 나는 갑자기 지사(志士)가 됩니다. 그런데 내가 미워하는 사람은 대체로 내가 만나 서로 불가피한 관계를 맺고 살아온 '가까운 사람'입니다. 그 안에는 동료도, 친구도, 혈연도, 부모와 자식도, 부부도 빠지지 않습니다.

이럴수록 욕심이 더해집니다. 어떻게 해서라도 남은 삶을 누렸으면 좋겠습니다. 오래 살고 싶습니다. 그래서 돈이 넉넉했으면 좋겠습니다. 돈만 있으면 이렇게 세상이 나를 소홀하게 여길 수 없으리라고 생각합니다. 그러나 대체로 돈은 이미 예순 이전에 결정된 일입니다. 있어도 그때 마련한 것이고, 없어도 그때부터 없던 것입니다. 그리고 있으면 아주 치사하게 더 아끼게 되고, 없으면 아예 죽어 버리고 싶도록 절망스럽습니다. 돈이 있고 없고는 일흔의 생존을, 일흔 이후의 삶의 질을 채색하는 결정적인 관건입니다. 그러므로 돈 문제는 일흔의 존재 여부를 결정하는 자존심의 기반입니다. 이에 비하면 후회도 보람도 그리 커다란 의미를 지니지 못합니다. 사회보장제도가 어서 잘 갖추어지기를 바라기도 하지만 그것을 통한 자존심의 회복은 현실과 언제나 먼 거리에 있습니다. 대체로 돈 문제는 체념으로 극복하기에는 너무도 절박하게 절실한 직접적인 것이어서 한 맺힌 채 끝나기 일쑤입니다.

건강에 바짝 욕심을 내는 것도 같은 맥락에서 일어납니다. 내가 나를 건사하지 못하면 아무도 나를 보살펴 줄 사람이 없다는 것을 스스로 아는데 건강을 챙기는 일에 게으를 수가 없습니다. 그래서 건강을 위한 것이라면 할 수 있는 어떤 일도 마다하지 않습니다. 그러나 이 욕심의 한계를 모르는 일흔은 하나도 없습니다. 사람들은 예순에서만 해도 건강을 잘 다스리려는 노인들을 자기 간수를 잘하는 성실하고 절제 있는 사람으로 여깁니다. 때로 그러한 노인들은 부러움의 대상이 되기도 합니다. 하지만 일흔이 넘으면 이도 또한 달라집니다. 사람들은 '저 나이에도 저렇게 살려고 기를 쓰다니 좀 철이 났으면 좋겠다'는 투의 연민의 정으로 바라봅니다. 아무리 사람이 못되었어도 그렇게야 하겠느냐고 할지 몰라도 일흔이 넘으면 그러한 자의식을 가지게 됩니다.

그러나 눈치를 보면서도 몸을 잘 보살펴 죽는 순간까지는 건강해야 하겠다는 어떤 의무감 같은 것을 떨쳐 버릴 수가 없습니다. 더 살고 싶어서라는 것이 마냥 그른 판단은 아니겠지만 그렇기보다는 죽음에 이르기까지의 과정에서 인간적인 존엄을 잃고 싶지 않다는 간절한 희구가 더 직접적이고 현실적인 욕심입니다. 하지만 그 동기가 어떤 것이든 이것이 일흔 나이를 옥죄는 욕심이라는 사실에는 틀림이 없습니다.

마침내 죽음이 구체적으로, 그리고 사실적으로 그려집니다. 친구의 죽음 소식이 자주 전해집니다. 그런데 막상 친구의 빈소에 가면 아는 사람이라고는 영정 사진으로만 있습니다. 그래서 한두 번 겪다 보면 다시는 친구 빈소에 들르지 않습니다. 게다가 그렇게 세상을 떠나는 친구들은 나와 공유했던 내 삶의 한 부분들을 함께 가지고 떠납니다. 내 기억의 세계는 점점 더 좁아집니다. 경험을 공유했던, 그러니까 삶을 함께 지녔던 사람이 사라졌기 때문입니다.

배우자가 떠나면 세상의 거의 모두가 뿌리째 뽑힙니다. 나는 표류하는 섬처럼 떠돕니다. 그러한 일이 일어날 줄 몰랐던 것도 아니고, 제법 이런저런 준비를 하지 않았던 것도 아닌데 막상 닥치면 현실은 예상과 너무 너무 다릅니다. 곧 따라갈 거니까 하는 것이 유일한 위로가 되지만 현실에서는 그러한 위로가 가장 큰 아픔과 슬픔을 내게 가져다 줍니다.

내 죽음의 침상이 어떤 모습일지도 자주 그려집니다. 내 몸에 의료 장비가 어지럽게 이어진 그런 모습으로 죽음을 맞을지, 내 몸은 얼마나 일그러진 모습을 하고 있을 것인지, 사랑하는 사람과 제대로 이별을 할 수 있을지, 의식이 없는 채 갈 것인지, 마지막 호흡이 얼마나 괴로울지, 누가 내 죽음을 울어 줄지, 나는 어떤 사람으로 기억될지 온갖 상념에 시달립니다. 이 모든 생각이 죽음을 차분하게 준비하는 과정이었으면 좋겠지만 나는 그러한 생각들에 이끌려 혼란스러운 두려움과 절망으로 깊이 침잠해 가는 것이 더 직접적인 현실입니다.

일흔이 되면 신선이 되리라는 기대를 했던 것은 아무래도 기대일 뿐이었지 현실은 아닙니다.

3

그러나 생각해 보면 나이 일흔에서 이렇게 되리라 기대했던 것이 기대만은 아닙니다. 살아 보니 그러합니다. 세월을 살아온 만큼 보이고 들리는 것이 넓고 많아지면서 모르던 것도 더 알게 되고 판단을 잘 못 하던 것도 이제는 상당히 투명하게 판단을 하게 되고, 그래서 사는 것 자체가 비교적 거침이 덜하면서 편하고 쉬워지는 것이 사실입니다. 훨씬 자유로워진다고 말할 수 있습니다.

이러한 것을 확인하게 되면 늙음은 축복이라는 생각이 절실해집니다. 그리고 누구에게나 마냥 고맙다고 해야 옳을 것 같습니다.

그런데 생각해 보면 기대의 내용과는 사뭇 다른 현실도 현실임에 틀림없습니다. 살아온 세월의 길이만큼 내가 살아온 경험들이 뿌리를 깊게 내리면서 양보 없이 나를 지탱하는 것도 엄연한 현실이기 때문입니다. 오히려 어찌 보면 그것이 나를 나이게 하는 정체성일지도 모르겠고, 모든 것을 초연하여 이제까지의 나를 다 지우는 것보다 더 내 자존을 지키게 해주는 것일지도 모르겠다는 생각조차 하게 합니다.

이러한 사실을 확인하게 되면 늙음은, 곧 마흔이 되고 쉰이 되고 예순이 되고 일흔이 되고 또 여든이 된다고 하는 것은, 분절된 삶의 다른 마디들이 아니라 철저하게 지속하는 삶의 총체성을 안고 흐르는 그 '흐름의 마디'라는 생각이 뚜렷해집니다.

그런데 일흔을 넘어 구체적으로 여든에 들어서면 또 어떻게 이러한 생각이 달라지고 다른 경험이 나를 기다릴지 알 수 없습니다. 그런데 그렇게 될 날도 없지 않을 듯합니다. 수명이 더 길어지고 있기 때문입니다. 하지만 분명한 사실이 있습니다. 예순보다 일흔에서 더 그랬듯이 여든에 이르면 몸도 가누기가 훨씬 더 쉽지 않아질 것이고, 생각하는 것도 더 불투명하거나 뚜렷하지 않게 될 것입니다. 마음을 다스리고 가누는 일이 내 의지와는 상관없이 더 어려워질 것이 분명합니다. 그리고 이 모든 과정은

헐리지 않는 것이 없는데

내 삶이 이제는 현실적으로 죽음에 바짝 다가와 있음을 뜻하는 것입니다.

그렇다면 내 몸과 마음이 더 몽롱해지기 전에 삶을 되추스르는 마지막 일을 지금 여기에서 서둘러 하지 않을 수 없습니다. 이제까지 이야기한 기대도 여전히 간절한 기대로 지니면서, 그리고 이제까지 이야기한 현실도 여전한 불가피한 현실로 받아들여 비켜 가지 않으면서, 그렇게 해야 할 것 같습니다. 나는 그것을 '죽음 자리에서 삶 조망하기'라고 말하고 싶습니다. 그것이 일흔에 해야 할 일이고 지금 하지 못하면 끝내 그렇게 할 수 있는 기회를 잃게 되리라고 말하고 싶어집니다. 세월 산다는 것을 그렇게 말하고 싶기도 합니다. 다시 말하면 나이 먹는다는 것, 그것은 달리 말하면 세월이 이른 끝자리에서 삶을 되살피는 것이지 않은가 하고 말하고 싶은 것입니다.

삶의 자리에서 죽음을 바라보면 그것은 암울하기만 합니다. 절망이 지배하는 우울한 그림만 그려지기 때문입니다. 하지만 죽음 자리에서 삶을 바라보면 그것은, 비록 회한과 아픔이 없지 않지만, 보람과 의미로 채워진 즐겁고 행복한 흔적들을 새삼 확인할 수 있습니다. 그렇게 할 수 있는 한, 나는 살아온 삶을, 그리고 지금 여기에서 살고 있는 삶을, 감사한 색깔로 채색할 수 있을 것이기 때문입니다. 그리고 감사함으로 묘사할 수 있는 삶보다 더 온전한 삶이란 실은 없습니다. 그렇다고 하는 것을 확인한 것이 일흔의 삶이 내게 준 선물인지도 모릅니다. 나이를 먹는다는 것이 그런 것 같다는 말을 거듭하고 싶습니다.

그러고 보면 말하기 편하게 나이를 나누어 일흔이다, 예순이다, 쉰이다, 마흔이다, 서른이다, 스물이다, 또는 여든이다, 아흔이다 하지만 삶은 태어나 죽을 때까지 한 번도 끊어지지 않는 긴 연속입니다. 나이는 그렇다고 하는 것을 마디마디 거듭 확인하기 위해 마련된 징검다리인지도 모르겠습니다. 일흔을 살다 보니 그런 것 같습니다.

이렇게 죽음 자리에서 삶을 바라보며 담담하게 바람처럼 물처럼 감사하는 마음으로 일흔을 살고 싶습니다.

---

* 몇몇 다듬은 곳이 없지 않지만, 이 글을 쓴 것은 일흔에 들어선 지 얼마 되지 않았던 때입니다(어르신사랑연구모임 편, 『노년에 인생의 길을 묻다』, 궁리, 2009). 그런데 여든에 들어섰는데도 고칠 내용이 별로 없습니다. 몸이 한껏 허물어진 것밖에는요. 그래서 지금의 진술이라 여겨도 괜찮을 것 같아 여기에 내놓았습니다.

헐리지 않는 것이 없는데

"네, 그렇게 하겠습니다."

제가 처음 취직한 직장은 중고등학교입니다. 그런데 학교가 특이했습니다. 1960년대 초반이었는데 그 학교 학생들은 교복을 입지 않았습니다. 교실에 지정 좌석도 없었습니다. 교단도 없고, 차렷 경례로 수업을 시작하지도 않았습니다. 남녀공학인데 학급당 학생 수는 50명이었습니다.

선생님들은 출근부 도장도 찍지 않았습니다. 그런 것이 아예 없었습니다. 무급 조교를 하면서도 출근부에 날인을 하던 대학과는 너무 달랐습니다. 직원 조회 종례도 없었습니다. 수요일에 직원 예배가 있었는데 선생님들이 모두 모여 둥그렇게 앉아 간단한 예배를 보고 서로 지난 일들을 이야기했습니다. 좋았습니다.

그런데 첫 출근을 한 날, 교무주임 선생님이 교무실에서 이 선생 저 선생한테 새로 온 사람이라고 소개한 것 외에는 아무런 '절차'도 '안내'도 없었습니다. 쑥스럽고 당혹스럽고 멋쩍었습니다. 그렇게 한 달을 지냈을 무렵 선생님 한 분이 제게 다가오셨습니다. 순한 웃음이 가득한 그 선생님은 제게 이렇게 말씀하셨습니다. "문리대 나오셨어요?" 그렇다고 하자 더

따듯한 웃음으로 이렇게 말씀하셨습니다. "잘 지내세요." 그런데 그 말씀이 어쩐지 어려운 일이 많으리라는 예상을 담은 것 같아 조금은 의아했지만 저는 이렇게 말씀드렸습니다. "네, 그렇게 하겠습니다."

저는 몰라도 참 많이 몰랐습니다. 수업 시간에 들어가 "도입-전개-결론"의 구조로 내용과 시간을 재단해야 하고, 그것을 '연구록'이라는 이름으로 기록하여 주임교사의 결재를 받아야 한다는 것을 전혀 짐작도 못 했습니다. 교육은 그렇게 '틀에 맞춘 억지'여서는 안 된다는 설익은 '철학'에 바탕을 두고 아이들과 열심히 부닥쳐 살면 되리라는 생각만 하고 그 자유를 만끽하고 싶을 뿐이었습니다. 내 중고등학교 때 싫었던 일을 철저히 하지 않으면 어쩌면 최상의 교사일 수 있으리라는 맹목적인 자신감에 들떠 있었다고 해야 옳을지 모릅니다.

그런데 제 철없음은 그런 데서 머물지 않았습니다. 그 학교에서 한 학기도 지나기 전에 저는 주임교사에게 연구록을 쓰지 않겠다고 말씀을 드리는 데 이르렀습니다. 그때 그 선생님의 망연했던 표정은 제 부끄러운 기억과 더불어 오래 겹쳐 떠오르곤 합니다. 그런데 그 용기는 실은 거개가 사범대학 출신인 다른 교사들의 기막히게 다듬어진 연구록을 보면서 느낀 좌절감과 패배감이 함께 상승 작용한 만용에 불과한 것이었습니다.

늘 스치기만 하던 조용한 웃음의 그 선생님이 제 자리로 다가오신 것은 그 일이 있은 이틀쯤 뒤였습니다. 제게 오셔서 그 선생님은 이렇게 말씀하셨습니다. "힘들지요. 그래도 연구록 쓰는 일 써 보면 재미있어요." 그러고는 웃으셨습니다. 저는 저도 모르게 "네, 그렇게 하겠습니다"라고 말했습니다. 그리고 그렇게 했습니다. 지금 생각해도 어떻게 그리 쉽게 제가 이른바 제 철학을 순식간에 버렸는지 알 수가 없습니다.

헐리지 않는 것이 없는데

교지 『우리생활』을 처음 내면서 그 선생님은 제게 같이 편집을 하자고
하셨습니다. 저는 조금도 망설이지 않고 "네, 그렇게 하겠습니다" 하고 말
씀드렸습니다. 조금 그 선생님과의 거리가 좁아졌습니다. 저는 돈 키호테
처럼 살고 싶다는 말씀을 드렸습니다. 선생님은 풀빛 언더라인의 경험을
이야기해 주셨습니다. 그 뒤 저는 산에서 풀빛 언더라인을 긋고자 했지만
잘 되지 않았습니다. 어떤 풀이었느냐고 여쭤보고 싶었지만 그렇게 하지
못했습니다.

　　소풍을 간 날 아이들 사이에서 칼부림이 났습니다. 저는 얼굴에 긴 상
처를 입고 피를 흘리는 아이를 업고 산에서 내려와 차에 태워 병원으로
갔습니다. 교칙이 없는 학교라서 일이 생기면 전체 교사들이 모여 의논하
여 결정을 하곤 했습니다. 그런데 사태를 파악하는 과정에서 저는 피해자
가 실은 싸움의 원인을 제공한 아이였음을 알게 되었습니다. 교사 회의에
서는 가해자를 처벌하자고 결정을 했습니다. 하지만 저는 실은 피해자가
가해자를 때려 주기 위해 먼저 불렀다가 피해를 본 것이므로 오히려 피해
자가 처벌을 받아야 한다고 주장했습니다. 물론 상해를 입힌 학생도 벌
을 받아야 하지만 다쳤다는 사실만으로 그 학생을 불문에 부친다는 것은
말이 안 된다고 역설을 했습니다. 많은 오랜 논의가 있었지만 저를 지지
해 주는 사람은 거의 없었습니다. 매우 흔하지 않은 일인데 이 일로 한 주
를 매일 회의를 해야 했습니다. 많은 교사들이 제 고집에 싫증을 느끼고
있다는 것을 저도 모르지 않았습니다. 그때 그 선생님이 조용하지만 전혀
웃음이 없으신 표정으로 제게 말씀하셨습니다. "선생님, 이제는 충분히
선생님 뜻이 전해졌으니 결정되는 대로 따르세요. 자칫 선생님이 딜레마
에 빠지게 돼요." 그런데 저는 이렇게 대답했습니다. "선생님, 그렇게 하

지 않겠습니다.”

　제가 홍능에서 신촌 봉원동으로 이사하면서 우리는 동네 이웃이 되었습니다. 그 동네에는 같은 학교 교사들이 여러 분 살았습니다. 집들은 모두 스무 평에서 아홉 평에 이르는 작은 것들이었는데, 그 선생님 댁은 대문이 크다고 해서 '김대문집'이라고 불렸습니다. 우리는 가끔 모여 저녁도 먹고 겨울에는 모든 가족들이 용평으로 스키를 타러 가기도 했습니다. 아이들도 서로 어울려 지냈습니다. 무슨 까닭에서 그랬는지 모르지만 그때 그 모임을 우리는 '허풍회'라고 했습니다. 그러면서 뜻밖에도 그 선생님의 사모님이 제 둘째 누님과 초등학교 동기였다는 사실도 알았습니다. 그렇게 10년이 훨씬 넘게 저는 그 선생님과 한 직장에서, 한 마을에서 지냈습니다.

　제가 제 신념을 꺾을 수 없다는 구실로 그 학교를 그만둘 때 저는 그 누구와도 이 일을 의논하지 않았습니다. 아무 마련도 없이 직장을 그만둔 것은 생계와 이어진 것이어서 저 나름으로는 큰 결단이었지만 그렇기 때문에 스스로 결정하는 것일 수밖에 없다는 생각을 한 것인지도 모릅니다. 그때 그 선생님께 여쭤 보았다면 무어라 하셨을까 궁금했던 것은 아주 뒤일입니다. 말리셨으면 “네, 그렇게 하겠습니다”라고 했을지, “아뇨, 그렇게 하지 않겠습니다”라고 했을지 제가 저를 잘 모르겠습니다.

　이런저런 모임에서 가끔 뵙기도 했지만 숙맥 모임에서 뵈면서 저는 참좋았습니다. 지난 세월이 흐르지 않은 이전의 어떤 시점에 되돌아간 느낌이 선생님을 뵈면 언제나 되살아나기 때문입니다. 그런데 어느 날 선생님으로부터 전화를 받았습니다. “내 뜻은 그런 게 아닌데…… 소전은 알지요⋯⋯." 그리고 한참 뜸을 들이다가 웃으셨습니다. 저는 조금도 머뭇거리지 않고 말씀드렸습니다. "네, 제가 그 일을 맡아 하겠습니다." 숙맥 문집 엮는 일을 저는 그렇게 시작했습니다.

선생님께서 참석하신 마지막 숙맥 모임에서 "우리 언제까지 이렇게 책을 낼 수 있을까?" 하고 말씀하시던 일이 지워지지 않습니다. 그때 선생님께서 "우리 계속해서 책을 내야지, 그렇지?" 하고 말씀하셨다면 저는 틀림없이 "네, 그렇게 하겠습니다"라고 말씀드렸을 텐데 이제는 그런 대답을 할 수가 없습니다.

선생님, 당신, 남정이 계시지 않으니까요.

물매화

스물도 같고
마흔도 같은
너
서른에도
흔들리지 않을 것 같은
너
바람 한 점 없이
피고 있는
꽃이여

곽
광
수

■ 초우재 거사의 초상

초우재 거사의 초상

내가 남정 선생을 알게 된 이후 어느 때부터 「초우재통신」을 받아보게 되었는데, 처음부터 너무나 즐거워하며 읽었기에 따로 모아 둔 그 편지들을 지금 다시 꺼내 보니, 그 첫 번째 것이 「초우재통신(70)」이고, 마지막 것이 「초우재통신(105)」이다. 그것은 어쨌든, 이제 「초우재통신」 1~53이 이렇게 책으로 모아져 나오게 되어, 앞서 읽지 못했던 이 부분을 한꺼번에 읽으면서 나는 다시 즐거움을 만끽한다…….

초우재는 저자의 서실(書室) 당호(堂號)인데, 그는 "아랫동네에서 35년이나 한 집에서 살다가 수년 전(더 정확히는 "한 5년 전", 따라서 인용 출처 「통신」의 발신일이 2003년 2월이니, 2000년 조금 못 미친 때인 듯)에 산 위쪽으로" 이사한 집의 별채인 모양이다. 그러나 비가 쏟아지면 "방 앞 축담에 벗어 놓은 신발부터 치워야" 하고 "안채에 건너갈 때는 우산으로 낙숫물을 받아야" 하는, 무척 불편한—그리고 쏟아지는 비가 많으면 "천장도 살[펴야]" 하고 가족들이 거기에 붙어 있는 "화장실의 낙후성"을 나무라는 "누옥(漏屋)"에 가까운 "누옥(陋屋)"이다. 그래 초우재를 방문했던 옛 제자가 "세상에 아직 이렇게 살아가는 집채가 있다니!"라는 탄성을 나중에 스승에게 보낸 편지에 담았을 정도이다.

하지만 얼마나 멋있고 아름다운 누옥인가!…… "여름철에는 나무잎과 풀들이 하도 무성해서" 그 이름이 "초우재(草友齋)"가 아닌가! 전체 통신 문들 가운에 초우재와 그 주변을 상상시키는 언급이 스무남은 군데 나온다. 그 주변은 "집채라고는 너댓밖에 안 [되는]" "산골 비슷한 마을"로, 심지어 한 목사의 "기도옥(祈禱屋)"이 그 가운데 하나일 정도이다. 그러나 봄이면 그 "앞뜰에 살구꽃과 앵두꽃이 갑자기" 피어나고, 여름이면 "참나리꽃", "원추리", "장미", "맥문동"이, 그리고 또 "이름 없는 꽃들이" 가난한 [그] 뜰"을 꾸미는데, 거기에 덧붙여 "열무밭"이 있고, 그 모두를 내려다보는 감나무도 있다. 또 그런가 하면 거기에는 "돌확에서 고운 꽃을 피우[는]" 수련도 있다. 그리고 뒤울 안에는 큰 은행나무가 서 있다. 한편 가을을 거쳐 겨울이 되면, 그 "뜰 끝에서 이어져 간 밋밋한 구릉의 산자락"을 가득 채우고 있는 "키 큰 아카시아 나무들의 벌거벗은 모습"은 "연필화의 데생" 같은 아름다움을 보여 주는 것이다. 그리고 철 따라 "산 언저리에서 온갖 벌레 우는 소리, 새소리들에 빠[져]"들게 하기도 한다. 그 뜰을 개와 고양이가 지켜 준다…….

멀지 않은 곳에 Y대학이 있는 서울 한가운데 이런 별천지를 이루고 있는 초우재답게 그 주인은 여름에 모기장을 이용한다!…… 하기야 그의 말대로 "아이고, 서울에서 모기장이라니 하겠지만, 이 우거진 풀들과 숲에서의 안전 지대는 이 세계밖에 없으니까요." 물론 그의 이 말을 그대로 믿어서는 안 된다. 남들처럼 망창문과 망문을 덧붙이면 될 테니까. 무엇보다도 "나는 때로는, 자기 집 조그마한 뜰에 텐트를 쳐 놓고 재미있어하는

헐리지 않는 것이 없는데

어린애들의 소꿉놀이처럼 모기장 속에서의 여름나기를 즐깁니다"라는 그 스스로의 다른 말이 위의 말을 헛된 핑계라고 부정한다. 하지만 그것뿐인 가?

> 어둠은 더욱 그렇겠지만 달빛이 스스럼 없이 스며듭니다. 그러나 그 빛은 여과되어 들어오는, 세상 먼지를 걸러내고 스며 온 느낌입니다.
> 매이, 모기장 속에서 음악을 들어 본 일이 있나요. 묘하게도 그 소리도 모기장의 자상한 그물에 걸러서 들어온, 그래서 그것은 수천의 명주실의 섬세함으로 귀에 스며와요.

그래 "드보르작 9번의 KBS 교향악단 연주를" 중계로 모기장 안에서 듣다가, 그는 "놀랍게도 찔끔거[리기]"까지 한다. 너무 감동하면 눈물이 나오는 법이니까. 여기서 우리는 모기장의 기이한 심미적 기능을 접하고 있다!……

초우재가 갖추고 있는 것으로서 기발한 것으로, 고아(古雅)한(!) 것이 모기장이라면, 첨단적인 것—적어도 우리나라에서는—은 벽난로이다. 벽난로가 설치되기까지의 긴 이야기가 「통신(32)」에 나온다. 그 스스로 말한 "벽난로에 대한 열망"을 이루기 위해 마음에 드는 벽난로를 찾아 서울과 경기도 일원의 점포들을 헤매다가 실패하고, 언젠가 어느 집에서 한번 본 적이 있는 이상적인 벽난로를 떠올리고 그 집을 되찾아가, 그 모든 부분들의 치수를 재어 가지고 돌아와, 박스 종이로 그 모형을 만들어, 그것을 아는 공업사에 가지고 가서 특정의 재료(주물)를 써서 그대로 만들어 주기를 주문했다는 것이다!…… 이것은 보통 열정과 집념이 아니다. 그 스스로도 "누가 알면 어지간히 번잡하게 그래서 할 일 없는 사람이라고 흉볼 것입니다"라고 말하고 있는데, 그 말이 뜻하는, 쓸데없는 짓거리라는 것은 심미적인 활동의 숨어 있는 성격의 하나이다. 그에게 벽난로의 꿈을 실현케 한 직접적인 계기는 다른 데에 있지만, 그 꿈을 가지게 한 것은 그 이야기를 시작하면서 인용한 예이츠의 한 시편 「그대가 늙었을 때」의 첫 연이었던 모양인데, 그 첫 두 행에 '벽난로'의 이미지가 나오는 것이다. 그는 줄곧

> 그대가 늙어 백발이 되고
> 잠이 많아져 벽난로 가에서 고개를 끄덕일 때

의 그런 "분위기의 고물의 고전적인 느낌의 것"을 구하려고 했던 것이다. 그 멋있는 분위기가 그 꿈의 기원이었다는 것은 당연하게 여겨진다.

그러니 초우재 거사(居士)가 문학과 예술의 열정적인 애호가인 것은 어쩔 수 없는 일이다(물론 문학이야 그가 문학 교수였고 시인이니 애호가가 아니라 전문가이지만). 초우재의 아름다움을 이야기한 다음 이렇게 말하는 것은 지지난 세기의 발자크 경우와 같은 환경 결정론을 연상시킬 수 있어서, 오해의 여지가 있다. 예컨대 『고리오 영감』에서 보케 부인이 운영하는 하숙집을, 그 주인과 하숙인들을 소개하기 전에 지루하기 짝이 없이 그 집과 그 구역을 묘사한 것과 같은 것은 아니다. 실존주의자들이 인간의 궁극적인 기도(企圖)에 비추어 인간 행동들을 설명하려고 한 것을, 역결정론이라고 규정한 사람들이 있는데, 초우재의 아름다움과 그 주인의 관계가 그런 것이다. 초우재 거사의 심미적 지향이 초우재를 아름답게 하는 것이다. 벽난로의 에피소드는 그 지향이 얼마나 집요한지 잘 알려 준다. 벽난로의 경우는 그 설치 과정의 가지가지 우여곡절이 그 지향을 쉽게 드러내지만, 그러나 초우재와 그 주변 풍경은 기실 그렇게 단순하지는 않다. 나는 위에서 "하지만 얼마나 멋있고 아름다운 누옥인가!"라고 말했지만, 초우재

헐리지 않는 것이 없는데

는 기실 객관적으로 그런 탄성을 받을 만한 모습은 아닐지 모른다. "세상에 아직 이렇게 살아가는 집채가 있다니!"라는 그 제자의 말이나, 초우재를 그 주인 스스로 "겨울처럼 차고, 개떡 같[다]"고 하거나, 여러 가지 꽃들이 장식하고 있는 그 뜰을 "가난"(이 표현이 겸손의 뜻을 담고 있는 것은 아닌 것 같다)하다고 한 말은 그것을 증명한다고 하겠다. 사실 객관적으로는 초우재와 그 주변 풍경은 범상하다고까지는 하지 않더라도 그런 누옥을 담고 있는 그만한 풍경이 그리 드물지는 않을 것이다. 그렇다면 한 소박한 독자로서의 나의 위의 탄성 어린 말은 어디에 기인하는가? 그것을 촉발한 것이 바로 초우재 거사의 편지를 통해 전해 오는 그의 심미적 지향인 것이다. 즉 그는 그 풍경을 아름답게 보려는 의지에 차 있다. 바슐라르의 말을 빌린다면, "관조의 유혹은 의지의 영역에 속하는 것이다. 관조한다 함은 의지에 대립하는 게 아니다. 그것은 의지의 다른 한 분지를 따르는 것이며, 전체적인 의지의 한 요소인 미의지(美意志)에 참여하는 것이다." 여기서 문제되고 있는 화자(작가)와 대화자(독자) 사이의 관계를 분석하는, 화용론이라는 언어학의 한 새로운 분야가 있지만, 쓸데없이 아는 체할 것 없이, 독자들이 이 편지들을 **소박하게** 읽으면, 나처럼 그 풍경을 아름답게 느낄 것이고, 그것의 실제적인 평범함과 그 느낌의 거리를 확인한다면, 내 주장에 설득될 것이다.

과연 초우재 거사의 문학·예술 애호열은 대단하다. 전 통신문들을 통해 그림·음악·문학 작품들에 대한 이야기가 무슨 꼬투리가 있기만 하면 튀어나온다……

그리하여 비 오는 어느 봄날 밤 마당 정리를 하러 나왔다가, 대문 밖에 나가 켠 외등(外燈) 빛에 밝혀진 산자락 길 흙바닥에 빗물이 "스미"는 것을 보고 들어와, 고흐의 화집을 꺼내어 귀 자른 자화상을 보며, 그 작품이 다른 사람들과의 대화가 그처럼 "'스며'들지 않는 귀에 대해 그야말로 화난 데서 온 것이 아닌지" 생각하기도 하고, 운보 화집에서 "일세지(一細枝) 수 삼실(數三實)"의 감 정물화를 보며 그 아끼고 아낀 운필과 채색에서 말을 복잡하지 않게 하는 모범을 은유적으로 발견하려 하기도 하는 것이다. 그 러나 그의 열정적인 예술 애호열에 걸맞은 에피소드가 있는데, 어느 대학 가의 길가에 버려진 복사본 그림을 주워 온 이야기이다. "반쯤은 구겨진 커다란, 낯익은 [그] 그림"은 "물론 [……] 영인판이지만 놀랍게도 반 고흐 의 〈밤의 카페〉"였다는 것이다. "이 대단한 작품을 들고 와서 한쪽 벽에 세워 놓고는, 밤하늘에는 별이 보이는 거리의 카페 분위기에 요새 자주 젖[는다]"는 것인데, 그것이 "원화보다는 조금 작[다]"는 것을 언급하며, 마음속으로 원화를 본 기억을 떠올렸을 것이다……

그런데 예술 사랑에 구색을 맞추는 게 커피 사랑일지 모른다(적어도, 음 악과 그림을 축음기나 영인판으로 다소나마 대중적으로 접하게 된 첫 세대일 것 같 은 남정 선생 같은 분에게 있어서는. 그것은 영인판 명화들을 걸어 놓기도 한 지난날 의 **음악 감상실(다방)** 때문일까? 아니면 서양 문화가 일본을 통해 유입될 당시의 이효 석 같은 문인이나 기타 예술인들 때문일까?). 〈밤의 카페〉를 주워 온 에피소드 를 그가 이야기하게 되는 계기가, 에곤 실레라는 오스트리아 화가에게 빠 져 있는 그의 제자 매이(또 다른 화가와 또 다른 예술 애호가, 이 자리에서 제격이 지 않은가!)가 보내 준 고급 취향 상표의 원두커피 다관기(茶罐器)였다는 사 실이 이 구색을 잘 말해 준다. 그리하여 "한때" "수십 리 시골길을 오[가 게]" 했던 그의 "커피에 대한 뜨거운 열정"을, 위에서 언급된 바로 그 심미 적 기능의 모기장을 고흐의 〈밤의 카페〉 삼아(!), "연출해 보[겠다]"는 것이 다……

다른 한편, 그 귀하게 만든 벽난로 위에는 미국의 다른 한 제자가 보내

헐리지 않는 것이 없는데

준 여류 화가 G. 오키프의 〈빨간 칸나〉의 영인판을 올려놓았는데, 이제 "불길의 강렬함으로 다가오는" 그 "꽃잎"을 피해, 다른 한 지인이 파리의 오르세 미술관에서 사 보내 준 모네의 〈수련〉의 영인판으로 바꿔 놓을 생각을 하고 있다.

여행길에 장생포항에 들렀다가 운 좋게 바닷가 새벽놀의 "저 황홀한 빛깔"을 보며, 그는 "어쩔 수 없이 유화(油畵)의 물감입니다. 흰빛에 빨강을, 빨강에 흰빛을 이겨 본 일이 있습니까. 붓이 아니라 그 혼색용(混色用) 칼질입니다. 지금의 기분 같아서는 [……] 서툴지라도 시작해 보고 싶습니다"라고 말하고 있는데, 옛날 유화를 배운 적이 있는지?…… 하기야 "나는 대학에 시간으로 출강하면서 조그마한 카페에 포켓 무대를 만들고 연극의 언저리에 서성대던 즈음"을 이야기하는 데가 있는데, 연극 제작에도 손댄 적이 있다는 그로서는 유화 공부도 했을지 모른다.

음악으로 이야기를 돌리자면, 초우재에는 친구 "C형이 나에게 선물한 오디오 세트"가 있고, "누구누구들의 보시(布施)로 이제 몇 장의 판들이 내 서가(書架)의 책갈피 속을 비집고 있[다]"는데, 이 겸손한 말은 그야말로 겸손이라는 것을 독자들은 그의 음악 이야기를 들으면서 금방 알 수 있다. 예술을, 일반적으로 무엇을 사랑한다는 것은, 양적으로가 아니라 질적으로, 즉 얼마나 깊이 알고 느끼는가가 더 본질적인 게 아니겠는가? "베토벤의 피아노 소나타 8, 14, 21, 23번이 수록되어 있는 빌헬름 켐프(Wilhelm Kempff)의 연주, 이 네 곡을, 더욱이 21번의 〈발트슈타인〉을" "한 이태 동안 [……] 잠들기 전에 자주" "들으면서 나는 내내 희열했[다]"고 하고, 그것은 "나로 하여금, 이 나이에도 한 권의 소설을 쓰도록 충동질을" 했으며, 오디오 기기의 고장으로 그것을 들을 수 없게 되자 "내 심장의 박동이 때로 리듬이 얼크러질 때가" 생기기까지 했다는 것이다. 보들

레르는 그가 사랑하는 화가들의 작품들을 보고 「등대들」(『악의 꽃』)을 썼지만, 한 예술가가 자기 장르가 아닌 예술에서 영감을 얻는 것이 그리 흔한 것은 아니다. 보들레르는 당대의 가장 뛰어난 미술비평가의 한 사람이었을 정도로 미술을 사랑한 사람이었던 것이다. 초우재 거사가 베토벤 소나타 21번을 듣고 쓰는 소설은 어떤 작품일까?…… 부디 그가 그 작품을 포기하지 말기를!……

위의 빌헬름 켐프 연주의 베토벤 소나타들을 수록하고 있는 것은 CD인 모양인데, 초우재에는 그것들을 담고 있는, 빌헬름 바카우스(Wilhelm Backhaus) 연주의 데카판 LP판도 있다고 한다. 연주라는 매개를 통해야 구현되는 음악은 당연히 연주자에 따라 다른 심미적 효과, 다른 감동을 일으킬 것이므로, 음악 애호가들은 흔히, 같은 작품이라도 여러 연주자들이 취입한 음반들을 가지고 싶어 하고, 우리나라에서도 이젠 한 작품의 그런 다른 음반들을 쉽게 구할 수 있게 되었으니, 내 친구들 가운데도 음반들을 그렇게 갖춘 음악 애호가들이 있다. 그러니 초우재 거사가 CD "수천 장이 소장된 진열장"이 있다는 친구 C나, 옛날 "4, 5천 장의 CD"를 가지고 있었다는 친구 S 같은 음악광들과, 또 다른 음악 애호가인 옛 제자와 나누는 대화에서, 모차르트 피아노 협주곡 22, 23번을 두고 피아노 연주자가 미츠코 우치다인 것이 너무 좋다거나, 20, 21번을 두고 바렌보임이 피아노 연주자인 것이 "눈물이 핑 돌기까지" 한다는 말이 나타나는 것(그 말들의 화자들은 그가 아니지만, 그가 그들의 말들을 이해할 사람이라는 것을 그들은 알고 있고, 즉 그것이 전제되어 있다)은 당연히 이해된다고 하겠다. 그런데 이보다는 한결 더 비범하게(어원적으로) 음악에 대한 그의 관심을 보여 주는 사례가, 방금 말한 이야기를 담고 있는 통신문에 나온다. 그는 어느 신문이 연재했던 한 화가의 『신화첩기행』이라는 기행문의 어느 날치의 부분에서 긴 인용을 하고 있는데, 그 인용의 맥락이 너무 희미한 것이다. 그 인용은 유명한 레코드회사 텔덱(TELDEC)에서 다니엘 바렌보임이 지휘하는 오케스트라의 녹음을 담당했던 이두현이라는 한국인 음향학자가 말한 "베를린의 거대한 음악적 분위기"를 서술하고 있을 뿐이고, 그 통신문에서 화제가 되고 있는 모차르트 피아노 협주곡 20~23번들과의 관계는 20, 21번의 피아노 협연자 다니엘 바렌보임이라는 이름밖에 없는 것이다. 내 짐작으로는 그는, 그 음향학자가 우리나라에서 경제학을 공부하고 베를린에 유학하다가 자신의 전공까지 바꾸게 한 그 "베를린의 거대한 음악적 분위기"를 말하는 것을 읽고, 필시 그의 음악 사랑이 부추겼을 상상 가운데 그 분위기에 혹했을 것이다. 그리고 관심이 가는 것은 무엇이든, 어떤 글에서든, 노트해 놓는 그의 성벽으로 그 인용 부분을 적어 놓았을 것이다……. 이젠 그 분위기를 현지 여행으로 접했을지 모른다…….

그는 한 통신문에서 "혹시 좋은 연극을 보고, 아니면 영화를 보고 [……] 흥분한 일은 없나요"라고 묻기도 하는데, 통신문들 전체를 통해 연극·영화는 서너 번 간단히 작품명만(〈엘비라 마디간(Elvira Madigan)〉만은 그렇지 않지만) 언급되어 있다. 위에 나온 문제의 모차르트 피아노 협주곡 21번의 몇 소절이 배경음악으로 계속 반복된다는, 아름답고 슬픈 영화 〈엘비라 마디간〉을 나는 보지 못했는데, 꼭 한 번 비디오나 CD를 구해 볼 생각이다. 한때 연극 제작에 참여하기도 했다는 그가 연극을 흥미 있게 이야기하고 있는 곳이 없어서(적어도 내 검토가 틀림없다면) 아쉽다.

자, 이제 문학으로 이야기를 옮겨 보자. 초우재 거사의 전문 분야가 문학이니, 문학적인 내용이 가장 많은 것은 당연하다. 어디에선가 지난날에 간행된 자신의 시문집이 언급되어 있는데, 이 책도 편지 형식을 취하고는 있지만, 시문집이라고 하겠다. 한 차례 조사해 보니, 저자 자신의 이미 완성된 시편들(작품 제목이 나타나 있는 것)이 26편, 미완성의 것으로 여겨지는 것들이 6편, 그리고 발표되었던 산문들의 긴 인용이 5개로, 시는 거의 시집 한 권의 절반가량 분량이다. 또 다른 시인·작가들의 글로서 지문 가운데 짧은 인용을 끼워 넣은 것들 말고 독립적으로 인용된 것들이, 시와 소설·산문 양쪽에서 각각 20개이다. 그러므로 시의 경우 평균적으로 계산하면, 거의 모든 편지가 저자 자신이나 다른 시인의 작품을 한 편 정도 담고 있는 셈이 된다. 게다가 전체 지문들의 적지 않은 부분들에서, 외형적으로 시 작품처럼 행이 면의 끝까지 가지 않고 행갈음되어 있다. 그리고 이것은 쓸데없는 지적이 아니다. 주네트라는 프랑스 시학자의 주장에 의하면, 시적 언어란 일상어와 다른 특별한 '형태'의 언어라기보다는 그 주위에 '침묵의 여백'을 형성시켜 후자에서 고절됨으로써 "하나의 상태, 상당한 정도의 현존성, 강렬성이 되는" 언어라고 한다. 바로 그렇기 때문에, 그것은 언어의 여러 차원에서 일상어와 다른 형태를 전혀 취하지 않더라도, 그 '침묵의 여백'을 촉발하는 듯한 면의 여백을 형성시키는, 시편의 행갈음만은 쉽게 포기하지 않는다는 것이다. 저자가 지문을 시편처럼 행갈음한 것이 의도적이었는지 아닌지 알 수 없지만, 어쨌든 대부분의 통신문들이 전체적으로 잠겨 있는 듯한 시적인 분위기에 그런 부분들이 기여하고 있다는 것은 쉽게 느껴진다.

발레리는 그의 저 유명한 텍스트 「시에 대하여」에서 시(poésie)의 두 가지 뜻을 구별하고 있는데, 흔히 혼동되는 그 두 뜻의 하나는 "어떤 종류의 감동, 어떤 특별한 감동적인 상태를 [……] 가리키는데, 그 감동은 아주 다양한 대상들이나 상황들에 의해 촉발될 수 있다. 우리들은 하나의 풍경을 두고 그것이 시적이라고 말하고, 삶의 어떤 상황을 두고, 때로는 어떤 사람을 두고도 그렇게 말한다." 다른 하나의 뜻은 물론 우리들이 잘 알고 있

헐리지 않는 것이 없는데

는 하나의 예술, 그런 "시적 감동이 저절로 이루어지는 자연적인 조건들 밖에서, 언어의 기교를 이용하여 원하는 대로 그것을 복원하[는]" 언어예술을 가리키는 것이다(전후자를 나 나름으로 시성(詩性, poésie)과 시 작품(poème)으로 구별해 부르기로 한다). 그리고 그는 이렇게 덧붙인다. "그러나 사람들은 매번 그 두 생각을 혼동하고, 그로써 많은 판단들, 이론들, 심지어 저작들이 그것들의 원리에서부터 그르치게 되는 결과에 이르는 것이다."

위에서 나는 대부분의 통신문들이 잠겨 있는 듯한 시적인 분위기를 말했는데, 그것이 발레리가 뜻하는 시성이라는 것은 금방 이해될 것이다. 즉 발레리가 말하듯이, 거기에서 저자가 이야기하고 있는 여러 가지 사물들, 풍경들, 사건들, 어떤 인물들은 시성을 불러일으키는 것이다.

「초우재통신」을 시작하게 된 계기가 낡은 자전거에 있다는 말이 「통신 (11)」에 나오지만, 과연 「통신(1)」은 그 자전거에 관한 이야기이다. 저자가 어릴 때부터 따르던 외종형이 새벽잠이 없어서 새벽에 자전거를 타다가 동트는 것을 맞곤 한다는데, 그러다가 어디에서 버려진 중고 자전거를 주워 그에게 가져가 타라고 한다. 그러나 산 중턱 가까이 있는 초우재에서는 비탈길 때문에 그 제안이 탐탁지 않았지만, 그는 그것을 자전거포에서 수선시켜, 밤중에 차로 초우재 뜰에 가져다 놓는다.

> 그런데 말입니다.
> 아침에 일어나자마자 창을 통해서 그것이 내 눈에 들어왔는데,
> 밤의 어둠을 지새고 아침 햇살에 은륜(銀輪)으로 내 눈에 다가서는 그것이, 아니 그것으로 해서 초우재가 그리 평화롭게 보일 수 없었습니다. 그리 여유 있게 느껴질 수 없었습니다.
> 나는 자전거가, 외종형의 마음씀이 고마워서 마지못해 이를 초우재에 데리고 온 중고품이 이런 상황을 연출할 것이라고는 **전혀 상상하지 않았습니다.**

이후 자주 이 자전거에 내 마음이 머뭅니다.

[……]

마당을 비추는 외등(外燈)을 밤 내내 켜 놓습니다. (강조, 인용자)

물론 그렇게 외등을 켜 놓은 것은 「통신(11)」에서 알 수 있는 대로 "그걸 밤에도 보느라" 그랬다는 것인데, 그 자전거에 대한 그의 애착이 어느 정도인지 보여 주는 사실이다. 그 스스로 이런 사태를 "전혀 상상하지 않았"기에, 그 이유가 어디에 있는지, 여러 가지로 생각해 보는데, 그것은 그 의외성을 더욱 돋보이게 한다. 그리고 그 의외성은 심리적으로는 놀라움의 표징이다. 바슐라르는 이런 놀라움을 이를테면 "미화(美化)하는 심리"의 단초라고 하는데, 그것의 결정적인 상태는 "경탄"이라는 것이다. 그리고 경탄의 이면은 사랑이라고 한다. 그 자전거가 저자에게 불러일으킨 일차적인 느낌이 평화롭든, 여유롭든, 그것은 어떻더라도, 본질적인 것은 그가 밤에도 외등을 켜 놓고 그것을 보고 싶어 할 정도로 그것에 애착을 가지게 되었다는 사실이다. 그가 여러 가지로 제시해 보는 그 평화와 여유의 느낌의 이유들을 그 자신도 자신 있게 말하지 못하고, 따라서 독자들도 그런가 보다라는 정도로 받아들일 뿐일 것이다. 그러나 자전거에 대한 그의 애정만은!…… 내 상상 가운데 그것이 초우재 뜰에 놓여 있는 모습은 이렇게 떠오른다 : 그 두 은륜이 입 벌려 빙긋 웃으며 그에게 이렇게 말한다 : "선생님, 날 이렇게 거두어 주시고 고쳐 주셔서 고맙습니다. 선생님, 언제든지 잘 태워 드릴게요." 독자들은 어떤가? 저자가 든 이유들은 그렇고 그렇지만, 이런 상상은 확실하지 않은가? 이제 독자들도 생각이 미쳤겠지만, 초우재를 묘사할 때에 인용된 바슐라르의 말에 나오는 "미의지"라는 것이 바로 외계에 대한 이 사랑의 적극적인 표현인 것이다.

경탄과 거의 같은 말인 "영탄"이라는 표현을 저자 스스로 쓴 대상이 있

헐리지 않는 것이 없는데

는데, "호롱불"이 그것이다. 초우재 바깥으로 보이는 숲 속 멀리에 산감(山監)의 초소 같은 움막이 있는데, 거기에서 밤에 밝히는 초소 등의 빛이 여름에는 숲 때문에 보이지 않다가, 저자가 이사 와서 처음 맞는 겨울에 잎들을 버린 나뭇가지들 사이로 그것을 발견한다. 하지만 그것도 처음에는 저녁에 초우재에서도 불을 밝히니까 그 창에 나타나는 책들의 반영 가운데 사라져 버리곤 했다.

> 그런데 내 방의 불을 낮추었더니 호롱불이 되고, 그러자 겨울날 산속의 그 차단한 불빛이, 가난해진 나에게 말을 걸어오는 것입니다. 그 많은 나목의 숲과 함께요. 그래서 지난 겨울에는 [……] 밤마다 거기 빠지곤 했습니다. **많은 날의 많은 시간에 방 안의 불을 거의 끄다시피 하고요.** (강조, 인용자)

놀라지 마시라! 초우재에는 그 당시 모기장에 걸맞게끔 기발하게도 기름 램프가 사용되었다! 그렇기에 그는 "내 방의 불을 낮[출]" 수 있었고, 그리하여 그 램프는 그의 상상 속에서 호롱불이 되었다. 여기서 본질적인 것은, 그것을 호롱불로 만들기 위해 겨우내 "방 안의 불을 거의 끄다시피" 한 그의 "미의지"이다. 왜냐하면 그런 연후에야 산감 초소 등의 빛을 비롯하여 그 주위의 풍경이 다정하게, 아름답게 다가왔기 때문이다. 게다가 램프의 상상적인 변화 자체가 호롱불에 대한 그의 "미의지" 때문이고, 한 걸음 더 나아가 호롱불은 그의 어린 시절의 추억과, 정지용의 「향수」나 김광균의 「설야(雪夜)」에 대한 독서의 추억 등으로 이미 '미화'되어 있다. 추억에 대해서는 조금 뒤에 다시 말하기로 하고, 그는 김광균이 흰 눈빛 때문에 호롱불이 "여위어" 간다고 한 것을 "참 절창의 구절"이라고 하면서, 그 감동은 또 호롱불 자체에 대한 "영탄"이라고도 말하는 것이다. 그 호롱불을 통해 그에게 "말을 걸어[온]" 산감 초소 등의 불빛과 나목의 숲은 무슨 이야기를 해 주었을까?⋯⋯

그리하여, 초우재의 호롱불을 통해 퍼져 나간 그의 미의지 앞에 나타난, 이 아름다운 한 폭의 겨울밤 풍경화!⋯⋯

[⋯⋯] 잔설(殘雪)이 배광(背光)이 되어 댓잎 위에 어둠이 얹히는 순간이 보입니다. 자연이 제 모습과 분위기를 [⋯⋯] 제대로 드러내는 것입니다.
나신(裸身)의 나무들이 서 있는 겨울 산의 음영(陰影)도, 그리고 장독대의 중두리들의 배흘림 곡선과 거기 비친 달빛의 흐름도 다 잡히는 것입니다. 알퐁스 도데의 소설 「별」에서처럼 별의 운행도, 밤의 숨소리도요.
[⋯⋯]
아, 나뭇가지 사이, 또는 잔가지에도 걸려 버린 새벽녘 그믐달 운행의 한 순간, ─그 실수처럼의 틈도. 어느새 별들이 가까이에서 나보다 먼저 그걸 보고는 서로 눈짓하고 있는 모습들도요.
칠흑(漆黑)의 어둠은, 불을 밝히면 보이지 않습니다.
그 어둠 속에서 감나무 잎들은 어둠에 가까운 짙은 녹색으로 두꺼워지고, 잡초들은 그 칠흑 속에서도 바람에 흔들립니다.

초우재 거사가 천생 시인인 것은, 이처럼 그가 외계에서 느끼는, 아니 이 글의 입장에서는 외계에 부여하는 시성이 거의 편재적이기 때문이지만, 물론 그는 그것을 환기하는 시 작품들을 시도 때도 없이 시도하기 때문이기도 하다. 아들일 것 같은 "그 애네"의 이사를 도우러 갔다가, 도움이 필요 없어 그냥 이것저것 뒤지는데, "어떤 팸플릿의 뒤표지 여백에" "낙서"처럼 "끄적거[려]" 놓은 시 작품(「여치가 스치네」)을 발견하고 스스로도 "의외"라고 하며 놀란다. 그러나 그는 중고등학교 시절에 선생님이나 상급생이나 친구에게 "억울함을 당하면 운동장 끝에서 바다를 굽어보며 '나는 시인이 될 거란 말이야'라고 외[친]" 사람이 아니었던가?⋯⋯

그가 자신의 시 독서와 작시 경험, 그리고 물론 문학 교수로서의 문학

헐리지 않는 것이 없는데

연구에서 얻은 시관(詩觀)을 이 통신문들에서 쉽게 자기 나름으로 풀어 놓은 것들도 발견된다. 본질적인 차원에서 시적 감동이란 우리 존재 자체를 뒤흔들어 새롭게 각성시키는 것일 수 있는데, 바슐라르는 이것을 "울림", "존재의 전환"이라고 한다. 저자는 자신의 청소년기의 시골 추억에 깊이 남아 있는 "아,/밀려 오는/해일(海溢)같이/밀물같이/밀려 오는//개구리 울음소리[……]"를 "출렁거[림]"이라는 역동적인 이미지로 묘사한 다음,

> 내 기억의 개구리의 울음소리처럼, 음악도 글도 영화도 연극도 그림, 술, 사랑이, 그리고 당신의 흐뭇한 얘기가 출렁거리게 합니다.

라고 말한다. 역설적으로 이 말에는 시가 빠져 있지만, 여기에 들린 모든 것들이 가장 순수한 차원에서는 시성을 띤다는 것을 말할 필요가 있을까? 그런데 그 출렁거림은 "최루탄의 연발" 속에서 혁명에 "뛰어들고 싶[게]" 하는 존재의 각성적 변화를 일으킬 수도 있다고 그는 암시한다. 울림이라는 단어의 유음(流音)이 환기하는 것은 바로 출렁거림의 이미지이다.

그리고 이러한 체험은 한결 구체적으로는, 외계에서 시성을 느끼거나 시 작품을 읽을 때에 상상력이 그 외계의 이미지나 시 작품 속의 이미지[심상(心象)]를 떠올리면서 일어난다. 전자의 경우 이미 외계는 무연한 것이 아니라, 상상 가운데 들어온 외계이다. 고물 자전거가 "나의 아침을 새롭게 열어"서 나에게 "새로운 나날들"을 만들어 가게, 즉 나 자신을 쇄신시키게 하는 것은 이 때문이다. 여기에서 상상력이 우리 존재의 근본적인 차원을 이루고 있는 것이라고 상정되는 것이다. 그런데 바슐라르의 독창성은, 상상력이 단순히 외계에서 감각을 통해 받아들인 이미지를 수동적으로 기억하기만 하는 것이 아니라, 그것을 능동적으로 변형시키는 기능이라고 주장한 데에 있다. 그 변형이 능동적인 것이라면, 그것은 상상력

이 바라는 것이라는 뜻이고, 따라서 상상력이 좋아하는, 궁극적으로 이상적인 것으로 여기는 것으로 변화하는 것일 것이다. 즉 그것은 가치 판단을 개입시키는 것이며, 이로써 이미지의 변형으로 나타나는 상상력의 지향은 심미적 지향이 된다. 그리고 이른바 시적 교감이 가능해지는 것은 이 상상력의 지향이 시인과 독자 양쪽에서 같기 때문이다. 이제 앞서 언급된 미의지라는 것은 바로 상상력의 그것임을 알 수 있다.

그러나 작시는 물론 시성을 느낀다고만 해서 쉽게 이루어지는 것은 아니다. 말라르메가 앵그르에게 했다는 유명한 말대로 "시 작품은 말로 쓰는 것"이고, 말은 실용적인 의사소통을 위해 규약적으로 만들어진 기호인 만큼 시적인 느낌을 그대로 살려 주지는 못한다. 그러니까 시 작품에 여러 가지 언어 장치들이 필요한 것이다. 그 가운데 가장 널리 사용되는 것이 연상이다. 즉 연상을 통해 최초의 이미지가 상상력이 바라는 이미지로 나아가는 것이다. 위에서 그 제목이 제시된 자신의 작품 「여치가 스치네」를 인용한 저자는 거기에서 연상이 어떻게 이루어져 있는지 이야기한다. 후반부 두 연을 살펴보자 :

> [……]
> 웬 여치 한 마리가
> 스치네
> 시계를 찬 내
> 팔목에서
>
> 겨울 밤
> 수심에 찬
> 어머니가
> 무우 써는
> 소리

여치가
스치네

그 연상 과정은 이렇다. 문면에 명시적으로 나타나 있지는 않지만, 최초의 이미지는 손목시계의 초침 소리(청각적 이미지)이다. 그것이 그에게 여치 소리를, 그리고 여치 소리가 어린 시절 움막에서 무를 꺼내어 "우리들 꼬맹이들이 자는 머리맡에서 어머니가 썰던 겨울밤의 정경"을 연상시켰다는 것이다. 물론 연상이라고만 해도 쉽게 이해되지만, 기실 그 작용에는 수사학의 두 전의(轉義), 은유와 환유의 기반이 되는 유사 관계와 이웃 관계가 개입되어 있다. 이 경우 시계 소리와 여치 소리는 유사 관계에 있고, 여치 소리와 그런 정경은 시골 고향이라는 같은 공간 안에서 이웃 관계에 있다. 그런데 여치 소리는 명백히 시계 소리의 은유가 되어 있지만, 여치 소리와 그 정경은 그 어느 하나가 환유로서 확립되어 있지 않다. 이것은 상대적으로 은유보다 환유가 확실치 않다는 것을 말해 준다. 예컨대 '잔'이 '술'을 비유하는 '한잔 마시자'에서 용기와 내용물의 관계는 필연적인 이웃 관계를 이루지만, 이웃 관계는 인위적이거나 특수하게 이루어질 수도 있기에 보편성이 없는 경우도 있어서, 독자가 환유적인 연상을 쉽게 따라가지 못할 수도 있는 것이다. 요즘의 도시 청소년 독자라면, 마지막 연을 금방 전달받지 못할지 모른다……. 어쨌든 시인의 상상력은 자식들을 그토록 사랑하던 어머니의 존재가 중심이 되어 있는, 향수 어린 옛 시골집으로 그렇게 나아가는 것이다.

나는 앞서, 저자가 한 인용이 시와 산문 양쪽에서 각각 20개에 이른다고 했는데, 특히 시의 경우 저자의 섬세한 교감과 이해는 과연 그의 예민한 시적 감수성에 걸맞다. 예컨대 유치환의 「춘신(春信)」과 백거이(白居易)

의 「연못 가」에 대한 논평을 보라! 특히 많이 인용된 신문학 이후의 우리나라 시 작품들은 저자의 애정 어린 시선 밑에서 그 아름다움을 놀라움으로써 느끼게 한다. 그리고 지문에 끼워 넣은 짧은 인용들은 모두 명구(名句)들이어서, 그것들을 음미하는 것만으로도 흥미 있다.

「초우재통신」에는 초우재와 저자가 격별히 사랑하는 문학·예술 이야기들만 있는 게 아니다. 허물없이 말할 수 있는 지인에게 쓰는 편지라는 형식은 저자에게 여러 가지 이야기를 생각나는 대로 풀어 놓을 수 있는 가능성을 제공한다.

초우재와 문학·예술의 테마 다음으로 큰 테마는 추억이다. 「초우재통신」 전체를 통해 추억들이 점철되어 있다. 그런데 추억은 기실 그것 역시, 지금까지 이 소개 평문의 밑바탕이 되어 온 심미적 지향, 미의지에 연관되어 있는 것이다. 추억의 아름다움은 너무 값싼 것으로 여겨져, 시인들의 진지한 관심을 받지 않을 가능성이 크지만, 기실 그만큼 상상력의 미의지를 보편적으로 보여 줄 수 있는 것이다. 앞서 미의지는 외계에 대한 사랑의 표현이라는 것이 지적되었지만, 과거란 우리들이 필경 사랑하게 되고 마는 법이다. 시간적 거리와 공간적 거리는 아름다움의 중요한 계기들인데, 왜냐하면 그 거리가 대상의 모습을 흐릿하게 하고, 대상의 그 몽롱함이 상상력에 그것을 아름답게 꾸밀 여지를 제공하기 때문이다. 그리하여 좋았던 과거는 더 아름다워지며 그리움의 대상이 되고, 쓰라렸던 과거는 그 쓰라림을 잃어버리며 너그럽고 다사로운 시선을 받는다.

저자가 이야기하는, 낙동강 하구 삼각주에 있었던 시골 고향 마을, 갈대숲들과 그 사이로 흐르는 샛강들, 그 시골 소학교(초등학교)에 다닐 때의 친구들, 자라서 진학한, 부산일 듯싶은 항도의 중고등학교, 산 중턱의 그 학교에서 듣던 이국적인 뱃고동 소리며 갈매기들의 울음소리, 당시의 청소년으로서의 꿈과 그 꿈을 나누었던 친구들, ─그 모든 추억 속의 사물들, 인물들은 상상적인 후광을 두르고 아련히 무지갯빛으로 빛난다…….
소학교를 졸업한 지 50년도 넘는 햇수의 시간이 흐른 후에 만나게 되는 여학생 친구와, 만날 장소를 어느 지하철 역 출구로 약속하고, 그가 알아볼 수 있도록 그녀가 옛날 학교에 다닐 때처럼 한복을 입고 오라고 한다.

> 당신을 그날 밤 당신 집 가까이 데려 주러 갔을 때 어느 집에서 들려오던 다듬이 소리가 떠오릅니다.
> 옥양목의 향기로운 빛,
> 간단없던 다듬이질의 절주(節奏),
> 그 속에서 어린 날의 당신을 그리고 나를 떠올리고 싶어서입니다.

그러나 그는 글의 끝에 가서 무심한 듯 슬쩍 다음과 같이 덧붙인다.

> 이리 얘기하다 보니 갑자기 조심스러워지네요.
> 잘못하면, 서로를 찾지 못할 수도,
> 우리는 만날 수는 있어도
> **그 애들**을 보지 못할지,
> 아니, **그 애들이**
> **우리가 아닐지**……,
> 그렇네요. (강조, 인용자)

그렇다! 그 애들은 우리가 아니다. 특히 어린 시절의 추억은 그레이엄 그린이 말하는 "잃어버린 유년 시절"과도 같다. 저자의 무심한 듯한 그 말은 어쩌면 허망감의 기미를 감추고 있는 것은 아닌가?…… 추억은 언제나 아름다워지지만, 그리하여 옛날의 회한과 슬픔은 가시게 하나, 옛날의 행복과 기쁨은 그것들이 사라지고 없는 지금, 더 아름다워 보이기에 오히려 더 큰 허망감을 불러일으킬 수도 있다.

이 언급은 추억을, 「초우재통신」의 또 하나의 두드러지는 테마인 죽음에 이어지게 한다. 왜냐하면 죽은 이와 사라진 것은 추억 속에 아름답게 남아 있는데, 죽음은 죽은 이와 사라진 것과의 행복하던 시간들을 앗아가 가장 큰 허망감을 안겨 주기 때문이다. 비록 이때의 슬픔 자체가 과거가 되면, 그 미래에서는 다시 아름다워진다고 할지라도.

노년의 고교 동기들의 50년 만의 모교 방문 모임에서 저자는 많은 "가신 친구들"을 확인시키는 환등 영상을 "넋 잃고 바라보았[고]", 시인 친구의 "가 버린 것이 모두/거기 돌아와 있다/그래 거기 남아 있다"는 시구를 인용하며 이렇게 말한다.

> 허기야 우리들 노안(老顏)에는 목조 건물 속의 그날들이 돌아와 있고 남아 있겠지요. 그러나 그날의 요람, 그 목조 건물의 교실들을 잃어버린, 속절없이 잃어버린 우리들의 이 허전함은 달랠 길이 없습니다.

그 허전함이 너무 컸기에, 초우재에 돌아와, 기세를 잃은 여름이라 치우려고 생각했던 모기장을, "그 속에라도 포근히 안기고 싶어서" 그대로 두고 잠자리에 들어, 남쪽 바다 먼 수평선을 그리고 그 위에 가물거리는 옛 추억의 세계를 올려놓고 다시 헤맸다는 것이다…….

그가 특히 사랑했던 몇몇 친구들의 개별적인 죽음 이야기가 나온다. 같은 대학에서 함께 공부하고 같은 대학에서 직장 동료로 일했던, 제자들 앞에서 "그 일주기(一周忌)를 얘기하면서 추모시를 읽다가 그만 내가 울먹거[리고]" 만 친구 석구 선생, "그와 사별하면 그에게 대한 그리움이 이리 짙을 줄" 몰랐다는 안 신부, 고향 유택에 "안온하게 편안하게 거기 당신이 있었는데, 우리는 들판의 바람 속에서, 부소산에서, 백마강에서, 또 모래 사장에서 당신을 찾아 헤맸[다]"는 이름이 나타나 있지 않은 친구, 그 "상청(喪廳)에서 나는 눈물을 흘[리고]", "그가 한 줌의 흙으로 돌아가는 어제, 나는 방향 감각을 잃은 새처럼 헤매[다가]" 화장장(火葬場)을 잘못 찾아 최후의 순간을 놓쳤다는 연극인 친구 설영 등. 특히 무척 시적인 인물일 것 같은 설영의 경우에는, 그가 그의 죽음을 이야기하는 때가 바로 장례일 다음 날인데도, 그의 슬픔은 이미 아련히 빛난다……

　　우거(寓居) 초우재는, 설영(雪嶺)이 한두 번 머물렀던 시골 같은 산자락의 집입니다. 겨울의 나목들이 연필화 같습니다. 오늘은 거기 눈이 내립니다. 젊은 날의 그는 설영(雪影)이라고도 자기 이름을 쓰곤 했지요. 눈의 그림자, 그러고 보니 저기 댓잎에 자욱한 눈들에게서 그것을 얼핏 느끼는 것 같네요. 내가 그날 놓친 '하얀 연기', 그 영혼을요.

　그것은 어쨌든, 여기서 그가 영혼이라는 말을 입에 올린 것에 속지 말아야 한다. 그것은 그의 슬픔을, 그의 허망감을 그야말로 아름답게 덮으려는 노력에 지나지 않는다. 왜냐하면 그는 이미 "내 영혼은 이승에서 끝난다는 생각에서 오는 허무함"뿐만 아니라 "이 영혼이 저승으로까지 이어진다고 다들(?) 말하는데 그것을 깨닫지 못하는 내 생각의 답답함"에서 두려움을 느낀다고 말한 바 있기 때문이다. 스스로의 영혼을 발견했다고 생각하는 순간, 그것은 필경 곧 "낯설어" 보인다고 한다.

　　창 너머
　　숲을 내내
　　보고 있으면

　　숲은
　　멀어지면서
　　내가
　　보인다.

창 속의
나를
바라고 있으면

나는
사라지고
내 영혼이
다가온다.

내 영혼의
창에
내내
빠져 있으면

너는
내가 아닌
남의
모습,

나는
너에게
닿지
않는다.

숲을 본다
숲만
본다.

「숲 1」이라는 이 자작 시편은 저자 자신의 너무나 상세한 해명이 뒤딸려 있는데, 죽음 후에도 영원히 살아 있을 영혼의 실체를 그가 어쩔 수 없이 믿지 못함을 보여 준다. 죽음과 영혼이란 인류의 영원한 형이상학적 문제이니, 그가 해결할 수 있는 문제가 아니다. 의문을 제기하는, 아니 드러내는 것만으로도 만족해야 하리라.

기실 영혼의 존재 문제보다는 가치 문제는 좀 더 쉽게 자각될 수 있는 영역일지 모른다. 특히 윤리적인 가치 판단은 우리들이 살아가면서 계속 내려야 하는 결정들의 토대이고, 설사 그 결정들의 어떤 것들이 그 가치 판단에 따르지 않은 것일지라도, 우리들 내면에서는 그것들이 잘못된 것이라는 의식이 뚜렷할 것이기 때문이다. 그리하여 루소는 윤리적인 가치 판단의 토대인 양심의 확실성에서 영혼과 죽음을 설명할 수 있는 신의 존재로 나아갔던 것이다.

> 손을 씻어도
> 씻어도
> 개운치 않는
> 이런 시대에
> 이런 세상에
>
> 손이 있어
> 부끄럽구나.
>
> ─「손을 씻어도」

라거나

> 우리들 삶의 종언
> 그 명목(瞑目)이 어둑해 올수록
> 오롯한 별빛의 찬연한
> 맑음, 그 맑음의 첫머리에
> 오늘 아침, 나는
> 스스로와라, 스스로와라.

라는 윤리적 성찰을 가능케 하는 가치 판단을 갖추고 있다면, 영혼이 영원하든 사라지든 어떻겠는가? 서양인들이야 신을 앞에 두지 않고는, 따라서 죽음과 영혼의 문제를 제쳐 놓고는 사유하지 못하지만, 동양에서는 신 없이도 백이(伯夷)·숙제(叔齊)도 있고, 사육신·생육신도 있지 않은가? 저 광활한 허무 가운데서 스스로 옳고 그름을 외칠 수 있다면, 그것이 더 장엄하지 않으랴?…… 어쨌든 이 두 시편이 저자가 노년의 건강 이상이 두려워 병원의 건강검진을 받은 에피소드를 이야기하는 통신문에 실려 있다는 사실을 덧붙이기로 하자.

윤리적 성찰로 이야기가 빗나가면서, 이제 마지막 테마에 이른다(이 테마가 윤리적 성찰과 직접적인 관계가 있다는 말은 아니다). 그것은 심미적 지향이라는 전망 가운데 내가 그리는 초우재 거사의 초상화에서 그 통일성과 관계없이 살펴보아야 할 그의 어떤 측면이다.

초우재에 이르려면 상당히 가파른 언덕길을 올라가야 하는 모양인데, 이것이 짐을 싣고 오는 작은 차나 오토바이에게는 문제가 된다. 고향에서 부친 쌀 열 포대를 싣고 온 택배 자동차 기사, 컴퓨터 프린터를 AS로 수선받을 때에 그것을 센터에 가지고 갔다가 가지고 온 오토바이 기사, 세탁기를 AS로 수선받을 때에 고쳐 주고 간 수선 기사에 대한 이야기는 독자들에게 빙그레 미소를 띠게 한다. 저자는 너무 고생한 택배 기사에게 고마움을 표하려고 지갑을 열어 보니 텅텅 비어 있어서, 고향 친구가 보내준 것으로서 남아 있던 단감 네 개를 건네 준다. 그는 이 빈약한 감사 표시가 마음에 걸린 것이다. 그래 택배 회사를 통해 그의 휴대폰 번호를 알아, 2, 3일 동안 통화를 시도하다가 마침내 통화하기에 이른다……. 그는 그의 집을 찾아오는 그 택배 기사가 목소리에서부터 "요새의 세상에" "참 의외이고 예외인" "순한 사람"의 느낌을 주었다고 하는데, 그 자신이야말

헐리지 않는 것이 없는데

로 오늘날 우리 사회에서 예외적인 사람이 아닌가? 통화가 이루어지고 그가 자신이 "달랑" "감 네 개만"으로 그 고생에 갚음을 하려고 한 사람이라고 했을 때, 상대방은 "왜 그런가 해서인지 내 말에 대한 대꾸가 멈칫했[다]"고 하는데, 그것이야 말로 그 상황의 의외성을 드러내는 것이다. 기실 택배 기사나, 컴퓨터 프린터를 운반한 오토바이 기사나, 모두 필경 저자의 도움을 받아 임무를 완수할 수 있었음을 생각하면, 그 의외성은 더욱 커진다. 택배 기사 이외의 두 사람도 다른 면으로서이긴 하나 모두 그의 눈에는 **선한** 사람들로 보인다.

다른 통신문에서는 초우재로 구걸하러 오곤 하던 젊은이 이야기가 나온다. 오래간만에 나타난 그를 한심한 생각에 호통을 쳐 돌려보냈는데, "그런데 내 목소리가 빈 소리로 느껴지면서 그 친구의 눈길이 돌아서는 나에게 자꾸 밟[혔다]"는 것이다. 그래 언덕 아래로 내려가는 그를 뒤쫓아 가서 돈을 쥐어 준다. "이때에도 나는 그의 눈길이 내 마음에 담겨 옴을" 느낀다. 이전에는 "그냥 구걸하는 약한 자의 눈"이었던 것이, 그날은 "잔잔한 호수"가 되어 있다. 자기 스스로 "가을 환시(幻視)에 허덕[인다]"고 하면서도, "그 젊은이의, 가을 햇살에 조용했던 **선하디선한** 눈길을 보았다고"(강조, 인용자) 생각한다. 필경 그의 눈에는 선하지 않은 사람이 없는 것 같다. 모든 통신문들을 통해 그의 비난이나 비판의 대상이 된 사람은, 내 기억이 정확하다면, 한 사람도 없다!……

이상의 이야기는 기실 그 자신이 사람들을 선하게 보는, 적어도 선하게 보려고 애쓰는, —따라서 자기 자신도 선한, 적어도 선하려고 애쓰는 사람이라는 것을 말해 주는 게 아니겠는가? 왜냐하면, 위의 에피소드들에 나오는 사람들은 사실 선한 사람들일 것 같지만, 물론 모든 사람들이 그들과 같을 리도 없고, 기실 모든 인간은 '인간의 위대함과 비참'을 말한 파스칼의 인간학이 옳다면, 선하기도 악하기도 할 것이기 때문이다. 이 문맥에 딱 맞는 것은 아니지만, 그 자신 다음과 같이 말한 적이 있다. 앞서 언급된, 석구 선생을 제자들과 추모한 자리에서 그는, 사후에 존경의 염으로 애도할 수 있는 석구 선생 같은 분을 가지고 있는 우리들은 행복하지만, 대개 사람들은 그렇게 고매하지 않다면서 이렇게 말했던 것이다.

> 존경하려고 애써야 한[다].
> 살기에 바쁘고 지친 사람이 감추려 했으나 밝은 우리들 눈치에 얼핏얼핏 드러내는 그분의 흠집을 들추려 하지 말고 어느 한 면 우리가 아직 갖고 있지 못한 어떤 존경할 만한 '어른스러움'이 있으면 놓치지 말고 '존경하려' 애써 보[아야 한다].

이와 같은 그의 측면을 나는 그의 심미적 지향의 전망에서 그 통일성과 관계없이 살펴보겠다고 말했는데, 왜냐하면 그 측면과 심미적 지향의 통일을 긍정하거나 부정하기 위해서는 미추(美醜)와 선악(善惡)이 결부될 수 있는가를 논해야 하고, 그것은 내 능력을 벗어나는 것이기 때문이다. 다만 철학자들은 가치 판단의 두 영역을 이루는 미추와 선악의 두 짝이 각각 감성과 행위에서 나란히 마주하고 있다고 하므로, 각각의 짝에서 긍정적인 가치 판단을 받는 미와 선이 상동적(相同的) 관계(homologie)에 있다는 것을 말해 두기로 하자.

어쨌든 석구 선생의 후광에서 빼내어져 독립적으로 인용됨으로써 그 진부함을 그대로 드러내고 있는 위의 말은, 위의 에피소드들이 그 진정성을 보증하고 있다. 초우재 거사는 사방에서 아름다움을 만드는 것에 못지 않게 사방에서 선함을 찾는 것이다.

이상으로 초우재 거사의 초상을 거칠게나마 그려 본 셈인데, 그의 제자

헐리지 않는 것이 없는데

들이 그를 두고 '이 시대의 마지막 로맨티스트'라고 한 규정에 대체적으로 맞는다고 생각하는 독자들도 있을 것이다. 나로서는 이 책을 읽으면서, 자신의 시적 재능에 걸맞은 야심도 멀리하고 주위 사람들을 사랑하고 그들에게 사랑받으며 좋아하는 문학·예술을 섭렵하는 데에서 낙을 찾는, 그러면서도 시흥에 겨우면 남들이 읽어 줄 것을 바라지도 않으면서 일필휘지로 시를 써 내리는, 탈속한 옛 선비 같은 이미지를 떠올린다……. 그의 자족감을 탓할 사람들도 있겠지만, 어떤 면에서는 그 깨끗한 자족감 때문에 그는 훌륭한 문학 교수일 수 있지 않았겠는가?……

---

* 이 글은 남정 선생이 지인들에게 써 보내곤 하던 「초우재통신」들의 첫 모음에 대한 간행 계획이 있었을 때, 그 소개 평문으로 쓰인 것이다. 그 계획이 실현되지 못해 유감이나, 내가 좋아해서 쓴 이 글이 남정 선생을 추모하는 자리를 마련하는 이번 호 숙맥 동인지에 실려 남게 된 것은, 추모의 추연함 가운데서도 나로서는 일말의 개인적인 기쁨이다.

곽광수　초우재 거사의 초상

냉초

솟대다
두루미다
저 하늘에
나서라
냉가슴 앓다가
일어선
냉초
꽃

이
상
일

■ 남정의 「해사 시 읽는 기쁨 1, 2」

■ 60년 전의 시를 찾던 3인 통신

■ 문집(文集)의 불능

남정의 「해사 시 읽는 기쁨 1, 2」

내 메일 5월 8일자에 초우재의 「해사 시 읽는 기쁨 1」이 담겨 있다. 이 나이에 아직도 칭찬이 좋아서 웬간한 메일들은 다 지우면서 김창진 형의 짧은 글은 지우지를 못했다.

엄청난 더위에 허덕이던 지난 8월 5일 이미 짜여 있던 일본 야나기타 구니오(柳田國男) 기일(忌日) 산도제(山桃祭)에 참석하기 위해 출국했다가 돌아온 것이 10일이었다.

닷새면 역사가 바뀔 수도 있다. 그 닷새 사이에 우리들 우정에 진공이 생겼다. 그는 나의 세계 안에 그의 자리만큼 비워 버린 검은 동공의 흔적으로 남은 채 세상에서 없어져 버린 것이다.

그럴 수 있을까. 그는 나의 시우(詩友)였다. 아무도 내가 몰래 시를 다듬고 있다는 사실을 몰랐을 때 개천예술제 장원 당선작을 수소문해 주고 머뭇거리는 나를 격려해서 나의 시집 『서정무가(抒情巫歌)』를 출판하도록 애써 준 그는 어쩌면 나의 유일한 시우였음을 이제야 알겠다. 내가 그렇게 무딘 신경의 소유자였는 데 비하면 이제는 세상에 없는 그야말로 꽃처럼 섬세했던 부드러운 시심을 지닌 시인이었다.

그의 자리가 이 세상의 닷새 시간 사이에 영영 비어 버린 것이다.

「해사 시 읽는 기쁨 1」은 내가 시집 출간 사실조차 잊어버리고 지내던
지난 5월 8일, 내 메일에 회답이 없던 초우재의 회신 형식으로 적혀 있다.

> 해사 형,
> 메일을 받고 왜 죽은 듯히 가만히 있었는지 모르지요. 「늦장미」에 다시
> 취해서입니다. '꽃'을 노래해도 저리 열정의 계곡을 오르내리는데 나는 왜
> 그리 좀스러운지 내내 지금도 부끄러워하고 있습니다.
> 이 시대 우리 시에서 「늦장미」만큼 우리를 '떨게' 하는 것을 나는 본 적이
> 없습니다. 그리고 나는 백 번을 다시 태어나도 근처에도 못 갈 것 같은 슬
> 픔을 더욱 이 노년에 절감하면서 쓸쓸해지기도 했네요.
> 해사의 연극이나 춤에 대한 비평이나 리뷰도 저를 반하게 합니다만 보다
> 시의 세계는 더욱 부럽게 하네요.

이 정도 과찬이면 부끄러워할 줄 아는 한계를 넘어설 줄 알아야 하는
나의 미숙함도 그 다음을 잇는 그의 글에 대해서는—"(지난번 시집이 나왔을
때) 왜 세상이 '무심'(?)한지, 왜 나처럼 열광하지 않는지, 나는 세상에 분
노했어요"—에서는 과례가 비례라는 사실에 쩔쩔맬 수밖에 없었다.

> 나는 여전히 빌빌거리고 있습니다. 때로는 곧 찾아올 죽음을 예감하기도
> 합니다. 건강을 조금이라도 찾을 수 있다면 해사 만나 그 시집을 읽으면서
> 우리 잃어가는 '열정'을 되찾아 보고픈 욕심을 가져 봅니다.

「해사 시 읽는 기쁨 1」에서 읊은 나의 시의 제목은 「늦장미」였다.

> 차열했던 열기를 되쏘며 함께 타올랐던

한여름의 장미여,
한 움큼만큼의 여린 꽃잎으로
부드럽게 무너져 내린
허망한 여름의 그림자—

우리의 사랑이 그랬지.
장강(長江)의 울음조차 삭히면서
성장(盛裝)의 계절을 마다하고
고고한 귀부인답게 외로운
침실을 지키는
나의 꽃이여, 장미여, 늦장미여

그리고 그가 두 번째로 읊은 나의 시는 「소리의 탄생」이었다.

무슨 소리가,
말소리가
숲에서 생겨난다. 태어난다.
나즉한 소리가, 말소리가
속삭이는 바람 소리, 지저귀는 냇물 소리, 나뭇잎과 가지가
흔들리는 소리 가운데서
그런 풍경 가운데서
희미하게 들리는 가락이 있다.

풍경(風景)의 소리가
뚜렷한 말이 들린다.

일본 떠나기 두어 주일 전에 내 블로그에 지우지 못하고 남겨 두었던, 메일에 격려받은 고마운 마음을 다시 한 번 전달하기 위해서 전화를 건 것이 그와의 마지막 대화였다. 나다닐 기운이 없다는 그의 하소연을 늙은 이들의 가벼운 우울증 정도로 치부해 버린 나를 유치한 객기로 웃어 넘긴

그는 "해사 시는 열정적이라……" 서정은 열정적이어야 한다는 투로 말끝을 흐렸다.

그는 점잖은 퇴임 대학교수였지만 장년 한때는 열정적인 소극장 운영자여서 내가 한창 연극평론에 빠져 있을 때 평론가와 연극인 관계가 서먹했던 통로를 한 꿈 많은 소녀의 순정이 불통을 해소해 주었고 그 계기로 우리는 만날 때마다 그 소녀의 문안을 물으며 서로의 늙은 로맨티시즘을 쑥스러워하는 사이였다. 내가 공연평론가로 직설적이라면 그는 여자대학 국문학과 교수다운 부드러움 때문에 나의 직정적 직설의 화살을 무디게 하는 서정의 힘을 터득하고 있었는지도 모른다.

그런 인품으로 그는 나의 유일한 시우로 남고 내 세계 안에 부재의 검은 공동(空洞)으로 남게 되었다.

헐리지 않는 것이 없는데

60년 전의 시를 찾던 3인 통신

— 초우재와 염 부장

    지금은 기억하는 사람들도 없어졌겠지만 6·25전쟁이 끝나고 폐허의 강토, 진주 남강을 끼고 어떻게 예술제 백일장이 벌어질 수 있었던지. 까마득한 1950년대 초, 진주 개천예술제를 주재했던 설창수 선생의 이름만은 잊을 수가 없다.

    예술제의 하이라이트인 시 부문 백일장에서 장원을 했던 전 동국대 국문과 이형기 교수라든지 시인 송영택에 이어 마산고 2학년이었던 내가 「폐허에 서서」로 장원이 되었다.

    그리고 그 일은 그 가물가물한 그 시를 다시 찾아 나서기까지 잊혀진 하나의 에피소드가 되어 버렸다. 시를 찾아내면 나의 시집을 한 권 묶어 내자는 것이 우리들 퇴직 문인 모임이었던 초우재와 염 부장 앞에서의 내 다짐이었다.

    그렇게 낯가림이 심하던 김창진 교수가 염기용 『조선일보』 출판부장과 친교가 있었다는 사실은 전혀 뜻밖이었다. 염 부장은 나의 고교 후배로 『조선일보』 출판부를 통해 나의 문화시론집 등 몇 권의 책을 편집해 주었다. 나는 전혀 문인 기질이 아니어서 그가 서울에 올라와 있는 마산 출신 문인들의 언론 쪽 창구였다는 사실을 전혀 모른 채 편집자로서의 그를 사귀었던 것인데 우리 모두가 정년퇴임을 하고 난 다음에서야 서로가 서로를 알 만하다는 까닭으로 우리 셋은 한 달에 한 번 점심 회식 멤버가 되었다.

초우재와 염 부장은 대학 시절 같은 하숙집 밥을 먹던 식구들이었다가 세상살이에 휘둘려 알은체도 못 하다가 노후에 느린 걸음마로 다시 만난 셈이었는데 우연히 그 사이에 내가 끼어든 것이다. 그 '우연'이 늙은 문학론, 시론(詩論)에 이르고 급기야 젊은 날 시인 아니었던 사람 없다는 식으로 한때 시 써 본 경험들을 시집 발간으로 실현에 이르게 하려는 늙은 열의에 이르러 언제인가 젊은 날의 진주 개천예술제와 「폐허에 서서」가 화제에 올랐다. 그리고 나의 시집 출판을 우리 3인방에서 밀어주기로 농담 반 진담 반으로 확약하였다. 나의 아득한 장원급제 시는 나 자신도 망각하고 지낸 터라 그 시를 발굴하면 시집 발간에 도전하겠노라고 장난 삼아 약속했다.

계기가 있어야 작업이 진척되는 것이 세상 이치라서, 개천예술제를 주관했던 진주예총에 자료들이 남아 있는지 몇 번 타진해 본 이력이 있는 나는 그런 자료들이 남아 있지 않다는 사실을 두 사람에게 털어놓았지만, 무슨 믿는 구석이 있는지 염 부장은 자신만만했고 초우재는 그를 부추겼다.

다음은 내 블로그에 남아 있는 2009년 3월 8일자 염 부장 보고다.

선배님의 개천예술제 시 장원상 수상 작품을 찾아내는 일을 사나흘 동안 서울에서 수소문했습니다마는 그 원고를 현지 진주 바닥에서 찾아낸다는

헐리지 않는 것이 없는데

것은 불가능하다는 것으로 잠정 결론이 났습니다. 진주의『경남일보』현 문화부 K기자에게 물었더니 보관지 중에서 1953년 이전 신문들은 남은 것이 거의 없는 상태니 진주예총에 물어볼 수밖에 없다는 것인데 예총의 개천예술제 40년사를 뒤져 보아도 입상 작품이 게재되어 있지 않아 제3회 장원시 수상작 텍스트를 찾는 길은 막연하다는 것입니다. 개천예술제 행사 계승을 맡고 있는 진주문화예술재단의 S사무차장에게 물어보았더니『개천예술제 60년사』편찬을 맡고 있는 경상대 K명예교수에게『영문(嶺文)』이라는 문예지 보관지 열람이 가능한지 물어보라는 단계까지 와 있습니다. 남은 과제는 지금『경남일보』에 연재 중인 K교수의「개천예술제와 설창수」란에『영문』문예지 1953년 개천예술제 장원 수상작 작품 전재가 되어 있느냐 아니냐에 달렸습니다.

　장원시 찾기는 그로써 중단되었다. 염 부장이 언론계 출신이라 그래도 지방지 문화부 동료들을 추달해서 그만큼 알아낸 것만 해도 놀라운데 문예지『영문』에 1953년 장원 수상작 게재는 없었다는 결론이 나면서 나의 시집 발간 계획은 없었던 일로 끝나는 듯했다. 나는 전임 수상자들인 이형기, 송영택에게 직접 통화해서 수소문해 봤고 초우재는 자기 일인 양 안절부절못했다. 그리고 몇 년 지나서 기적 같은 일이 일어났다.

　20년 넘게 살아온 평창동 내 서재에는 서울 자취 생활과 정릉 살림살이가 그대로 방 한구석에 남아 있었고 이제 그 풀지 못한 묵은 잡지와 헌 원고들, 노트 뭉치들을 미련 없이 버릴 참이었다. 거기서 발견된 변색된 낡은 노트에는「폐허에 서서」의 내 육필이 어리고 유치한 문학청년의 손버릇 그대로 복사되어 있었다. 64년 전의 유치한 필체로 남아 있던 진주 개천예술제의 백일장 현장이 그대로 재현되어 떠올랐다.

　약속이 그렇게 결실을 맺어 우리 셋은 월례 회식날 축하주 한잔 들고, 나는 급기야 그동안 숨겨 두었던 작품들의 먼지를 털어 가제본 시집 원본을 들고 전문가로서의 초우재, 염기용 사형(詞兄)들께 읽어 보고 가필과

첨삭을 부탁하였다

2011년 8월 19일자 염 부장의 「사반세기 만에 다시 부른 노래」의 후미
는 무슨 뜻인지 읽어 낼 수 없을 만큼 그가 더 흥분해 있었다.

> 1952년 10월에 써 낸 그 자리에서 월계관을 받아 쓴 그 초고를 반세기가
> 지나서 품안에 다시 안아들인 셈 아닙니까. 그 카피 한 벌을 찾아내려고 얼
> 마나 애를 태우셨는데 아무 보탬을 드리지 못한 채 멍청하게 서 있기만 했
> 던 게으른 후배 녀석은 드디어 그 원고를 찾았다는 쾌거 소식을 들은 순간
> 할 말을 잊고 한동안 멍해 있었습니다. 잃어버린다는 것은 찾음이라는 새
> 만남을 낳는 진통의 신호탄이란 것을 이번에 배운 것입니다. [……] 초우재
> 김 선생이랑 나란히 명동을 걸어가다가 어디 앉아 다리 쉬임이라도 하게
> 되는 날을 기다리고 있겠습니다.

심혈관 시술 이후 신장을 다친 염 부장은 걷기가 불편했다. 그래도 그
와 초우재는 나의 시집 『서정무가』가 나올 때까지 동무 삼아 출판사 편집
부를 돌아보기도 하며 3인 통신을 이어 갔다.

그것이 우리 셋의 살아 있는 행적이었다

문집(文集)의 불능

── 카톡 통신과 사신망(私信網)

　몇 사람이 서로의 메일을 주고받는 형식은 20년 전만 해도 상상할 수가 없었다. 통신이 하루가 다르게 발전하면서 몇 사람씩, 그룹별로 호흡을 맞춰 즉각적으로 메일을 보내거나 받을 수 있게 되었다. 이런 편리가 좋다, 나쁘다는 뜻이 아니라 전파로 주고받던 가까운 사람들이 떠나고 나면 편지 서찰로 남는 것이 아닌 한 우주의 어느 공간에서 바르르 떨고 있게 될 전파 편지가 가엾다.

　편지는 사신으로 남는다. 그러나 카톡 통신은 지우고 나면 흔적이 없다.

　연인들끼리라면 2인 통신이고 여러 회중(會衆)에 보내면 SNS 형식이라서 어쩌면 두 사람이 주고받는 은밀한 사신 형식도 이제는 사라져 가는 것 아닌가 싶다.

　대학 시절 신생숙이라는 숙(塾) 생활을 해서 3기 20여 명이 동지 의식으로 친하게 지냈는데 나이 들며 차츰 친소(親疎) 관계가 드러나서 결국 '끼리끼리' 만나게 되자 통신을 통해 가까운 L과 O 해서 셋이 '3인 통신'을 시작했다. 다 쏟아내 놓기 힘든 가까운 친구 욕도 더러 하며 자기 철학도 논하고 다른 사람들 들을까 봐 쉬쉬하면서 로맨스도 풀어 놓기에는 카톡만큼 가벼운 것도 없다. 허긴 두 사람의 연애편지도 카톡의 일종이다. 그러나 편지는 남아서 문집으로, 서한집으로 묶여서 세월이 지나 기록이 된다. 그러나 3인 통신은 문집이나 서한집이 될 수가 없다.

내 경험에 의하면 우리 3인 통신은 '살아서'는 기능했다. 그 말은 우리 셋이 살아서 호들갑을 떨고 있을 때는 지우며 보태며 스트레스를 푸는 구실을 했다는 것이다. 그러다가 한 놈이 떠나고 두 번째가 가고 나자 내 메일은 공중에 매달린 거미줄처럼 아무 기능도 못 하는 무위(無爲)의 도구로 전락하고 말았다. 남이 읽어 주지 않는 나 혼자의 카톡은 무의미하다는 걸 3인 통신의 두 주역이 떠나고 나서야 절실히 깨닫게 되었는데 두 번째 3인 통신—초우재와 염 부장과 나의 통신—도 그들이 떠나자 바로 와해될 수밖에 없는 운명이었다. 3인 통신은 둘이 떠나고 혼자 남으면 통신의 무위가 백일하에 드러난다. 혼자서는 아무것도 할 수가 없는 것이다. 지워 버린 메일은 메꾸어 들일 문자가 없다. 그래서 문집이 이루어질 수가 없다. 이른바 문집의 불능(不能) 시대가 코앞에 다가와 있는 것이다.

최근에 창극단의 〈오르페오전(傳)〉을 보았다. 그리스 오르페우스 신화를 판소리로 각색한 것인데 그러다 보니까 한국식 이름으로 〈오르페오전〉으로 명명한 이 판소리 오페라는 이승과 저승의 경계, 삶과 죽음의 경계를 밟는 신화적 명제를 실과 연, 연과 얼레실의 관계, 말하자면 인연의 실타래로 번안한 것이었다.

융복합적 통합예술을 지향하는 최근 문화예술 경향으로 봐서 판소리 오페라라고 해서 탄생하지 말라는 법이 없겠지만 주고받는 카톡 통신의 다른 주체가 사라지거나 없어지거나 죽게 되더라도 문집이 가능한, 인연의 질긴 생명줄이 이어지는, 그런 이승과 저승 사이의 교량을 생각하게 된다.

금강초롱

내가 졌다고
꽃이여
그리
오송송하지 말라
금강초롱의 저 낯설음
이제
눈익은 건 아무것도 없다
오, 다시 시작해야 하는가
세상의
저 낯설음

주종연

■ 춘란으로 고향에 다시 태어나소서

춘란으로 고향에 다시 태어나소서

― 삼가 남정 형 영전에

나 오늘

먼 길 떠나는

남정(南汀) 형 영전에

꽃등을 피우리.

눈 속의 얼레지

수줍음 띤 은방울꽃

만주 바람꽃

광목 소복 입은 초롱꽃

털복술이 할미꽃

줄줄이 잔대

매화노루발

그리고 저 찬란한 금강초롱

모두가 갸웃이 고개 숙여 조등(弔燈) 밝혔는데

형은 영정 속에서 그저 허허로이 웃고만 있군요.

만나고 헤어짐이 그리고 이승에서의 인연이란 별것 아니라는 듯.

그동안 수없이 품어 온 가슴속 답답함과 아픔의 신음 소리 허공에 사라지듯 시방 영전엔 적요만 감도는군요.

내가 졌다고
꽃이여
그리
오송송하지 말라
금강초롱의 저 낯설음
이제
눈익은 건 아무것도 없다
오, 다시 시작해야 하는가
세상의
저 낯설음

저 불가사의하게도 완벽한 자연의 조형물, 숭고한 아름다움 앞에 굳이 "낯설음"이란 반어적 표현을 일삼음은 찬란함 그 너머에서 어른거리는 무색무명의 피안의 그림자를 형은 이미 꿰뚫어 보았음일까.

그동안 세상의 그 누구도 해내지 못했던 천 수가 넘는 꽃노래, 팔십수(八十壽)라는 노경에 접어들면서 더욱 왕성하게 줄기차게 읊어 대던 꽃노래는 삶의 구경(究竟)을 꿰뚫어 본 혜안의 산물일까.

꽃 같은
죽음
죽음 같은
꽃
세상에

이런 등식이
있는가
상여는
보이질 않고
금강초롱의
장의 행렬
그 등렬(燈列)에
꽃이 진다
슬픔이 진다

—「금강초롱」 전문

형은 분명 꽃을 통해 오늘을 예견하였구려.

상여 없이 쓸쓸한 장의 행렬을, 형이 어렸을 적에 노닐던 낙동강 하구 무성한 갈대 잎이 서걱대는 뚝방길을 강바람에 나부끼는 만장(挽章)도 없이 만가(挽歌)도 하나 없이 피안으로 떠나는 소리 없는 당신의 장의 행렬을.

그러나 남정 형!

고향을 떠난 후 오랫동안 형이 기거하던 연희동 골짜기 큰 서당 안, 허허로이 웃고 있는 당신의 영정 앞에 시방 우리 숙맥들이 모여 향불을 피워 연기처럼 향내처럼 허공으로 길 떠나는 형을 바랍니다.

향천(向川), 우계(友溪), 소전(素田), 모산(茅山),

동야(東野), 백초(白初), 광수(光秀), 북촌(北村)

다들 제각기 다른 형과의 인연을 생각하며 극락왕생의 소원을 나직이 읊조립니다.

그동안 덩그러니 이름만 있다가 형이 그 존재의 의미를 밝혀 준 어여쁜 따님들,

엘레지, 은방울꽃, 바람꽃, 매화노루발,
초롱꽃, 할미꽃, 잔대, 금강초롱.
다들 머리 풀고 고개 숙인 채 초롱불 들어 저승길 밝힙니다.

돌이켜 보면 나와 형과의 첫 만남은 어느 늦가을 오후 신촌역 플랫폼에 서였지요.

사실 그날까지 우리는 대학의 선후배로 서로를 알고 있었지만 처음 상면하는 날이었지요.

언제인가 형이 나에게 보내 준 시집 『그대, 우리 자유로울 수 있는가』를 받은 답례로 졸저 『아버지의 음성』을 보내 드렸더니 내가 살고 있는 일산에서 기차 타고 오면 신촌역에서 만날 수 있다고 하였지요.

서로가 얼굴 모르는 사이었지만 매우 흥미로운 극적 만남이라 생각하며 과꽃, 백일홍 그리고 코스모스가 하늘거리는 몇 개의 시골 간이역을 지나 신촌역에 당도한 그날 기억이 새삼스럽습니다.

기차에서 내려 역사(驛舍) 쪽으로 쭈뼛쭈뼛 걸어가는데 거기 플랫폼 한가운데 카키색 파카를 입은 한 키 큰 신사가 나를 향해 미소 지으며 서 있지 않는가요.

기차역은 어느 쪽에 붙어 있는지 어리둥절할 정도로 무슨 쇼핑몰을 방불케 하는 요새와는 달리, 경의선 단선 철길이 직선으로 아스라이 깔려 있는 옛 그대로의 아담한 시골 역사, 조그만 꽃밭에는 코스모스가 가을바람에 서로 얼굴을 부벼대는 거기 시골 역 플랫폼에서 우리는 십년지기처

헐리지 않는 것이 없는데

럼 웃으며 손을 마주 잡았지요.

형의 안내로 신촌의 좁은 골목길을 거쳐 창 넓은 이층 방 커피숍으로 들어갔지요.

남미의 어느 조그만 나라 이름으로 불리는 찻집은 온통 커피향으로 가득했고 카운터 옆 벽쪽으로는 Amapola라는 상표가 크게 인쇄된 원두 마대가 쌓여 있는 것이 무척 인상적이었습니다. 형은 그곳을 자주 찾는다 했고 그리고 형의 주문에 따라 그 맛과 향이 그윽한 커피 아마폴라를 처음으로 마셔 봤지요.

형은 결코 스스로를 내세우지는 않았지만 젊어서 한때 실험극장을 운영할 정도로 연극을 사랑했고, 바그너 음악에 탐닉했고, 문학에서는 산문보다 시 쪽에 한결 기울어져 있음이 감지되었습니다.

그날 형과의 첫 만남에서 느껴진 마음의 푸근함, 나의 글을 통해서 북방 정서를 비로소 알게 되었다는 칭찬의 말과, 홀 가득히 커피향이 짙게 밴 이국적인 찻집 분위기, 그리고 무엇보다 저 라틴계 가요에 자주 등장하는 아마폴라라는 어사(語辭)가 불러일으키는 묘한 기분으로 내가 사이비 시인이 되어 즉흥적으로 한 수 읊어 댔지요.

오늘처럼
마음속 허전한 날은
아마폴라를 찾아갈거나

그것이
알싸한 양귀비꽃이라도
지중해 바람에 머리칼 나부끼던
슬픈 얼굴의 여인이라도

커피향 은은한 찻집이라도
아니면 이들 모두의 이름이라도 좋다

어차피 삶이란
잠시 머물다 향기처럼
흔적 없이 사라지는 것

오늘처럼
마음속 허전한 오후엔
아마폴라를 찾아갈거나

　

입가에 잔잔한 미소 띠며 내내 속삭이듯 조용조용 이야기하던 형이 갑자기 파안대소하며 찻집이 가득 울리도록 큰 소리로 "브라보!"를 외쳐댔지요.

사실 아마폴라는 서양에서는 양귀비꽃을 일컫기도 하고 지중해 연안 라틴계에서는 여자들의 이름으로 불리는 것으로만 알고 있었던 나로서는 그것이 그윽하고도 은은한 향기를 머금은 원두커피의 이름이기도 한 것을 알고 짐짓 너스레를 떤 것이 아니었겠습니까.

형은 그때 이미 커피에 관한 한 상당한 경지에 도달한 에피큐리언임을 알게 된 셈이지요.

　

그 후 우리는 모두가 고희를 넘긴 나이에 결성된 수필 동호인 모임인 '숙맥'에서 한 해에 서너 차례 만나 담소를 나누는 사이가 되었지요.

그날 신촌역에서의 첫 만남이 매우 인상적이었던지 형은 언제나 품이 넓은 카키색 파카만을 즐겨 입는 것으로 기억됩니다. 다소 길었던 머리카락은 차츰 뒤켠으로 모여지더니 언제부터인가 형은 머리 꼭뒤가 아니라

헐리지 않는 것이 없는데

뒤통수에 상투를 튼 형국으로, 그리고 팔십 줄에 접어들면서 다소 다리가 불편한 탓에서인지 지팡이를 짚고 우리들이 모이는 장소인 인사동 거리에 나타났음을 즐겁게 추억합니다.

이미 상당한 경지에 도달한 저 야생화 촬영가—이상옥, 이익섭, 김명렬 교수 등이 수시로 꽃 사진을 메기면 팔십 전후인 나이인데도 형은 지체 없이 시로 화답하여 그것이 훗날 두 권의 시집으로 상재되어 주변을 놀라게 한 사건을 우리 모두 지켜보았습니다.

그리하여 우리 시대 강단비평가로도 이름 높은 두 교수가 "서술을 짧게 할수록 이미지의 선명성을 극대화시킨, 하이쿠보다 짧으면서도 시적 효과를 성취한(김명렬) 타고난 시인(이상옥)"으로 형에게 칭찬을 아끼지 않았음을 우리는 역력히 기억합니다.

작년 늦봄엔가 초여름엔가 형은 나에게 꽃화분을 하나 보내 주었습니다. 모 수필문학사로부터 가당치 않게 내가 상을 받게 된 것을 축하하기 위함에서였습니다.

우아하게 뻗어 나간 푸른 잎사귀는 노란 금줄이 가생이에 둘러싸여 선명하고 흡사 갓 까 낸 완두콩같이 물기를 머금은 노란 연두색 꽃이 수줍게 피어난 춘란이었지요.

금년에도 어김없이 우리집에 들어온 계절을 알리려는 듯 꼭 같은 모습 그대로 꽃을 피웠습니다. 늦게나마 베풀어 준 후의에 감사도 드릴 겸 그리고 무엇보다 오랫동안 기승을 부린 늦더위에 건강이 별로 좋지 않다는 소문도 들었기에 겸사겸사 형에게 죽선(竹扇)을 하나 보내 드렸지요.

안개 자욱한 깊은 산속인가, 구름 속에선가 옥색 두루마기를 걸친 한 사내가 서서 지그시 눈을 감고 퉁소를 부는 그림이 곁들인 접이식 부채 귀퉁이 여백에 형의 팔십오수(八十五壽)를 기린다는 글귀를 적어 놓았지요. 그러나 형은 끝내 부채를 펼쳐 보지도 못한 채 유명을 달리했다고 합니다. 그러나 눈으로 그 그림을 보지는 못하였으나 그윽이 울린 퉁소 소리는 귓속에 담은 채 저승으로 떠난 것으로 나는 믿고 싶습니다.

남정 김창진 형!
형은 이미 꽃으로 환생할 것을 시로 읊었습니다.
고향 땅에서 춘란으로 피어날 것을 다짐했습니다. 해마다 그 계절이 오면 우리 집 춘란에도 꽃이 열려 형을 생각케 하겠지요.
꽁지 튼 머리에 카키색 파카 걸치고 단장을 짚으며 느릿느릿 슬로 시티가 아닌 슬로 스트리트인 인사동 거리를 거닐던 모습 말입니다.
꽃으로 환생할 것을 예견한 형의 시를 다시 한 번 입속으로 되뇌며 삼가 명복을 빕니다.

> 나는
> 도시에 나가서
> 핏발을 세우며
> 산자고처럼
> 피었다
> 꽃잎들이 아우성으로
> 피었다
> 방학이 되어
> 꼿꼿이 돌아온다
> 들판에서 바람을 만나면
> 짚단처럼 딩굴었다
> 낯선 내가 양지쪽에서

헐리지 않는 것이 없는데

졸다가 눈을 떴더니
꽃은
춘란으로 돌아와
있었다
저건 춤의
사위냐
저 태몽의 물결
나는
고향으로 돌아와 피었다

—「산자고 그리고 춘란」 전문

자주조희풀

그대의
성장(盛裝)이
날
물들게 한다
장독대에
두고 온
다알리아의
그 보랏빛
오늘은
자주조희풀
네가
날
물들게 한다

정재서

- 제로섬 게임을 넘어서
- 이 시대의 회재불우(懷才不遇)
- 고왕금래(古往今來) 연편(連篇)

제로섬 게임을 넘어서

당나라의 천재 시인 왕발(王勃)의 「등왕각서(滕王閣序)」를 보면 "인물은 뛰어나고 땅은 신령스럽네(人傑地靈)"라는 구절이 나온다. 풍수에서는 이 말을 "뛰어난 인물이 영기(靈氣) 있는 땅에서 나온다"라고 해석하기도 한다. 우리나라에는 땅과 인물에 관련된 흥미 있는 설화들이 많은데 그중에서 이른바 '절맥(絶脈)' 설화는 상당한 정치적 뉘앙스를 풍긴다. 실학자인 이중환(李重煥)은 그의 『택리지(擇里志)』에서 팔도 곳곳의 지세와 물산, 인문을 논하면서 결국 조선은 천 리 되는 들과 만 리 되는 강이 없으니 천하를 경영할 큰 인물이 나지 않는다고 단정하였다. 약소국이 될 수밖에 없는 조선의 처지를 환경 결정론적으로 시인한 셈이다. 이러한 인식과 표리를 이루는 것이 절맥 설화이다. 야담에 의하면 고구려 보장왕 때 당나라로부터 도사들이 들어와 명산대천의 영기를 누르고 동명성왕이 승천했다는 조천석(朝天石)을 깨뜨렸다고 한다. 이어서 고려 말엽에 서사호(徐師昊)라는 명나라 사람이 들어와 천자의 기운이 있는 땅에 말뚝을 박아 봉인했다던가, 임진왜란 때 구원병을 이끌고 들어온 장군 이여송(李如松) 휘하의 도사가 역시 비슷한 행위를 했다는 설화 등이 전승되고 있다.

　강력한 외세에 대한 두려움과 피해의식에서 비롯되었을 절맥 설화는 내부적으로는 미래의 라이벌의 출현을 견제하고 사전에 방지하려는 이른바 '아기장수'형 설화와 또 다른 표리 관계를 이룬다. 아기장수 우투리가 날개를 달고 모반하려다 사소한 실수 때문에 죽고 말았다던가, 장사가 태어나면 큰 역적이 된다고 하여 땅을 봉인하거나 아이를 죽였다던가 하는 설화들이 그것이다. 김동리는 「황토기(黃土記)」에서 이러한 유형의 설화를 잘 수용하여 비범한 인물의 허망한 삶을 표현한 바 있다.

　문제는 면면히 전승되어 온 설화는 단순히 이야기에 그치지 않고 한 사회의 고유한 성향 혹은 내면화된 어떤 구조를 반영하고 있다는 점이다. 우리의 역사 현실에서 자주 보이는, 상대방에 대해 일말의 여지를 남기지 않는 가혹한 견제, 뛰어난 인물에 대한 유별난 질시와 배척 등의 현상은 혹시 이러한 설화 유형과 모종의 관련성이 있는 것은 아닐까? 조선 전기에 사화(士禍)로 표출되었던 훈구파의 사림파에 대한 몇 차례에 걸친 공격, 후기의 사색(四色) 당파 간의 각축 양상을 살펴보면 양자가 결코 공존할 수 없고 둘 중의 하나는 완전히 타격을 입어야 싸움이 종식되는 구조를 띠고 있는데 이러한 구조는 이중환이 지적한 대로 천 리의 들과 만 리의 강이 없는 좁은 땅덩어리가 안고 있는 숙명적인 조건에서 기인하는지도 모른다. 요컨대 상대를 용납할 여유가 없는 조건에서는 모든 것을 잃게 되거나 얻게 되는 제로섬(zero-sum) 게임의 상황이 벌어지기 쉽다. 훈구파와 사림파의 투쟁을 경제적인 측면에서 볼 때 토지는 한정되어 있는데 사림파가 부상하자 나눠 줄 토지도 없는 상황에서 기득권에 위협을 느낀 훈구파가 사림파를 박멸하고자 했던 것으로 생각해 보면 쉽게 이해가 된다. 이러한 구조는 사회 각 분야로 확대된다. 어느 분야든지 판이 작으므

헐리지 않는 것이 없는데

로 남을 용납하여 함께 윈-윈할 형편이 되지 못한다. 아니 남을 용납하면 내가 모든 것을 내놓아야 하는 극단의 처지를 각오해야 한다. 그러므로 누군가 두각을 나타내면 결코 그를 인정하지 않고 끌어내리려는 풍토가 지배적이다. 인정하면 모든 것을 잃게 된다는 생존에 대한 두려움 때문이다. 이로 인해 뛰어난 인물에 대한 시기와 참소가 성행했고 수많은 사람이 뜻을 펴지 못한 채 초야에 묻혀 평생을 우울하게 보냈다.

모든 분야가 넓고 다변화된 오늘의 한국 사회에 이르러서도 이러한 타성이 불식되었다고 말하기 어렵다. 중소기업이나 골목 상권이 맡고 있는 업종마저 가로채거나 벤처 기업의 설 자리마저 없게 만들어 버리는 대기업의 독식 본능, 하청업체나 대리점 등에 가해지는 갑의 을에 대한 부당하고 무자비한 요구, 강한 자는 갈수록 강해지고 약한 자는 끝없이 약해지는 악순환의 고리 등 여전히 우리 사회 도처에는 제로섬 게임의 생존 논리가 미만(彌漫)해 있다. 어떻게 과거의 악습을 극복하고 윈-윈의 생태적 공존으로 나아갈 수 있을 것인가?

(2013. 10. 7)

이 시대의 회재불우(懷才不遇)

　　가왕(歌王) 조용필의 〈킬리만자로의 표범〉이라는 노래는 곡도 곡이려니와 그 특이한 노랫말과 웅심(雄深)한 의미로 인해 세인의 사랑을 받았다. 나름대로 분투했지만 소외된 삶을 살고 있는 한 인간의 비분강개한 심정을 만년설이 쌓인 킬리만자로 산의 기슭까지 올라갔다가 죽은 표범으로 형상화한 이 노래는 자신의 삶이 불행하다고 느끼는 수많은 사람들의 심금을 울렸다. 특히 다음 구절은 더 그러하다.

> 야망에 찬 도시의 그 불빛 어디에도 나는 없다.
> 이 큰 도시의 복판에 이렇듯 철저히 혼자 버려진들 무슨 상관이랴.
> 나보다 더 불행하게 살다 간 고호란 사나이도 있었는데.

　　이 구절에서 사람들은 재주와 능력을 지녔는데도 때를 만나지 못해 불행한 삶을 산 역사상 수많은 사람들의 존재에 동병상련(同病相憐)하며 그나마 위안을 받는다. 회재불우(懷才不遇)! 그렇다. 재능을 품었으나 때를 만나지 못해 불행한 삶을 보낸 경우는 동서양 모두에 있었겠으나 특히 과거(科擧)가 유일한 출세의 수단이었던 근대 이전 중국과 한국에서 그것은 지식 계층의 보편적 콤플렉스였다. 몇 년에 한 번, 그것도 수십 명밖에 뽑지 않는 과거 시험에 합격하기란 하늘의 별 따기여서 대부분의 운 나쁜 낙방거사(落榜擧士)는 회한(悔恨)에 찬 삶을 보내야 했으며 급제했더라도 임금이나 권력자의 눈에 들지 못해 평생을 하급 관리로 보낸 사람도 부지기수였다. 신분이 양반이 아니라서, 남성이 아니라서 아예 과거에 응시할 기회조차 갖지 못한 뛰어난 평민, 여성까지 포함한다면 회재불우 콤플렉스는 동아시아에서 오이디푸스 콤플렉스 만큼이나 보편적이었다고 말할 수 있을 정도이다.

중국의 당나라 때에는 모든 문학 장르 중에서 시가 특히 번성하여 시의 황금시대라고 불리는데 훌륭한 시인 중에 낙방거사가 많은 것은 흥미로운 일이다. "시는 궁핍한 이후에야 좋아진다(詩窮而後工)"라는 말은 이래서 나왔다. "예술가는 가난해야 한다"는 속설과 일맥상통한다. 시성(詩聖)이라고 기림을 받는 두보(杜甫)는 과거에 급제하지 못하고 일생을 미관말직(微官末職)으로 곤궁하게 살았는데 그의 시 전반에 깔려 있는 처량한 정조는 분명 회재불우의 심정과 관련 있을 것이다. 낙방해서 불행하기 그지없는 삶 속에서 나온 그의 시가 후대에 시가문학의 정전(正典)이 되어 부귀영화의 지름길인 과거 시험의 교과서가 된 것은 아이러니 중의 아이러니가 아닐 수 없다. 장안에 눈이 내리면 술병을 차고 종남산(終南山)으로 매화를 찾으러 들어갔다는 고사로 유명한, 그래서 '답설심매(踏雪尋梅)'라는, 산수화의 한 주제가 되어 버린 자연파 시인의 거두 맹호연(孟浩然)도 회재불우를 한탄한 곤궁한 선비였다. 낙방거사인 그가 당시의 재상에게 올린, 벼슬을 애원하는 시는 보기 민망할 정도이다. 이들보다 대선배로서 동진(東晉)의 위대한 전원시인 도연명(陶淵明)도 회재불우 콤플렉스를 비껴 갈 수는 없었다. 이 시기에 과거제는 아직 시행되지 않았으나 군벌과 문벌이 관직을 독점하는 시대에 살았던 도연명은 처음에는 강렬한 정치 참여의 욕망을 지녔으나 현실적으로 그것이 좌절되자 자의 반, 타의 반으로 「귀거래사(歸去來辭)」를 읊었다고 보는 시각도 만만치 않다. 사실 동아시아에서 대부분의 은거 생활이 출세를 위한 일보 후퇴, 준비 기간이라는 것은 잘 알려진 사실이다. 한국에서 회재불우의 대표적 인물은 신라 말기의 천재 최치원(崔致遠)이다. 중국에서 과거에 급제하고 국제적으로 문명(文名)을 날렸으나 귀국해서는 6두품 출신이라는 신분상의 한계 때문에 쇠망한 조국을 되살려 보려는 포부를 펼치지 못한 그의 통한은 "가을바람 속에 쓸쓸히 읊조리나니, 세상에는 날 알아주는 이 드무네(秋風惟苦吟, 世路少知音)"라는 그의 시구에서 진하게 묻어난다.

바야흐로 인문학의 시대라고 해서 세간에는 무수한 명사 강좌가 개설되고 관련 서적의 출판이 봇물처럼 이어지고 있다. 스티브 잡스가 애플의 경영 철학에 휴머니티와 인문학을 더할 것을 강조한 이후 기업을 중심으로 일어난 인문학 열풍이 사회 각계각층으로 확산되고 있는 것이다. 잡스의 탁견은 알아주어야 하고 인간의 얼굴을 한 경제, 경영을 위해서도 인문학의 도래는 분명 환영할 만한 일이다. 다만 인문학의 봄은 왔으되 봄같지 않게 여전히 추운 겨울인 곳은 정작 인문학의 본산인 대학이다. 문학, 역사, 철학을 전공하고 어렵사리 학위를 취득한 수많은 인문학 박사들이 생계 때문에 오늘도 이 대학, 저 대학으로 유리표박(流離漂泊)하는 이 현실, 이 아이러니를 어이해야 할까? 인문학 대학 강사들이야말로 이 시대 회재불우의 표본이 아닐 수 없다.

(2013. 11. 11)

헐리지 않는 것이 없는데

고왕금래(古往今來) 연편(連篇)

보학(譜學)에서 정체성을 보다

"한국 문화는 중국 문화와 너무 닮았다. 일본 문화는 확 다른 것 같은데." 이렇게 말하는 외국인들이 많다. 오죽하면 라이샤워(E. O. Reischauer) 등이 『동양문화사』 초판에서 한국 문화를 '중국의 복사판'이라고 했을까? 그런데도 동화되지 않고 살아남은 것을 두고 그들은 언어의 장벽 때문일 것으로 생각했다. 과연 그것만일까? 그렇다면 한민족보다 훨씬 강성했던, 같은 알타이어계 종족인 선비족, 만주족 등이 거의 흔적도 없이 사라진 것은 어떻게 설명해야 하나? 비슷한데도 동화되지 않는 것, 이것이 한국 문화 정체성의 핵심이다. 한국은 타자의 문화를 자기화하는 데에 뛰어났다. 요즘 탈식민주의 용어로 전유(專有, appropriation)라는 문화적 전략을 잘 수행했던 것이다.

혈연 의식이 유난했던 한국에서는 일찍부터 가문의 계보학 즉 보학(譜學)이 발달했다. 이 보학 속에는 우리의 언어, 문화가 녹아 있다. 그 사례들을 살펴보자. 고려 때에 충주 지씨(池氏) 형제가 있었는데 동생이 분파

하여 창씨를 했다. 그는 근본을 잊지 않는다는 뜻에서 성을 어씨(魚氏)로 했다. 그래서 사람들은 비슷한 것을 두고 "어씨와 지씨 사이 같다"고 하여 "어지간하다"라는 말이 생겼다. 충주 지씨와 어씨는 지금도 서로 혼인하지 않는다. 다시 한 가지. 조선 세조 때의 재상 이인손(李仁孫, 1395~1463)은 본관이 광주(廣州)로 이극배(李克培), 이극균(李克均), 이극돈(李克墩) 등 극 자 항렬의 여덟 아들을 두었다. 그런데 이들이 모두 과거에 급제하고 조정의 요직을 독차지할 정도로 성세(聲勢)가 대단했다. 당시의 이 집안을 두고 '광리건곤, 팔극조정(廣李乾坤, 八克朝廷)' 즉 "광주 이씨의 천하요, 여덟 명 극 자 형제의 조정이다"라는 숙어가 생겼다. 한문 숙어를 전고(典故)라고 하는데 이러한 전고를 중국의 학자는 이해할 수 없을 것이다.

조선 시대의 당쟁도 한국의 고유한 전고가 발생하는 여건을 조성했다. 선조 때에 동인인 정여립(鄭汝立)의 역모 사건을 다룬 기축옥사(己丑獄事)는 무고하게 연루된 사람이 많고 혹독한 심문으로 악명이 높았다. 이때 옥사를 주관한 사람이 시인으로 유명한 송강(松江) 정철(鄭澈)이다. 동인의 명사였던 이발(李潑), 이길(李洁) 형제는 정여립과 친분이 있다는 이유로 그들은 물론 팔십 노모와 어린 손자까지 곤장에 맞아 죽었다. 처참하게 죽은 이발, 이길 형제로부터 '(찢어)발길 놈'이라는 속된 표현이 나왔다. 숙종 때는 노론과 남인이 극단적으로 대립했던 시기였다. 남인 중에는 사천 목씨(睦氏), 나주 정씨(丁氏), 진주 강씨(姜氏)가 강경파로 노론을 괴롭혔는데 노론 진영에서 이들을 증오하여 뒤에서 자기네끼리 "목정강이를 부러뜨리자"고 다짐하였다. 모두 치열했던 당쟁의 표현들이다.

어지간(魚池間), 광리건곤(廣李乾坤), 발길(潑洁), 목정강(睦丁姜) 등 보학에서 유래한 전고들을 보면 천자문이 중국에서 들어오고 우리가 한문을 학습한 것이 분명하지만 이미 그것은 한국의 고유한 언어, 문화 안에서

헐리지 않는 것이 없는데

온전히 자기화되었음을 알 수 있다. 따라서 한자를 외래어라고 배척하는 일은 마치 불교를 외래 종교라고 한국 문화에서 배제하는 것과 마찬가지이다. 오히려 한자를 통해 우리 문화의 정체성을 확인하고 고양시킬 수 있다. 비슷한 것을 짝퉁으로만 보면 안 된다. 고도의 정체성은 도리어 비슷함 속에 있다.

(2014. 3. 15)

부활하는 인가된 폭력

원시 인류는 처음 세상에 모습을 드러냈을 때 두 가지 폭력에 직면해야만 했다. 한 가지는 홍수, 가뭄, 맹수 등 자연의 폭력이었고 다른 한 가지는 인간과 인간 사이의 폭력이었다. 인류는 자연의 폭력에 대해 그것을 의인화하고 동일시함으로써 견뎌 내고자 했다. 태양신, 비의 신, 우레의 신 등 자연 신화는 이러한 의식의 산물이다.

인간과 인간 사이의 폭력은 법규와 형벌에 의해 절제되었다. 르네 지라르(Rene Girard)가 모든 문화를 폭력의 순화된 형태로 본 것은 이 때문이다. 그러나 예외적으로 허용되는 폭력이 있었다. 가령 함무라비 법전에서의 "눈에는 눈, 이에는 이"로 보복하라는 규정과 같은 동해보복형(同害報復刑)이 그것이다. 인의(仁義)에 입각한 예치(禮治)를 강조하는 유교에서도 용인되는 폭력이 있었다. 『예기(禮記)』「단궁(檀弓)」편을 보면 자하(子夏)가 부모의 원수를 만나면 어떻게 해야 하느냐고 물었을 때 공자는 "저잣거리에서 만날 경우, 무기를 가지러 집에 갈 새 없이 곧바로 덤벼들어 싸울 것(遇諸市朝, 不反兵而鬪)"을 권유한다. 미국의 중국학자 루이스(Mark E. Lewis)는 이러한 폭력을 '인가된 폭력(sanctioned violence)'이라고 불렀다. 고대 동양에서 국가 이외에 일반 백성이 인가된 폭력을 행사할 수 있는 경우는 부모의 원수를 갚는 일 이외에도 의협(義俠) 행위가 있었다. 춘추전국시대에는 중앙집권식의 통치가 이루어지지 않았다. 이 때문에 지방에는 공권력이 미치지 않는 곳이 많았고 당시 유협(遊俠)이라는 일종의 협객들이 사적으로 은원(恩怨) 관계를 해결해 주고 일반 민중의 지지를 얻어 토착 세력을 형성하였다. 유협은 당나라 때까지도 살아남아 「규염객전(虬髯客傳)」이나 「섭은낭(聶隱娘)」 같은 소설 속에서 주인공으로 등장한다. 이들 남녀 협객은 살인을 밥 먹듯 하지만 대의명분을 위해 암약한다. 이러한 유협의 스토리가 후대에 판타지 문학의 형식으로 정착된 것이 바로 무협소설이다. 다시 말해 인가된 폭력에 대한 욕망을 문학 속에서 구현한 것이 무협소설이라고나 할까?

근대 이후 강력한 법치국가의 성립과 더불어 인가된 폭력은 사라진다. 그러나 이에 대한 욕망마저 없어진 것은 아니다. 서양의 경우를 보면, 불후의 명화 〈대부 1〉은 장의사 주인이 강간당한 딸에 대한 복수를 마피아 대부에게 간청하고 대부가 이를 수락하는 장면으로 시작한다. 최근 우리 사회에도 학교 폭력에 시달리는 자녀를 위해 폭력배를 고용하는 학부모가 있는가 하면 자신의 딸에게 성폭력을 가한 것으로 오인된 남학생을 살해한 아버지가 있었다. 어린 의붓딸을 구타하여 참혹하게 숨지게 한 계모에 대해서는 초법적인 극형을 가해야 한다는 여론이 들끓고 있다. 이들의 분노는 부모로서, 인간으로서 당연히 지닌 감정 곧 '상정(常情)'에 근거하고 이 상정은 고대의 인가된 폭력에 대한 욕망을 불러일으키고 있다. 왜 이러한 현상이 일어나고 있는가? 제도에 미비한 점은 없는지 그리고 법과 상정 간의 간극이 적절한지 심각히 성찰해 보아야 할 때이다. 왜냐하면 인가된 폭력도 엄연히 폭력이니만큼 궁극적으로 우리가 지향하는 비폭력

헐리지 않는 것이 없는데

으로의 도상에서 순화되어야 할 대상이기 때문이다.

(2014. 4. 12)

산수화 속의 아이는 과연 행복한가?

산수화 속의 아이는 무심하고 천진하다. 노송 밑에서 바둑을 두는 두 노인 그리고 옆에서 차를 달이느라 부채질을 하는 아이, 혹은 한 선비가 나귀를 탄 채 산속을 향하고 그 곁을 따르는 술병을 든 아이, 우리의 눈에 익숙한 산수화의 여러 구도 속에서 아이는 고매한 그림의 경지를 표현하는 데에 필요한 한 정물로 자리 잡았다. 문학에서도 아이는 동일한 역할을 담당한다. 시조의 종장에 등장하는 "아이야, 운운(云云)"의 후렴구는 그 시의 순박한 정조를 고양시키는 기능을 한다. 이러한 이미지는 아이의 심성에 대한 고대 동양사상가들의 성찰과 관련이 있다. 일찍이 성선설(性善說)을 제창한 맹자는 이렇게 말한다. "훌륭한 사람이란 아이 때의 그 마음을 잃지 않은 사람이다(大人者, 不失其赤子之心者也)."(『맹자(孟子)』「이루(離婁)하(下)」) 사람이 날 때부터 착한 심성을 지녔다는 관점에서 보면 아이야말로 아직 때가 묻지 않은 순수한 본성을 지닌 존재이다. 어른이 되어서도 그런 마음을 잃지 않고 있다면 훌륭한 사람이라고 본 것이다. 유가와 대척점에 있는 도가의 시조 노자 역시 이렇게 말한다. "덕을 두텁게 품은 사람은 아이에 비할 만하다(含德之厚, 比於赤子)."(『도덕경(道德經)』, 제55장) 고대 동양사상가들의 이러한 관념은 영국 시인 워즈워스(W. Wordsworth)가 "아이는 어른의 아버지(The Child is father of the Man)"라고 노래한 생각과 별로 다름이 없어 보인다.

여기서 다시 산수화의 세계로 들어가 보자. 신선 같은 어른들의 고상한 경지를 돋보이게 하는 배경으로서의 아이들은 말을 하지 않는다. 그러나 이들은 필시 불우한 아이들일 것이다. 종의 자식이거나 부모를 일찍 잃고 의지할 데 없는 고아의 신세가 되어 어른들의 시중을 들고 있는 것이다. 그 신선 같은 어른들이 자신의 귀한 자식으로 하여금 무거운 짐을 지게 하여 첩첩산중으로 끌고 들어오진 않았을 것이다. 산수화를 그리거나 감상하는 어른들은 아이에게 그들의 고매한 이상을 투사하지만 이 불우한 아이들의 삶은 그것과는 상관없이 너무나도 힘들었을 것이다. 기묘하지 않은가? 이 엄연한 현실에도 불구하고 그 어느 산수화가도 고단한 표정의 아이를 그리지 않았다는 것은. 고고한 은일(隱逸) 시인 도연명(陶淵明, 365~427)을 그린 〈연명취귀도(淵明醉歸圖)〉 역시 천진한 아이가 국화꽃을 따 들고 취한 시인을 부축하고 있는 모습이다. 다행히 이 위대한 시인은 그림 속 정물이 된 불우한 아이들에 대해 현실에서 깊은 동정을 표했다. 빈궁한 아들의 살림을 돕기 위해 아이 종 한 명을 보내며 도연명은 이러한 편지를 썼다. "이 아이 또한 남의 집 귀한 자식이니 잘 대해 주도록 해라(此亦人子也, 可善遇之)."(『남사(南史)』 「은일전(隱逸傳)」) 노예제가 엄존했고 아동 인권 의식이 박약했던 고대에 이러한 발언은 참으로 경이롭다. 단언컨대, 그의 어떤 훌륭한 시구(詩句)만큼이나 이 한마디는 값지다.

(2014. 4. 19)

달밤의 감수성이 세상을 구한다

이번 추석의 달은 우연하게 유난히 큰 슈퍼문이었다고 한다. 많은 사람들이 모처럼 큰 달을 완상하려고 삼삼오오 늦은 밤까지 공원이나 산기슭을 완보(緩步)하는 것을 보았다. 우주선이 여러 번 착륙하여 황량한 달의

헐리지 않는 것이 없는데

실체를 수없이 공개했음에도 불구하고 여전히 사람들이 달에 대해 낭만적인 감정을 품고 있다는 사실이 흥미롭다. 아득한 옛날에 달을 느끼고 숭배했던 마음이 본능처럼 우리 마음속에 자리 잡고 있는 것은 아닐까? 그러나 최근 유행하는 젊은이들 노래엔 달은커녕 어떠한 자연물도 등장하지 않는다. 가곡을 들어야 가까스로 어릴 적 달밤의 정취를 느낄 수 있다.

> 등불을 끄고 자려 하니 휘영청 창문이 밝으오.
> 문을 열고 내어다보니, 달은 어여쁜 선녀같이 내 뜰 위에 찾아온다…….
> ─김태오 작사, 나운영 작곡, 〈달밤〉

요즘 듣기에 딱 좋은 노래이다.

고대인은 달밤에 낮과는 다른 기운이 지배한다고 생각했다. 태음(太陰)의 그 기운은 인간과 동물의 감성을 항진시키고 신비한 세계에 빠져들게 하는 주술적 기운이었다. 그래서 작가 이병주는 "사실이 달빛에 물들면 신화가 되고, 햇빛에 바래면 역사가 된다"고 하지 않았던가? 낮이 역사 현실이라면 달밤은 신화적 세계인 셈이다.

일본의 동화작가 오가와 미메이(小川未明)의 「달밤과 안경」이라는 작품을 보자. 한 할머니가 달밤에 바느질을 하고 있다. 눈이 침침하여 곤란해할 때 안경 파는 고학생이 지나간다. 안경을 사 두고 쉬고 있는데 예쁜 소녀가 와서 손을 다쳤다고 호소한다. 할머니가 상처를 치료해 주려고 아까 산 안경을 끼고 다시 보니 소녀가 아니라 날개를 다친 나비였다는 이야기이다. 이 아름다운 동화는 인간과 동물이 하나가 된 달밤의 신화적, 몽환적 분위기를 잘 표현하였다. 자고 이래 수많은 시인, 묵객이 달을 노래하고 그려내었다.

그런데 백전불패의 무장인 충무공 이순신이 그들 못지않게 달에 대해 충만한 감수성을 지녔다면 다소 의외일까? 놀랍게도 우리는 『난중일기』에서 달을 두고 쓴 수많은 감상적 글귀를 발견할 수 있다. 그것은 "한산섬 달 밝은 밤에 수루에 홀로 앉아……" 정도의 상식을 훨씬 넘어선다. 2차 견내량(見內梁)해전을 치르기 전 그는 이렇게 썼다. "이날 저녁, 달빛은 배에 가득 차고 홀로 앉아 이리저리 뒤척이니 온갖 근심이 가슴에 치밀었다. 자려 해도 잠을 이루지 못하고 닭이 울고서야 선잠이 들었다(是夕, 海月滿船, 獨坐轉展, 百憂攻中, 寢不能寐, 鷄鳴假寐)."(노승석 역주, 『난중일기』, 1593년 5월 13일). 그는 또 이렇게도 썼다. "이날 밤 달빛은 대낮 같고 물결은 비단결 같아 회포를 견디기 어려웠다(是夜, 月色如畫, 波光如練, 懷不自勝也)."(1593년 8월 17일). 전쟁이 잠시 소강 상태였던 때의 글을 보자. "이날 밤 희미한 달빛이 수루를 비쳐 잠을 이루지 못하고 밤새도록 시를 읊었다(是夜, 微月照樓, 寢不能寐, 嘯詠永夜)."(1595년 8월 15일). 그는 장군인가, 시인인가? 심지어 그는 그 험한 명량해전을 치른 날 밤 해역을 떠나며 이렇게 썼다. "달빛을 타고 다시 당사도로 옮겨서 정박하여 밤을 지냈다(乘月移泊于唐笥島, 經夜)."(1597년 9월 16일). 아아! 이 감수성이라니!

요즘 고취하고 있는 충무공 리더십의 실체를 다시 생각해 보아야 한다. 영화 〈명량〉도 충무공의 한쪽밖에 보여 주지 못했다. 달빛에 겨워 뒤척이는 그 시적, 인문학적 감수성이 사람을 살리고 세상을 구한다.

(2014. 9. 12)

걸으면 길 되고, 행하면 도 된다

청명한 가을 날씨가 연일 계속되는 요즘 걷기가 한창이다. 금방 실행할

헐리지 않는 것이 없는데

수 있는 데다가 건강에 대한 관심까지 더해져 걷기는 그야말로 국민운동
이 되었다. 그런데 세상에 걷는 일만큼 쉬우면서도 의미심장한 행위가 있
을까? 신화를 보면 모든 영웅의 행로는 집을 떠나 걷는 일로부터 시작된
다(그들은 일단 가출한다!). 수메르의 길가메시도, 그리스의 헤라클레스도 모
두 도보 여행을 하면서 괴물과 악당을 물리치고, 조력자를 만나는 등 영
웅의 과업을 수행하였다.

모험으로 점철된 영웅의 길은 결국 갖가지 애환으로 얼룩진 우리네 인
생살이를 상징하는데 이 구조를 그대로 차용한 것이 길을 떠나면서 겪는
일을 중심으로 이야기를 풀어 가는 영화, 로드무비이다. 영화뿐인가? "오
늘도 걷는다마는, 정처 없는 이 발길"이나 "인생은 나그네길"로 시작하는
흘러간 노래에서도 우리는 걷기가 함축한 깊은 뜻을 본다.

고대 동양의 철인들은 일찍이 걷기가 지닌 인문학적 의미에 주목하였
다. 가령 장자(莊子)는 이렇게 말한다. "길이란 다니면서 생긴 것이다(道,
行之而成)."(『장자』「제물론(齊物論)」) 이 언급은 다시 "도란 행하면서 이루어
진다"라고도 번역될 수 있다. 즉 우리가 길을 다니는 것과 궁극적 진리인
도를 닦는 일을 비유적 차원에서 동일시한 것이다.

중국 근대문학의 아버지 노신(魯迅)은 그의 소설 『고향』에서 절묘하게
장자의 이 구절을 수용한다. 반식민지 상태에서 무섭게 변해 버린 고향
농촌의 세태와 풍경에 절망하면서도 주인공은 마지막에 다음과 같이 되
뇐다.

희망이란 본시 있고 없고를 말할 수 없는 것. 그것은 길과 같다. 사실 땅
위에 처음부터 길은 없지만 다니는 사람이 많아지면 길이 되는 것이다.

노신은 장자의 도를 희망으로 환치하면서 희망은 거저 주어지는 것이 아니라 만들어 나가는 것임을 역설하였다. 근대 여명기에 낡은 전통을 타파하는 데에 앞장섰던 노신이었지만 작품에서는 여전히 고전의 모티프를 계승, 발휘하고 있는 점이 흥미롭다.

이외에도 고대 중국에서의 걷기에 대한 상상은 다채로웠다. 도교에서는 신선이 허공을 걷는다고 생각하고 그러한 환상적인 경지를 '보허(步虛)'라는 음악과 시로 표현하였는데 이것은 당(唐) 나라 이후 중국과 한국의 문학, 음악에 영향을 미쳤다. 또 옛날 우(禹) 임금이 황하의 홍수를 다스릴 때 과로해서 비틀비틀 걸었다고 하는데, 그 모습을 흉내 냈다는 '우보(禹步)'라는 특수한 걸음걸이도 있었다. 도인들은 이 걸음걸이로 걸어야 사악한 요괴를 쫓아내고 신비한 차원의 세계에 진입할 수 있다고 믿었다. 시인들은 또한 달빛 속에 거니는 것을, 마치 달 위를 걷는 것처럼 '보월(步月)'이라는 낭만적인 어휘로 표현하였다. 고 마이클 잭슨도 달을 걷듯이 춤을 추었다. 노래 〈빌리 진(Billie Jean)〉에서의 보월, '문워크(Moonwalk)'가 그것이다. 재미있지 않은가? 이 예기치 않은 상합(相合)이.

오늘도 걷는다, 나는. 북한산 둘레길로 정처를 잡고. 그 길목 등산객들을 위해 걷기 관련 명언을 적어 놓은 나무판에 눈길을 확 사로잡는 글귀가 있다. 다름 아닌 스페인 시인 안토니오 마차도(Antonio Machado y Ruiz, 1875~1939)의 시구이다. "여행자들이여! 길은 없다. 걷기가 길을 만든다." 장자, 노신, 마차도가 길에서 만났다!

(2014. 9. 27)

인간이 상상한 자연, 그 허상을 깨뜨리고

올해도 어김없이 화려한 단풍의 계절이 도래하였다. "서리 맞아 물든 잎이 봄꽃도곤 더 붉어라(霜葉紅於二月花)" 하고 옛 시인이 찬탄한 바로 그 가을이다. 상념에 잠겨 숲 속을 거니노라면 이따금 '뚝, 뚝' 하고 무언가 정적을 깨뜨리는 소리에 놀라게 된다. 밤이나 도토리 등 유실수의 열매들이 떨어지는 소리이다. 문득 당나라 시인의 시가 떠오른다.

> 그대 그리워하는 이 가을 밤, 거닐면서 서늘한 날씨를 읊조리노니.
> 텅 빈 산에 솔방울 떨어질 때, 그대 응당 잠을 못 이루리.
>
> 懷君屬秋夜, 散步詠凉天. 空山松子落, 幽人應未眠
> ──위응물(韋應物), 「추야기구원외(秋夜寄邱員外)」

텅 빈 산에 솔방울이 떨어지는 정중동(靜中動)의 순간, 숨어 사는 은자의 마음도 흔들린다. 그대 역시 내 생각을 하고 있으리라.

가을은 이처럼 상념의 계절이다. 그런데 상념의 이면에 냉엄한 현실이 도사리고 있다는 사실을 곧 깨닫게 되었다. 처음에는 산길에 무수히 떨어진 도토리나 밤이 무슨 횡재인가 싶어 닥치는 대로 주워 집에 갖고 와 삶아 먹기도 하고 두고 보기도 하였다. 그러다 어디선가 등산객들이 숲의 견과류를 모조리 쓸어 가는 바람에 토끼나 다람쥐 등 산짐승들이 겨울을 나기 힘들다는 이야기를 읽었다. 혼자 고고한 척 산길을 다니며 도토리, 밤 줍는 것을 여흥으로 생각했던 것이 실상은 다른 동물의 생계를 위협하는 짓이었다니……. 갑자기 모골이 송연해졌다. 하긴 대시인 두보(杜甫)도 그런 적이 있었다.

나그네, 나그네 그 이름은 자미(子美),
백발에 흐트러진 머리 귀를 덮었네.
해마다 원숭이 따라다니며 도토리, 밤을 줍느니,
추운 날 해 저문 산골짜기에서.

有客有客字子美, 白頭亂髮垂過耳.
歲拾橡栗隨狙公, 天寒日暮山谷裏.
—「건원중우거동곡현작가칠수(乾元中寓居同谷縣作歌七首)」

　그러나 이 처량한 정조의 시는 두보가 안녹산(安祿山)의 난리를 당해 실제 굶주렸을 때 지은 것이고 보면 이 역시 생계를 위해 도토리, 밤을 취한 것이니 용서가 된다. 아무튼 이후 나는 돌연 각성하여 떨어진 열매들을 거들떠보지 않는 것은 물론, 심지어 자루와 장대까지 동원하여 본격적으로 유실수를 털러 다니는 사람들을 국립공원 관리소에 일러바친 적까지 있다. 마치 과거의 비행을 속죄라도 하려는 듯이.

　사실 자연의 속내가 만만치 않다는 것을 느낀 것은 지난 봄 시골 친척 집에서 하루 유숙했을 때였다. 계룡산 자락에 자리 잡은 초옥에서 잘 자고 상쾌한 기분으로 일어나 뜨락을 거니노라니 울타리 옆에 핀 매화의 암향이 솔솔 풍겨 오는 것이 마치 선경(仙境)인 듯싶었다. 그런데 뜨락 위에 새털 같은 것이 분분히 떨어져 있어서 무언가 했더니, 글쎄 고양이가 밥그릇의 밥풀을 탐하여 날아든 참새를 잡아먹고 난 잔해였던 것이다. 하지만 그 처참한 광경을 다 보았을 매화는 아무 일도 없었다는 듯 빙긋이 웃고만 있었다. 아, 그 순간의 당혹스러움이라니. 자연에게 배신당한 기분이랄까? 뭐 그런 감정이었다. 그러나 그것은 인간 스스로 기만한 것에 불과했다. 중국의 현대 작가 한소공(韓少功)은 이렇게 말한 바 있다. "우리가 보는 자연이란 우리가 상상한 자연이다." 우리가 상상한 자연! 그것과 실

헐리지 않는 것이 없는데

제 자연과의 거리는 얼마쯤일까? 우리는 그 거리에 눈을 감아야 할까? 피비린내 나는 자연일지라도 이를 직시하고 사랑해야겠지만 쉽지 않은 일이다.

(2014. 10. 18)

『시경』에서 트로트까지

중국 문학의 정전(正典)이자 시가문학의 원조인 『시경(詩經)』이 고아(高雅)한 클래식이 아니라 주로 당시의 유행가, 지금으로 말하면 트로트(혹은 뽕짝) 가사를 모아 놓은 책이라는 사실은 흥미롭다. 『시경』을 편집한 공자는 이 책을 안 읽으면 사람 구실을 못할 것처럼 그 중요성을 역설한 바 있다. "사람으로서 '트로트'를 배우지 않으면 그것은 마치 담을 맞대고 서 있는 것과 같으리라(人而不爲周南召南, 其猶正牆面而立也歟)."(『논어(論語)』「양화(陽貨)」). 후대의 유학자들은 더 강하게 나갔다. "귀신과 천지를 감동시킴에 '트로트'만 한 것이 없다(感天地動鬼神, 莫近於詩)."(『모시(毛詩)』「서(序)」)

대충 이렇게 의역해도 될 듯싶은데 젊을 때는 이 말이 잘 납득되지 않았다. 그도 그럴 것이 7080세대의 대학 문화는 이른바 '데칸쇼'(데카르트, 칸트, 쇼펜하우어)에 심취하거나 팝송과 통기타 음악이 주류이었지 트로트는 저 멀리 있었다. 심지어 수준을 낮춰 보는 경향까지 있었다. 그래서 어떤 이는 "이미자가 우리 음악을 몇십 년 후퇴시키고 있다"라고까지 극언하였다. 엘레지의 여왕에 대한 이러한 신성모독은 당시 대학생들이 우리 대중음악에 관해 얼마나 무식해서, 용감했는가를 잘 보여 준다.

나 역시 같은 부류이었는데 머지않아 공자님의 말씀이 허언(虛言)이 아님을 깨닫는 날이 왔다. 그것은 가족적인 큰 슬픔을 겪고 난 후였다. 대학에 자리를 잡은 지 얼마 안 되어 부모님이 갑자기 연달아 돌아가신 것이다. 제대로 모시지도 못했으니 씻을 수 없는 불효를 저지른 것은 물론 돌연한 슬픔 자체를 견디기 어려웠다. 억울하고 슬프고 후회스럽지만 금생(今生)에는 도저히 어떻게 해 볼 수 없는 현실, 그것이 한(恨)이라는 것을 처음 느꼈다. 비탄 속에 지내던 어느 날 라디오에서 흘러나오는 남진의 노랫소리를 듣게 되었다.

> 어머님! 오늘 하루를 어떻게 지내셨나요…….
> 몸만은 떠나 있어도, 어머님을 잊으오리까.
> 오래오래 사세요. 편히 한번 모시리다.
>
> —남진, 〈어머님〉

그 노래를 듣는 순간 고아한 클래식과 세련된 팝송에도 꿈쩍 안 했던 마음이 단번에 무너져 내렸다. 주체할 수 없이 흐르는 눈물 속에 가사를 따라 부르는 자신을 발견하면서 새삼 트로트가 주는 감동의 힘을 실감하였다(물론 이 개인적 체험을 일반화할 수는 없을 것이다. 누구는 클래식으로, 누구는 재즈로도 위로를 받을 수 있겠으나 적어도 나는 그랬다).

고대에는 신분제도의 한계, 성적 차별 등 여러 사회적 요인으로 인해 지금 생에서는 도저히 어떻게 해 볼 수 없는 것에 대한 슬픔 곧 한이 더욱 많았을 것이다. 서양도 마찬가지였다. 니체(F. Nietzsche)도 이와 비슷한 감정인 '르상티망(ressentiment)'을 말하지 않았던가? 공자는 인간 정신의 가장 밑바닥에 위치한 그 감정을 잘 표현한 것이 일반 민초(民草)들의 유행가라는 것을 파악하고 있었고 그것을 이해 못 하면 사람 구실 못 한다고 강조했던 것이리라.

해마다 이맘때쯤이면 거리에는 흘러간 트로트 가수의 콘서트나 효도

헐리지 않는 것이 없는데

디너쇼를 알리는 광고가 나붙는다. 그 광고를 보고 거리를 지나며 나는 속으로 흥얼거린다.

> 유행가! 유행가! 신나는 노래, 나도 한번 불러 본다.
> 유행가! 유행가! 서글픈 노래, 가슴 치며 불러 본다……
> 그 시절 그 노래 가슴에 와 닿는 당신의 노래.

―송대관, 〈유행가〉

오늘 따라 돌아가신 부모님이 더욱 그립다.

(2014. 11. 22)